Narratori ◀ Feltrinelli

Kenah Cusanit
Babele

Traduzione di Monica Pesetti

Titolo dell'opera originale
BABEL
© 2019 Carl Hanser Verlag GmbH & Co, KG, München

Traduzione dal tedesco di
MONICA PESETTI

© Giangiacomo Feltrinelli Editore Milano
Prima edizione ne "I Narratori" agosto 2021

Stampa Grafica Veneta S.p.A. di Trebaseleghe - PD

ISBN 978-88-07-03459-6

Per T.

Buddensieg, disse Koldewey, quando raggiunsero Costantinopoli giorni o settimane dopo, e indicò una direzione che entrambi sapevano dove conduceva.
Dottor Koldewey?
Vada, Buddensieg, ci separiamo qui. Si arruoli volontario, forse al fronte troverà una morte decorosa.
Lui andò e si arruolò, fu fatto prigioniero in Palestina e al suo ritorno a casa continuò il proprio lavoro nei Musei di Berlino che, come un tempo a Babilonia, consisteva nell'assegnare un numero di inventario ai reperti.

1.

Il passato è ormai sicuro quanto il presente, ciò che vediamo sulla carta è sicuro quanto ciò che tocchiamo.

Roland Barthes, *La camera chiara*

Era un giallo mesopotamico. Sembrava fatto apposta per starsene in piedi lì davanti, guardarlo, dipingerlo ad acquerello – la sua maniera preferita di cartografare quell'area. Fango come impressione, argilla che si muoveva nell'acqua girando in tondo.

Koldewey guardava fuori dalla finestra del suo studio, non se ne stava in piedi da nessuna parte, non cartografava alcunché. Era sdraiato sull'ottomana ricavata nel davanzale interno, e osservava il fiume che scorreva accanto alle rovine, fumava la pipa e lo guardava come se non avesse mai visto un fiume prima di allora, senza pensare a qualcos'altro, qualcosa di ordine superiore: la nave, il viaggio, il fine ultimo, i mattoni a rilievo di Nabucodonosor, i mattoni a rilievo della porta di Ishtar, del palazzo, della via delle Processioni, nelle diverse centinaia di casse che erano impilate nel cortile della casa di scavo e che da Babilonia dovevano essere trasportate lungo l'Eufrate e per tre continenti fino ad Amburgo, poi lungo l'Elba, la Havel e la Sprea fino alla banchina dei Musei di Berlino sul Kupfergraben.

Ancora una volta: un lento trascinarsi alla deriva, essere trascinato alla deriva. Due uccelli sulla sponda. Sotto di loro il fango, che era fatto di argilla, di silenzio e acqua. La casa era fatta di mattoni di fango, essiccati affinché resistessero all'umidità, al vento e alla sabbia. Affinché i muri, dopo essersi sgretolati a poco a poco per le condizioni atmosferiche, non si ricongiungessero alla terra e, anche se solo nell'arco di decenni o di secoli, non scivolassero di nuovo nel fiume.

Occuparsi dei fiumi. Koldewey prese i *Fondamenti di medicina interna* di Liebermeister, per precauzione si posò il volume sulla pancia, come se così potesse alleviare i sintomi, si voltò verso la porta e attraverso la zanzariera vide il *tarma*, il ballatoio coperto fiancheggiato da colonne di legno dal quale, come da una loggia, si accedeva alla sua stanza al piano superiore.

Quanto sarà stata lontana la porta: due, tre metri?

Di tanto in tanto la zanzariera sembrava muoversi, come se a intervalli irregolari ma sempre più brevi soffiasse un filo d'aria, che però, contrariamente a quanto sarebbe stato caratteristico di uno spostamento d'aria, non portava refrigerio e nemmeno si avvertiva sulla pelle. Come se qualcosa volesse entrare nella stanza di Koldewey senza però comparire del tutto, fastidioso quanto il rumore tecnico – *clic-clic-clic* – della macchina fotografica arrivata il giorno prima, con la quale due dei tre assistenti di scavo trafficavano accanto alla porta nel tentativo di fotografare un reperto.

Koldewey sapeva come bisognava usare la macchina fotografica. Sapeva come affrontare qualcosa che si disprezzava e lasciare andare ciò che ci piaceva, e non era compito suo mostrare loro come fare la seconda.

Guardò di nuovo fuori dalla finestra.

E poi verso la porta con la zanzariera che si gonfiava, di certo per un'illusione ottica, a tre metri di distanza, forse due metri e – Koldewey strizzò gli occhi – novanta.

Fu un gemito mentale che per poco non gli sfuggì di bocca al pensiero di dover istruire qualcuno in quel momento. Dentro di sé Koldewey sentiva che non avrebbe pronunciato nessuna delle sue frasi tipiche. Che non sarebbe riuscito a ridere, perciò loro non avrebbero riconosciuto l'umorismo alla Raabe con cui in genere teneva sotto controllo situazioni come quella, e poi avrebbero scritto un telegramma al console di Baghdad perché informasse il dottor Härle. Perlomeno avrebbero tentato di scriverlo, e lui, Koldewey, non sarebbe riuscito a ridere neppure immaginando la linea telegrafica e gli arabi che abbattevano a intervalli regolari gli isolatori di porcellana, circostanza che causava molte noie all'amministrazione turca ma aveva notevolmente aumentato il tasso di sopravvivenza delle aquile reali appollaiate sui pali. E poi avrebbero voluto applicargli i cataplasmi addominali, e lui li avrebbe lasciati fare, perché con il freddo la sua pelle si sarebbe contratta e finalmente avrebbe potuto illudersi che nella stanza soffiasse davvero un filo d'aria, anche se la sua immaginazione non bastava a ricondurre i movimenti della zanzariera all'impressione tattile di un soffio di vento.

Koldewey guardò fuori. Stratificazioni e fluttuazioni. Quiete alluvionale. Gli uccelli vicino all'acqua, adesso. Beccchettavano nel fango, formato da sabbia, limo e argilla.

E di nuovo verso la porta: due metri e novantacinque? Novantasette? Novantacinque.

Respirò tra sé, forte ma non così forte da essere sentito. Era sufficiente che lo vedessero: un responsabile di scavo leggermente più estatico del solito che fumava la sua pipa, mezzo sdraiato e mezzo appoggiato alla parete, come se leggesse un libro e non come se guardasse quasi ininterrottamente fuori dalla finestra della sua alcova, la cui costruzione aveva seguito per filo e per segno le sue richieste. La stanza di Koldewey aveva una vista unica rispetto al resto della casa, dal fiume bordato di palme su fino ai margini più a nord dell'area di scavo. In teoria, Koldewey avrebbe potuto rivolgere la propria attenzione unicamente a questo per l'intera durata della pipa, se solo, distratto dai rumori della macchina fotografica, di tanto in tanto non fosse stato costretto a distogliere gli occhi dal fiume e dal suo corso e, durante i quaranta minuti che gli occorrevano per la pipa, girare in maniera automatica la testa dalla finestra alla porta tutte le volte che sentiva un rumore.

Stimati due e novantasette. Perché no?

Perché no. Come se fosse possibile rilevare le distanze solo con gli occhi. Ogni archeologo che era anche architetto ora si sarebbe alzato, tenendo la mano destra sulla pancia, e avrebbe percorso il tragitto. Passo dopo passo. Dall'ottomana alla porta. Dalla porta all'Eufrate. Lungo le mura della città, che complessivamente misuravano circa diciotto chilometri, ma non oltre ottanta, come sosteneva Erodoto. Sulla via delle Processioni e attraverso la porta di Ishtar, le cui parti superiori erano crollate e adesso si trovavano nelle casse, mentre quelle inferiori si ergevano ancora per metri. Davanti ai muri con i leoni e i tori, che dovevano ricordare a qualunque europeo gli emblemi degli evangelisti biblici. Fino alla torre di Babele e un giro completo intorno alle sue fondamenta, che erano quadrangolari e non circolari. Ossia, lo avrebbe fatto un architetto che aveva studiato anche archeologia e storia dell'arte. Per quanto in ciò che faceva Koldewey cooperassero indissolubilmente architettura, archeologia e storia dell'arte, spesso negli ultimi anni aveva avuto l'impressione di dover scegliere un campo specifico. Succedeva anche a Borchardt, che era architetto ed egittologo? Dörpfeld invece non aveva studiato nessun'altra disciplina eccetto architettura. Era capitato anche a Virchow, che lavorava come antropologo, ma al tempo stesso era un politico e in primo luogo un medico? Solo Bell era un'inviata sotto ogni punto di vista. Anche lei scattava foto, ma quasi sempre ignorandoti, come se non ti fossi appena messo ostentatamente in posa davanti alla città delle città, a un mito antico migliaia di anni, il cui impianto originale, dopo la rimozione di venti metri di detriti (altomedievali, sasanidi, partici, seleucidi), era venuto alla luce con la stessa rapidità con cui loro si erano ritrovati nel XX secolo.

Niente da fare. La calma del fiume non si ripercuoteva sullo stato d'animo di Koldewey. Lo stato d'animo di Koldewey si ripercuoteva sul fiume, rendendolo non calmo ma fiacco, un fiume che si muoveva debolmente da quando sapeva che il suo ambiente gli sottraeva acqua, un fiume che non sfuggiva a se stesso, trascinando con sé secoli di melma sempre uguale, all'apparenza inoffensiva, che fluttuava a bassa profondità e spesso incagliava le imbarcazioni, ragion per cui chi viaggiava da Aleppo a Babilonia preferiva unirsi a una carovana e ci impiegava grosso modo il triplo di una traversata in nave da Amburgo all'America.

Senza dubbio Virchow era stato più un patologo che un politico, benché la linea di demarcazione, nel caso ne fosse esistita una, somigliasse a un'onda dinamica e scavasse terra da una curva per depositarla in stile eufratico alla curva successiva. Non poteva darsi che il politico Virchow avesse bendato gli occhi al patologo Virchow quando aveva esaminato il campione di tessuto dell'imperatore Federico III e, malgrado il legame di amicizia, non era riuscito ad accertare il cancro alla laringe che poco dopo lo avrebbe ucciso? Virchow non aveva studiato archeologia, però si era fatto una vasta cultura sui fondamenti teorici. Dal canto suo, Koldewey aveva compreso a sufficienza le opere mediche fondamentali, come aveva constatato Härle in occasione di una delle sue ultime visite. E lo avrebbe constatato anche adesso, ma non sarebbe successo, poiché Koldewey, che pure non aveva nulla in contrario a rivedere un vecchio amico, malgrado il suo spiccato bisogno di diagnosi non era capace di mettersi nelle mani della medicina applicata. In ultima analisi, i medici erano artigiani che riparavano cose che non avevano costruito loro.

Non era obbligatorio percorrere il tragitto fino alla porta camminando, era possibile anche strisciare carponi. Abbandonare il corpo che normalmente camminava eretto, se posizionato in orizzontale, alla forza di gravità e convertire il lavoro motorio risparmiato in energia verbale e finalmente domandare:

Cosa fa la macchina fotografica? Si assume la responsabilità al posto vostro. Cosa fate voi? Vi affidate a un apparecchio che emette un suono meccanico a comando. Come se conducessimo gli scavi dalla casa della spedizione senza neanche guardare dalla finestra. Un'attività puramente filologica. Lei è un filologo, Reuther?

No, questo Koldewey non lo avrebbe domandato. Né avrebbe ricordato loro per la centesima volta in forma parabolica l'ultimo o il penultimo o il terzultimo filologo il quale, prima che i filologi venissero espulsi in blocco dagli scavi, aveva chiesto all'architetto Koldewey, con un lessico di scrittura cuneiforme sotto il braccio, di demolire un muro appena dissotterrato – forse all'interno erano conservate notizie sulla fondazione oppure tavolette di argilla riutilizzate, la cui traduzione avrebbe potuto soppiantare ogni scavo. Dalle tavolette di argilla e dalle iscrizioni, aveva detto il filologo, non dai mattoni di fango e dall'architettura, emergeva il significato del muro, emergeva il significato della città, del corso del fiume, dell'Oriente, dell'umanità intera, che si era propagata a Occidente come la luce che sorge a est nella culla della Mezzaluna fertile, mentre quello che si trovava dietro di lei iniziava a segnare il passo.

Koldewey non intendeva dire niente di tutto ciò. Perché non aveva la forza di pronunciare una frase, o anche solo una parola di una certa lunghezza, e nemmeno il bisogno di mettere pubblicamente in mostra un'incompetenza transitoria. In particolare nella situazione in cui si trovava, in ginocchio sul pavimento dietro la porta, che aveva raggiunto carponi per togliere di mano agli assistenti la macchina fotografica

e spiegarne il funzionamento con chiarezza approssimativamente sistematica:
Così. Così. E così. Non così!
Così?
No, così!
Entrambi fissarono Koldewey, che rimase per un po' a quattro zampe davanti a loro deliziato dal leggero vento che soffiava fuori, soffiava in maniera del tutto inadeguata, e intanto tacevano, talmente a lungo che lui cominciò a intuire cosa dovevano aver fatto già da un pezzo, e quello sì, con successo. Avevano telegrafato al dottor Härle. Avevano cominciato a intuire che forse le condizioni di Koldewey erano da ricondurre alle tre brocche di limonata, che la mattina non si era potuto esimere dal bere durante le ultime trattative per gli scavi con lo sceicco, molto più probabilmente però rappresentavano la conseguenza più recente di uno dei suoi esperimenti. Anche se questa volta si era trattato di uno davvero innocuo: Koldewey si era limitato a sigillare tutte le aperture della sua stanza e, anziché all'esterno della casa surriscaldata, aveva trascorso le notti estive all'interno. Era la seconda parte di un esperimento iniziato d'inverno, quando aveva scorrazzato per gli scavi in abiti estivi, vesti bianche come l'Europa coperta di neve in quella stagione, e a fine giornata non era andato a dormire nella sua stanza, ma sul tetto freddo e umido, finché un attacco reumatico acuto gli aveva fornito le informazioni che intendeva ricavare da quell'esperimento: quando sarebbe arrivato il punto in cui la forza di volontà lo avrebbe abbandonato e il suo corpo avrebbe preso il comando.
Clic!
Se non altro l'immagine era nella scatola. L'immagine di un reperto, dalla quale non era chiaro se mostrasse il reperto o la temporanea limitatezza del fotografo. A ogni buon conto, quel pomeriggio due persone credevano di aver lavorato

in maniera scientifica immortalando qualcosa, anche se avevano solamente proiettato le caratteristiche che possedeva l'apparecchio tecnico.

Ora Koldewey gemette come gemeva un malato, ossia – dato che quasi certamente Härle era già in viaggio – con accanita esagerazione del proprio disappunto, e gemette quando si distese sull'ottomana, superato un tragitto carponi di due metri e soli settantanove centimetri, un disappunto che mentalmente lo ristorò al pari di un caffè turco, prima che si affacciasse la familiare sensazione di aver fatto ritorno nel territorio della conoscenza accertata dopo essersi smarrito per un breve momento.

Il fiume non avrebbe mai potuto essere altro che un fiume che a volte modificava il proprio corso.

Kweiresh invece avrebbe potuto essere una lingua o un dialetto, non fosse stato il nome del villaggio nell'antico letto dell'Eufrate a ridosso della casa di scavo venendo da sud, il villaggio che ogni giorno si faceva avanti con i suoi modi gentili allo scopo di scambiare ospitalità e mano d'opera, il cui sceicco arrivava insieme agli sceicchi dei villaggi nelle vicinanze (Jumjuma, Sinjar e Ananah), e poi sedevano per ore e ore di fronte agli ospiti nel *mudif* della casa di scavo allestito per questo genere di visite, proprio come si erano seduti di fronte a loro la mattina, in base a una sequenza precisa avevano bevuto caffè e fumato e bevuto limonata e poi di nuovo caffè, fino a che i passeri riuniti sotto il tetto di foglie di palma non avevano più chiuso il becco per il fumo, e i presenti avevano iniziato a conversare del motivo della visita.

Kweiresh avrebbe potuto essere una lingua.

Ospitare significava ammantarsi di un abito la cui vestibilità sembrava dipendere dalla catenella di un orologio infilato nel taschino sinistro, invisibile ma con i contorni delineati, che trasmetteva piccoli movimenti cadenzati a chi lo indossava, come se lui, anche durante l'azione statica dello starsene seduto, camminasse avanti e indietro con un'asta di misurazione, seguendo un ritmo prestabilito, misurando, calcolando qualsiasi cosa. Nello stesso tempo guardando con un certo distacco i vicini di sedia: Reuther, che armeggiava con la macchina fotografica, Buddensieg (cosa ci faceva lì Buddensieg?), Wetzel, rapida occhiata alla porta, che uscisse l'insofferenza o non entrasse nessun altro, occhiata al tetto: i passeri respiravano ancora.

Kweiresh era una lingua fattasi spazio, un luogo in cui deserto non era un nome accettabile per un paesaggio, la pianura mesopotamica, con un'orografia che dal Golfo Persico alla catena montuosa del Tauro era formata da *tell*, colline artificiali, fondamenta stratificate, a Babilonia gli edifici di Nabucodonosor sopra gli edifici del padre Nabopolassar e del nonno di quest'ultimo, un discendente del re Hammurabi, l'autore dell'archetipica raccolta di codici del XVIII secolo a.C. che era reperibile in tutto l'Oriente ma a quanto pareva non a Babilonia. I francesi l'avevano scoperta su una stele nella elamica Susa ed esposta al Louvre. Gli inglesi l'avevano scoperta su tavolette di argilla a Ninive, la capitale del sovrano assiro Assurbanipal, che a Babilonia, prima di distruggerla nel 648 a.C., aveva fatto copiare leggi e altre iscrizioni babilonesi per crearsi la propria biblioteca personale. Una biblioteca composta da lettere provenienti da Babilonia, contratti provenienti da Babilonia, certificati provenienti da Babilonia, libri contabili provenienti da Babilonia, liste di re babilonesi, canti, preghiere, norme rituali, testi medici, astronomici e letterari babilonesi, che evidentemente Nabopolassar, padre di Nabucodonosor, per rispetto verso la propria cultura non aveva distrutto quando si era preso la rivincita su Ninive, perciò oggi i documenti, testimonianze della culla della civiltà, attiravano schiere di visitatori al British Museum, mentre la Deutsche Orient-Gesellschaft, che sotto l'egida guglielmina aveva organizzato gli scavi tedeschi a Babilonia, anziché una biblioteca stabile possedeva tutt'al più le foto degli scaffali dissotterrati.

Koldewey avrebbe dovuto annullare le trattative per gli scavi della mattina.

Il fiume non avrebbe mai potuto essere altro che un fiume che a volte modificava il proprio corso. Le trattative per gli scavi non erano trattative per gli scavi se non seguivano sempre il medesimo corso. Se non culminavano in una riunione, che per frequenza e tempistica seguiva il corso inverso rispetto a una riunione tedesca, ma non per questo era meno estenuante.

Koldewey non avrebbe dovuto prendere parte alla riunione, quella mattina non si sarebbe nemmeno dovuto alzare, sarebbe dovuto rimanere a letto a guardare fuori dalla finestra mentre fingeva di studiare i *Fondamenti di medicina interna* di Liebermeister.

Invece si era alzato alle sei per fare una colazione minimale e prima delle trattative accompagnare agli scavi il visitatore venuto dalla Germania, perché poi la libertà di movimento sarebbe stata limitata per diverse ore e il giorno precedente, quando aveva fissato la visita, non sentiva ancora il bisogno di muoversi il meno possibile. Koldewey aveva accompagnato il visitatore, uno studente di matematica partito in bicicletta da Lipsia nello stupore generale, direttamente sulla riva dell'Eufrate per dissuaderlo subito, con la minaccia delle temperature che in quel periodo gravavano sulla città già di mattina e non potevano essere ignorate andando in bicicletta confidando nel vento in faccia, dal verificare le informazioni che gli erano giunte all'orecchio a casa, durante le conferenze del filologo Friedrich Delitzsch. Le creature alate dei rilievi assiri, aveva detto lo studente di matematica, figure alate che avevano il compito di custodire i palazzi dei re assiri, non erano uguali ai cherubini d'oro che, come descritto nell'Antico Testamento, dispiegavano le loro ali sopra l'Arca dell'Alleanza? Le Sacre Scritture, così aveva dichiarato il filologo Delitzsch nelle sue conferenze, non erano costituite da storie leggendarie né rappresentavano la parola di Dio. Quelle storie erano già state raccontate nello stesso identico modo, aveva sostenuto il filologo Delitzsch, erano state rivelate da altri dèi secoli prima della nascita del cristianesimo o addirittura erano realmente accadute. Prima che la storia della creazione biblica fosse messa per iscritto, i popoli mesopotamici credevano da quasi due millenni che in un tempo primordiale l'umanità avesse attirato su di sé l'ira di Dio e per questo fosse stata punita con un diluvio universale. E non era stato Noè a salvarsi su un'arca, così il professor Delitzsch, bensì Utnapishtim. O Ziusudra o Atraḫasis, come veniva chiamato Utnapishtim in altre lingue. Santo cielo, quante lingue esistevano già all'epoca, molto prima della costruzione della torre. Gli sarebbe piaciuto vedere le tavolette sulle quali erano scritte quelle storie, o se non altro i luoghi in cui erano state ritrovate. O almeno, se ciò non era possibile, camminare sulla terra di quella parte della Terra, sulla materia argillosa che aveva generato quel sapere e lo aveva lasciato seccare al sole, proprio lì, rendendolo eterno. Che aveva inventato la ruota. Conosciuto i numeri quadrati e calcolato le radici. Determinato l'orbita della luna. Applicato il teorema di Pitagora senza aver conosciuto il teorema di Pitagora e contemporaneamente, da cultura in un certo senso post- e antidiluviana, creduto a cose tanto assurde come la divinazione. Creduto di poter interpretare e influenzare il futuro con mezzi magici.

Koldewey, dopo che come la maggioranza dei turisti il ciclista aveva visto di un luogo anche troppo di ciò che non lo aveva portato alla conoscenza di quel luogo, aveva lasciato parlare il luogo e indicato d'impulso l'Eufrate in basso, come se avesse appena ritrovato un orientamento che credeva perduto, non meno sorpreso dall'organicità delle sensazioni che era in grado di percepire a quell'ora indegna del mattino lontano dalle rovine. Dunque era questo, aveva detto o forse solo pensato Koldewey, il Sud dalla prospettiva del Nord, terreno alluvionale in mezzo a una montagna di polvere, in più qualche uccello sulla riva, neanche pochi per essere in un deserto, fango secco, argilla per costruire case in cui vivere. Koldewey si era voltato verso il suo interlocutore, come aspettandosi che ritrovasse con la stessa immediatezza l'orientamento tematico o se non altro ricordasse che a lui, al contrario di Koldewey, la colazione era piaciuta. Lui non avrebbe dovuto occuparsi dell'eccessivo numero di uccelli o del significato dei sedimenti sotto i loro piedi, che il fiume aveva depositato a riva e che in una certa misura reclamavano ancora l'attenzione di Koldewey. Argilla che si muoveva nell'acqua girando in tondo. Sapere che si muoveva nella testa girando in tondo. Con mezzi magici, pensò Koldewey. Poter influenzare il futuro con mezzi magici? Il concetto babilonese di divinazione, l'idea di riuscire a predire il futuro, non era qualcosa che guidava anche la loro società, nella convinzione scientifica che il mondo intero si basasse su leggi precise, che bastava saper riconoscere per poterle interpretare e riuscire a governare quello stesso mondo avvalendosi di quelle stesse leggi? Ma Koldewey non aveva racimolato l'ambizione necessaria per formulare una frase all'apparenza innocente, come faceva con Delitzsch, per poi attendere la sua confutazione e controbatterla dopo una pausa costruita ad arte di finta inferiorità. Aveva preferito rivolgere la domanda che rivolgeva sempre in quel luogo. Per quella domanda terminava le visite guidate tra le rovine e il corso del fiume, quando non le faceva partire direttamente da lì – nel palmeto che a nord costituiva l'ingresso alla casa di scavo, nel punto più bello e insieme più ineluttabile nel raggio di parecchi chilometri, dove i datteri avevano appena iniziato a maturare in alto sui rami, dove fra i tronchi delle palme trottavano le zampe delle pecore e fra le zampe delle pecore le gambe dei bambini, e dove i bambini con i loro bastoni da pastore accoglievano gli ospiti europei che di solito arrivavano da quella direzione. Li conducevano attraverso il palmeto fino alla casa della spedizione, a meno che, come di solito Gertrude Bell, non facessero una prima tappa sulle colline degli scavi per fotografare il celebre predecessore del villaggio di Kweiresh e non Kweiresh, che non con indifferenza vedeva risorgere al proprio fianco una città estranea fatta della sua stessa materia, con lasciti di persone che agli abitanti di Kweiresh apparivano come quelli di genitori e nonni di cui non capivano più la lingua. Per gli abitanti di Kweiresh, Kweiresh aveva assunto un nuovo significato. Significava dissotterrare un'antica città, pregiato materiale da costruzione incluso, ma lasciarla coesistere al proprio fianco con l'inspiegabile sensazione di aver completamente frainteso qualcosa fin dall'infanzia sul passato nella sua funzione di colline di detriti e sulle colline di detriti nella loro funzione di cava. Koldewey aveva già sbattuto fuori con le proprie mani dalle rovine trafugatori di mattoni, più tardi li aveva presi con sé e ingaggiati, come guardiani, come lavoranti – duecento uomini che dalla mattina alla sera facevano su e giù dalle colline, che scavavano trincee, che rimanevano di guardia per ventiquattro ore o trasportavano ceste cariche di terra, gradone dopo gradone, su alla decauville, che aiutavano a sbancare colline artificiali fino a venti metri di profondità e scaricarle altrove. Lavoranti il cui numero e la cui retribuzione richiedeva una nuova tavola rotonda subito dopo che Koldewey aveva terminato il giro con il ciclista, l'ennesima in quei mesi e, solo quando i passeri sarebbero crollati dal tetto del *mudif*, avrebbero iniziato a contrattare quanti manovali uno sceicco doveva mandare nell'area di scavo e quanti doveva richiamarne un altro sceicco, perché per qualche motivo aveva degli obblighi verso questo e quello. Le trattative per gli scavi non erano trattative per gli scavi se non seguivano sempre il medesimo corso.

Allora, aveva detto Koldewey al ciclista per concludere in anticipo la visita guidata, per tornare a casa e preparare la riunione con gli sceicchi, ma innanzitutto per introdurre la domanda che dal 1899 aveva rivolto a ogni ospite europeo sulla riva sinistra del fiume, in quella striscia di palme, campi e piccoli orti larga seicento metri: dove voleva essere sepolto? E l'ospite di Lipsia, ottemperando inconsapevolmente a una regola ormai vecchia di quattordici anni, aveva alzato gli occhi su di lui con un misto di insicurezza e divertimento. Un infedele non poteva essere seppellito in un cimitero islamico, aveva detto Koldewey. Nel deserto veniva sbranato dagli sciacalli e dalle iene, nell'Eufrate trascinato via. Quindi?

Koldewey, nel peggiore dei casi, voleva farsi cementare in un muro spesso undici metri sul lato nord del palazzo di Nabucodonosor. Un'idea di cui si era immaginato l'effettiva messa in pratica per la prima volta alla riunione, nell'istante stesso in cui era iniziata. Perché avrebbero dovuto metterla in pratica, così aveva pensato Koldewey, se non lasciava immediatamente il *mudif* e le trattative per gli scavi e si ritirava per un tempo indeterminato nella sua stanza, anche se così rinviava le trattative a un tempo indeterminato. Aveva guardato Reuther, che si rigirava la macchina fotografica tra le mani, mentre Bedri Bey, il commissario turco di Costantinopoli che supervisionava gli scavi, era immobile in un angolo della stanza, come se da un momento all'altro qualcuno dovesse scattargli una foto. Quando Koldewey era risalito dal fiume dopo la visita turistica, che ormai aveva una cadenza quasi quotidiana, senza la compagnia dello studente tedesco, lasciato sull'Eufrate a meditare sui potenziali luoghi di sepoltura, Bedri Bey si stava allontanando in fretta dal piccolo orto con le siepi di rose e le piante di cetrioli e ravanelli, che aveva creato nel cortile della casa di scavo e al quale non voleva essere associato quando si annunciavano visite da parte degli abitanti del posto. Bedri Bey cercava di nascondere che durante la supervisione degli scavi non passava il tempo a supervisionare gli scavi. Koldewey cercava di nascondere cosa pensava del fatto che durante la riunione Reuther sfruttasse il tempo per esaminare la fotocamera a lastre che, pur essendo stata inventata solo di recente, era già stata superata dalle possibilità tecniche della pellicola in rullo e il cui utilizzo non era già più familiare al più giovane tra gli assistenti, rigirandosela tra le mani come se l'avesse appena riportata alla luce da uno degli innumerevoli passati. Reuther sapeva come preparare le migliori omelette (con crescione e champignon), era un maestro nell'arte dei cetrioli sottaceto (non bisognava cuocerli, ma coprirli con acqua in ebollizione) ed era un maestro nell'arte di interessarsi solo a cose direttamente o indirettamente collegate a quello. La moderna abitazione araba, per esempio, sulla quale aveva scritto la tesi di dottorato, l'abitazione araba con i fuochi funzionanti, non quella antica babilonese con la cucina fatiscente. Il forno che a volte esisteva ancora, e con una fantasia superiore alla media era possibile immaginarci sopra una padella per omelette, consisteva in un mucchietto di mattoni inservibile, buono solo per essere fotografato e poi riposto in una cassa, contrassegnato con un numero, insieme alla sua inadeguatezza. La stessa cassa dove sarebbe dovuta finire anche l'inadeguata macchina fotografica. Koldewey aveva guardato Reuther. Reuther aveva guardato Koldewey. E lentamente Reuther aveva cominciato a rendersi conto che non avrebbe abbreviato la durata della riunione cercando di capire il funzionamento della fotocamera, ma che la riunione non sarebbe finita, o meglio iniziata, fino a quando l'assistente di scavo non avesse capito il funzionamento della fotocamera, perché nel frattempo ogni sceicco presente dava per scontato di dover aspettare finché Reuther non l'avesse predisposta per scattare una foto di gruppo.

E il divieto della rappresentazione antropomorfa? Adesso per Reuther tenere la bocca chiusa sembrava non contare più, dato che apparentemente lui stesso aveva stabilito una nuova norma di comportamento abolendone una vecchia.

Dentro di sé Koldewey aveva scosso la testa, poi si era versato la limonata e aveva allungato la brocca a Reuther, che l'aveva data a Buddensieg, che l'aveva passata a Wetzel. Possibile non avesse ancora capito, dopo sette anni che era lì, che i musulmani adoravano essere fotografati: più erano musulmani e più lo adoravano! Da un punto di vista religioso non c'era assolutamente nulla da obiettare su una foto, che in fondo era solo una riproduzione di una rappresentazione. Il riflesso di uno specchio non era certo il prodotto dell'uomo, era il prodotto di un oggetto. La foto non era copia della natura, come l'aveva definita Daguerre, e nemmeno una copia delle creazioni individuali di Dio, a cui si estendeva senz'altro il divieto della rappresentazione antropomorfa. La foto era il risultato in continuo sviluppo, e non sempre per il meglio, di un amalgama di sostanze organiche, minerali e metalliche che reagivano l'una con l'altra, la conseguenza di un processo chimico: piastrine d'argento riflettenti che catturavano la luce finché restava attaccata allo strato di gelatina sul negativo in vetro. Questo era il vettore delle lastre fotografiche della fotocamera a lastre che, al contrario dello strato di celluloide delle moderne pellicole in rullo delle moderne fotocamere a pellicola, era tollerante al calore e non minacciava di andare in fiamme nel momento meno opportuno. Visto che la Deutsche Orient-Gesellschaft a Berlino non resisteva nemmeno d'estate senza foto delle tavolette di argilla, che i suoi filologi volevano avere qualcosa da tradurre per compilare lessici e tenere conferenze, avevano reintrodotto a Babilonia la fotocamera a lastre, benché Delitzsch fosse già in ritardo di sei mesi e inviasse a Babilonia le traduzioni delle tavolette importanti per un settore di scavo quando lo scavo era già avanzato nel settore successivo. La foto non era una copia della natura e non era nemmeno una copia della luce, era una copia mediante la luce, che era di origine divina, e in questo senso la fotografia era una creazione di Dio. Non avevano bisogno entrambe, la fotografia come l'epifania, di un vettore speciale per ricevere e registrare i fenomeni? Fenomeni che non mostravano mai la natura del soggetto fotografato, ancora meno la sua essenza. Ciò rendeva le macchine fotografiche un mezzo di comunicazione altamente platonico, e il fotografo qualcuno che pur a occhi aperti era oltremodo cieco nella sua ambizione di voler catturare il luogo e il tempo, e veniva ricompensato con tanti piccoli frammenti, estremamente evidenti ma del tutto inverosimili nella loro comprensibilità. Nella sua mancanza di partecipazione, la fotografia trattava ogni soggetto alla stessa maniera, asseriva con una serietà quasi granitica che quel gruppo di bambini in riva all'Eufrate, ancora così sfocati e nutriti in diversa misura, che una volta Koldewey aveva fotografato di nascosto dalla sua finestra, che i loro piedi nudi sulla sabbia erano davvero lì e in futuro, forse già il giorno dopo, non sarebbero più stati lì. La foto non catturava il soggetto fotografato, catturava il tempo fermandolo e nello stesso istante ne profetizzava il trascorrere. Questa profezia colpiva Koldewey soprattutto quando guardava la foto di una persona che era già morta, ma che per le leggi della fotografia aveva ancora la morte davanti a sé. E rabbrividiva – di fronte a una catastrofe che era già avvenuta. Avvicinarsi a una catastrofe senza nemmeno muoversi. La fotografia aveva inventato l'attimo passato e irrevocabile, catturato per sempre nella sua irrevocabilità. L'atto di fotografare coltivava una storiografia terribilmente manifesta, che non conosceva il conforto poetico della scrittura, del canto, dell'ode, neppure il conforto che poteva racchiudere in sé un principio giuridico paleobabilonese, una storiografia che si era liberata di tutta la zavorra mistica e suscitava nello sguardo di fatto bendisposto dell'osservatore uno sgomento attonito, nei confronti non del proprio essere mortale ma di ciò che presto non sarebbe più stato, nei confronti della vita.

Koldewey non sapeva quando aveva smesso di citare il dotto Abd el-Kader e iniziato a citare se stesso, mescolando le sue e le proprie opinioni in un coacervo inestricabile, prima di lasciar intendere che sarebbe tornato nella sua stanza. Aveva accennato ai gravi problemi tecnici che purtroppo al momento non rendevano possibile usare la macchina fotografica, consapevole che però quell'accenno avrebbe reso possibile qualcos'altro, qualcosa che non era nelle sue intenzioni e probabilmente non sarebbe più riuscito a scongiurare: che in futuro ogni incontro iniziasse con una foto di gruppo.

Non muoversi. Questa era l'indicazione in caso di appendicite nei *Fondamenti di medicina interna* di Liebermeister.

Koldewey non si muoveva. Dopo aver misurato il tragitto fino alla porta, era tornato sull'ottomana per ricominciare a osservare il fiume, non pensare ai mattoni a rilievo, ventimila frammenti numerati e centomila frammenti non numerati suddivisi in cinquecento casse.

Koldewey non intendeva aprire il libro nel punto in cui, stando all'indice, Liebermeister iniziava a descrivere con dovizia di particolari cosa fosse l'appendicite e come andasse trattata. Koldewey riteneva fermamente che fosse opportuno trasporre le cose in una forma diversa affinché svanissero. Non riteneva che fosse opportuno dover vedere le cose in forma scritta prima che svanissero, e in generale mettere le cose per iscritto.

Koldewey non intendeva sfogliare da pagina 246 a pagina 249, *Peritiflite, perforazione dell'appendice: paratiflite, tiflite, idrope del processus vermiformis.*

Koldewey aveva accatastato le lettere delle ultime settimane e degli ultimi mesi, lettere da Berlino, lettere da Baghdad, lettere da Costantinopoli, lettere da Mileto, lettere da Assur e lettere da Uruk, in una pila che si trovava molto al di fuori del suo campo visivo.

Non muoversi, avrebbe scritto Liebermeister, per non rischiare di provocare un ingrossamento, un peggioramento, non muovere niente nemmeno all'interno, non mangiare, bere poco, in nessun caso olio, per non rischiare in nessun caso di provocare una perforazione, una perforazione nella zona inguinale, nella vescica, nel tessuto connettivo retrocecale, da una guarigione incompleta poteva insorgere un tumore, un'infiammazione cronica che poteva portare a metastasi al fegato, esito letale.

Koldewey doveva girare molto la testa per riuscire a vedere la pila di lettere. Era sul tavolo, una torre appoggiata alla parete contro la quale era addossato il tavolo stesso, in modo che quanto vi era accatastato sopra non cadesse. Il tavolo, come la sedia, il letto, il cassettone, il lavamano e le ante dell'armadio, era stato costruito a Kweiresh, con il legno dei pioppi dell'Eufrate che crescevano lungo il corso superiore del fiume. Sotto la mobilia locale era disteso un tappeto persiano di seta. Il tappeto era disteso su un pavimento di mattoni cotti, che su un lato riportavano il sigillo di Nabucodonosor. La realizzazione dei mattoni moderni non si differenziava dalla realizzazione dei mattoni paleobabilonesi, ma costava di più che riutilizzare i mattoni antichi.

All'inizio l'approccio di Liebermeister non si differenziava dall'approccio orientale a una malattia: le dava un nome. Poi però i due metodi si allontanavano a velocità crescente in direzioni opposte. Mentre Liebermeister delineava uno scenario in cui poteva accadere di tutto, il medico orientale si concentrava su ciò che era accaduto. Quale era stato l'errore? Liebermeister non se lo chiedeva. Lui chiedeva: quale potrebbe essere l'errore? Per Liebermeister la malattia era un problema del futuro, non un problema del passato. Eppure, forse proprio per questo, collegava la sensazione generica di dolore, che poteva significare qualunque cosa, con una storia senza possibilità di salvezza dell'infiammazione dell'intestino cieco messa nero su bianco, in ogni singola remota ma determinabile variante delle sue rare complicazioni. Anche se Liebermeister voleva ottenere l'effetto contrario, rendeva più grande il dolore trasferendolo dal mondo smisurato della fede, in cui era possibile ricondurlo a qualsiasi cosa, al mondo misurabile della medicina, che non riusciva a credere che si potesse guarire senza prima essere informati. Informati su cose che prima non avremmo mai immaginato perché non eravamo capaci di immaginarle, e ora ce le presentavano obbligandoci a immaginarle. Cose che la lingua, al contrario di quanto facesse la malattia con i suoi sintomi, non rammentava in maniera passeggera, ma conservava nel tempo mettendole per iscritto. Una scrittura che inquadrava una sensazione generica in così tante categorie e sottocategorie e sotto-sottocategorie, finché una lingua ridotta a ventisei segni di per sé privi di significato non era in grado di renderla ben leggibile a tutti come quadro clinico di una malattia. Per questo Liebermeister non scriveva: prendete una cipolla e sbucciatela. Per questo non scriveva: iniziate a demolire il significato invece di costruirlo.

Koldewey cercò di definire mentalmente cosa si fosse capovolto, come e perché. In Oriente si trasferiva la malattia su un oggetto che veniva fatto scomparire. In Occidente si trasferiva la malattia in un libro che non veniva fatto scomparire, che anzi veniva tenuto aperto finché la malattia non era scomparsa. *Peritiflite, perforazione dell'appendice: paratiflite, tiflite, idrope del processus vermiformis.* La poesia scientifica di eventi magici. Koldewey guardò fuori. La vista sul fiume e sul suo corso era rimasta unica e immutata nei quaranta minuti necessari da pipa a pipa, durante i quali non aveva più girato in maniera automatica la testa dalla finestra alla porta a ogni rumore. Reuther e Wetzel stavano uscendo e avevano sostituito la fotocamera a lastre, che in realtà si chiamava fotocamera a magazzino, dal magazzino in cui si inserivano i negativi in vetro, con una a pellicola. Era una Kodak 3A oppure una 4, per la quale di recente era stato necessario comprare un adattatore. L'adattatore per le lastre era certamente più facile da maneggiare rispetto a tutta la fotocamera a lastre, ma era anche più costoso e purtroppo era andato smarrito più volte nel viaggio fino a Babilonia. Anziché dipingere con il pennello ognuno per conto proprio lo stesso paesaggio in maniera differente su un foglio di carta, adesso lo esponevano alla sua stessa luce, ancora e ancora e ancora. Con una leggera nuvolosità il diaframma doveva essere aperto poco, se il rapporto focale era alto (24) il tempo di esposizione doveva essere più breve di 1/15 di secondo, o più lungo se fotografavano all'ombra. Si trattava di manipolare l'intensità della luce per ottenere sempre la stessa qualità dell'immagine, né troppo chiara né troppo scura. Si trattava di creare una normalità con parametri di varie specie che coesistevano di nascosto. Ancora e ancora e ancora. A ciò che in un'altra funzione aiutava a dimostrare leggi della natura o definire quadri clinici, qui non sembrava essere attribuito lo stesso valore. 24, 1/15: erano questi i parametri con i quali Reuther e Wetzel si erano allontanati dal raggio della stanza di Koldewey e lo avevano lasciato solo, dopo che aveva misurato la distanza di due metri e settantanove ed era tornato a sdraiarsi deluso sulla sua ottomana, deluso e insieme sollevato dal fatto che l'aveva potuta sempre e solo calcolare, senza percorrerla, dal fatto che gli avesse letteralmente messo davanti agli occhi l'incapacità del senso della vista di rimpiazzare altri organi di senso. Ma tale incapacità non li dequalificava, si lasciava celebrare e perfezionare, non era il mezzo di comunicazione degli oratori presocratici, dei poeti e dei pensatori, era la dimora segreta della logica aristotelica, era uno strumento dei ricercatori da scrivania, degli studiosi di scrittura cuneiforme e dei filologi, era il mezzo di comunicazione degli scrittori di lettere, li rendeva diffidenti, scettici e oltremodo vigili.

Dalle lettere da Berlino, impilate insieme ad altre lettere sul tavolo in legno di pioppo dell'Eufrate, Koldewey aveva ricavato una semplice formula, che esemplificava su quali basi bisognava avvicinarsi in forma scritta a un ambiente distante. La disuguaglianza: Berlino ≠ Babilonia. Più lontano era il luogo che si voleva raggiungere per mezzo di una corrispondenza epistolare e più, per arrivarci, era necessario allontanarsi dal proprio modo locale di pensare e agire, se non si voleva, una volta giunti a destinazione, ritrovare lo stesso luogo. Berlino ≠ Babilonia. Koldewey aveva perso la visione d'insieme di quante fossero nel frattempo le commissioni a Berlino che si occupavano della spedizione babilonese. Ben tre erano impegnate a convincere Koldewey a pubblicare o lasciar pubblicare i risultati degli scavi raccolti fin lì. C'era la Commissione orientale dell'Accademia prussiana delle scienze, che doveva creare un certo numero di posti fissi per il trattamento dei reperti, per l'acquisizione di conoscenze su cose che, essendo trofei archeologici, non era più così semplice far uscire da uno stato che aveva scoperto che erano trofei archeologici. Il sapere scientifico era la necessità fatta virtù di esercitare il potere anche in mancanza di un oggetto e subito dopo trovarne uno nuovo nel discorso scientifico. C'era una sottocommissione che doveva accordarsi con Koldewey sulle pubblicazioni possibili e necessarie, e un collegio scientifico che era sottoposto al comitato di lavoro della Deutsche Orient-Gesellschaft solo perché da statuto quest'ultimo non poteva suddividersi in ulteriori sottocomitati. Tutte le commissioni erano composte pressoché dagli stessi membri, che ogni mese adempivano a un numero stabilito di riunioni, l'assemblea dei membri della Deutsche Orient-Gesellschaft, le riunioni del comitato di lavoro della Deutsche Orient-Gesellschaft, le riunioni del comitato per le pubblicazioni, le riunioni dell'Accademia delle scienze. Questi incontri itineranti intorno e sull'Isola dei Musei di Berlino si svolgevano ogni settimana a orari fissi, e i partecipanti, come gli strumentisti di un'orchestra stabile in cui cambiavano gradualmente singoli elementi, provavano una composizione che non veniva mai eseguita sebbene fosse stata provata per anni. Titolo: Come indurre a distanza il dottor K. a fare una cosa che si rifiutava di fare. Era una composizione dalla quale Delitzsch, non da filologo ma da direttore del dipartimento dell'Asia anteriore sull'Isola dei Musei, si teneva alla larga per principio, dato che Wilhelm von Bode, comune datore di lavoro di Delitzsch e Koldewey, sostanzialmente non si interessava alle questioni babilonesi. Von Bode, quando era diventato direttore generale dei Musei Reali, aveva conservato la carica di direttore della Gemäldegalerie. A von Bode interessava l'arte figurativa dell'era cristiana, in maniera marginale anche l'arte delle culture che l'avevano influenzata, i persiani, l'Islam, la Cina. L'antichità classica gli serviva a poco, la Mesopotamia a niente. Koldewey era sicuro che oltre a tutti i comitati e i collegi esistesse una commissione segreta che si occupava esclusivamente di capire come fosse potuto accadere che da contratto Koldewey dipendesse proprio da von Bode. Come era potuto accadere che Koldewey, che su incarico della Deutsche Orient-Gesellschaft, che su incarico dell'Accademia delle scienze, che su incarico dell'imperatore Guglielmo II, che su incarico dello Stato prussiano in una gara aperta con Francia e Inghilterra aveva scavato Babilonia, la culla della civiltà, dovesse rispondere solo al direttore generale dei Musei Reali, che dal canto suo era necessario spronare a esporre i reperti della civiltà nei musei che dipendevano da lui e, ben più importante, prima ancora acquistarli dall'ente promotore degli scavi, la Deutsche Orient-Gesellschaft, in cambio di un contributo per le spese. Come era possibile che la Deutsche Orient-Gesellschaft, che tutti i mesi raccoglieva il grosso del budget degli scavi, che tutti i mesi reclutava nuovi mecenati dalla scienza e dall'economia per i finanziamenti, che tra i suoi sostenitori annoverava l'imperatore assicurando così lo scavo, non fosse quella che dettava le condizioni al responsabile di scavo? Come era possibile che a una riunione della Deutsche Orient-Gesellschaft, durante la quale Koldewey aveva illustrato un programma di scavo concepito per altri quattordici anni, tutti i presenti avessero trattenuto il respiro solo perché era presente anche il ministro delle Finanze? Come era possibile che nessuno riuscisse a impedire a Koldewey, anziché effettuare rilievi mirati a Babilonia come previsto, di allargarsi all'intera città scavando in un'area complessiva di dieci chilometri quadrati? Perché con Koldewey non funzionava quello che funzionava con Borchardt e Dörpfeld? Perché funzionava ad Amarna e a Pergamo, ma non a Babilonia?

Koldewey distolse lo sguardo dalla finestra e controllò a quale pagina dei *Fondamenti* di Liebermeister era inserita la foto dei bambini in riva all'Eufrate, che una volta aveva esposto all'azione della luce da quella finestra per meno di un secondo ma sufficiente per più vite, e che usava come segnalibro, li sfilò da pagina 389 e li tenne sollevati sopra l'indice di Liebermeister, i loro piedi nudi sulla sabbia, sull'argilla, sul fango essiccato, e si chiese quale aspetto avrebbero avuto se li avesse dipinti ad acquerello. Sembravano fatti apposta per starsene in piedi lì davanti a loro, guardarli, dipingerli ad acquerello. Bisognava passare per un momento attraverso il quadro non ancora dipinto, andare dall'altra parte, contare le pecore, ispezionare lo sfondo, l'acqua. Bisognava guardare di nuovo, prima bisognava guardare, afferrare, capire. Era quella l'intollerabilità della foto, che in realtà era un intollerabile *après-coup*: una volta fotografata l'immagine, dover continuare a guardarla, accecati dalla certezza che emanava, ma che era solo la certezza di aver documentato la presenza di qualcosa senza però averla compresa. Si potevano realizzare copie a piacimento di una cosa, senza avvicinarsi di un millimetro a quella cosa. Si poteva moltiplicare il proprio modo di pensare e definire logici i risultati. La logica. Non si poteva rimproverare a Kant di essersi lasciato sfuggire qualcosa in proposito da quando Aristotele l'aveva inventata. Non c'era nulla che Kant avrebbe potuto aggiungerle o toglierle, che avrebbe potuto cambiare. Aristotele aveva inventato un modo di pensare che in sostanza a tutt'oggi non era cambiato, perché aveva non tanto inventato qualcosa quanto piuttosto trasferito qualcosa: le strutture semantiche e grammaticali della lingua greca alle regole dell'argomentazione. Aristotele aveva sempre pensato come parlava. Ciò che diceva era diventato logico nell'attimo in cui all'improvviso lo aveva visualizzato; definito, consequenziale, lineare.

Koldewey posò la foto sull'indice analitico di Liebermeister. I mattoni a rilievo di Nabucodonosor, dentro le diverse centinaia di casse impilate nel cortile della casa di scavo, non sarebbero mai potuti essere trasportati da una carovana. Troppo elevato il pericolo che si frantumassero ulteriormente durante il trasporto o durante il trasbordo o addirittura in un incidente. Potevano essere trasportati soltanto per nave, su grandi imbarcazioni a vela, con cui avrebbero iniziato il loro viaggio verso l'Europa lungo migliaia di chilometri partendo dall'Eufrate, non lontano dalla casa della spedizione. A Berlino, le parti crollate della porta di Ishtar, la facciata della sala del trono del palazzo di Nabucodonosor e i muri di fiancheggiamento della via delle Processioni sarebbero risorti, come la facciata di Mshatta e l'altare di Pergamo, anche se il direttore generale dei musei turchi non era d'accordo, anche se Andrae, l'ex assistente di Koldewey che sotto la supervisione di Koldewey dirigeva gli scavi nell'assira Assur, non poteva crederci e, con rammarico di Koldewey, si impegnava con spirito troppo battagliero per non cedere i reperti al

Museo di Costantinopoli e tenerli ancora per qualche tempo ad Assur per ragioni di studio, mentre Koldewey cercava di dissuaderlo in greco alla fine di una lettera. Lo demoralizzava un po' che Andrae fosse così lontano. A distanza gli appariva più vicino di prima, specialmente quando leggeva nelle sue lettere degli innocui problemi che lo assillavano in modo tanto straziante.

Andrae sarebbe stato il motivo che lo avrebbe spinto a mettere mano alla pila, Koldewey lo sapeva.

Ma guardò la foto, fuori dalla finestra, la foto, fuori dalla finestra. Anche la prima fotografia al mondo non mostrava forse la vista da uno studio? L'aveva scattata il francese Joseph Nicéphore Niépce. E non Daguerre, che in seguito lanciò sul mercato le redditizie esperienze di Niépce. La prima fotografia al mondo aveva documentato la vista su un cortile dalla finestra di uno studio. La seconda fotografia, sempre di Niépce, una tavola apparecchiata. O la prima era questa e l'altra era la seconda? In ogni caso, erano due fotografie che mostravano solo indistintamente ciò che rappresentavano, e il loro essere indistinte distraeva dal fatto che il soggetto rappresentato fosse la conseguenza di un esperimento e in sé privo di importanza. Acquistò importanza solo quando fu mostrato sempre più distintamente e il processo del fotografare passò in secondo piano e il soggetto in primo piano, la casa, il cortile, la tavola apparecchiata, una quotidianità che non era mai stata così chiaramente visibile. Così visibile che anche la pittura, la vera fabbricante di immagini, non poté ignorarla e la prese come soggetto, ma invertì all'istante il processo della visualizzazione fotografica, rendendo di nuovo irriconoscibile il raffigurato. Come se volesse nascondere, lei che si definiva pittura *en plein air* e non si sarebbe mai definita impressionismo, quanto era influenzata dalla fotografia e dal suo punto focale. Come se volesse nascondere che non si opponeva affatto alle regole dell'Accademia, ma cercava di trasformare lo smacco del suo repentino ed esclusivo interesse per i soggetti banali – nature morte, giardini, scene domestiche – in atteggiamento rivoluzionario: messinscena cromatica anziché concentrazione sul contenuto, l'impronta del pittore contro la riproduzione meccanica, soggettività anziché oggettività. Lo smacco di aver realizzato lo stesso prodotto non solo a livello tematico ma anche tecnico: l'eliografia. Così Niépce definiva le sue immagini fotografate: disegnate mediante la luce del sole. All'esterno, di fronte al soggetto.

Da lontano Andrae lo toccava nel profondo – Reuther vi avrebbe trovato una spiegazione psicosomatica all'ultimo problema medico di Koldewey, un fastidioso eczema, che finalmente lo sviasse dalla sua teoria della cattiva alimentazione? O forse era un atto impressionista di lontana vicinanza. Impressionismo: l'uomo ridotto a linee e punti, indistinto, confuso con l'ambiente. Anche Andrae, quando ancora non dirigeva gli scavi ad Assur e lavorava a Babilonia come assistente di Koldewey, da vicino non aveva mostrato nulla che colpisse particolarmente Koldewey. Da vicino l'impressionismo non mostrava nulla che si potesse vedere. Mostrava cosa fosse il senso della vista: un senso che doveva distanziarsi per riuscire a percepire, un senso che era distanziato. Mostrava che bisognava distanziarci anche da noi stessi per poterci riconoscere, che ci eravamo già distanziati, eravamo usciti nel mondo, invece di guardare fuori dalla finestra e intanto interrogare i libri anziché noi stessi, leggere lettere. Gli impressionisti avevano seguito i fotografi fuori dalla porta, per potersi ribellare a una società industrializzata nell'atelier del tempo libero del giardino-studio grazie a tubetti di colore che non seccavano di produzione industriale. I fotografi avevano seguito gli scavatori fino in Oriente, anche se per altri motivi: l'Oriente non aveva i soggetti più attraenti, aveva la luce più attraente.

Andrae scriveva che Delitzsch – l'unico filologo, per quanto bonario, del quale non riuscivano a liberarsi – voleva partire di nuovo per la Mesopotamia. E che poteva partire per la Mesopotamia solo se Andrae e Koldewey scrivevano a Berlino da Assur e da Babilonia che il direttore del dipartimento dell'Asia anteriore Friedrich Delitzsch era assolutamente necessario per decifrare le tavolette di argilla.

Mescolate alle lettere di Andrae da Assur c'erano:

Le lettere dell'amministrazione generale dei Musei Reali, che inoltrava anche le richieste della Deutsche Orient-Gesellschaft, dato che Koldewey si rifiutava di comunicare ufficialmente con la Deutsche Orient-Gesellschaft.

Le lettere del comprensivo Güterbock, che nelle sue funzioni di segretario della Deutsche Orient-Gesellschaft faceva ufficiosamente da tramite tra questa e Koldewey.

Le lettere del ministero degli Affari esteri.

Le lettere del console di Baghdad Hesse, che per motivi non chiaramente definibili infastidiva Koldewey.

Le lettere di Wiegand da Mileto e da Costantinopoli, che per motivi perfettamente definibili infastidiva Koldewey, non perché fosse responsabile di scavo a Mileto, non perché fosse direttore straniero dei Musei di Berlino, ma perché era addetto dell'ambasciata a Costantinopoli e naturalmente era più motivato a rappresentare i propri interessi rispetto a quelli dei pochi scavatori tedeschi che non erano emissari politici, nonostante gli inglesi li considerassero tali.

Le lettere di Jordan, che dirigeva gli scavi a Uruk sotto la supervisione di Andrae e la soprintendenza di Koldewey, e si rivolgeva sempre a Koldewey quando Andrae era fuori sede ad Assur.

Le lettere di Reuther, scritte durante il suo ultimo soggiorno in Germania e dopo il rientro a Babilonia.

Le lettere degli assistenti di scavo ad Assur e a Uruk, che mandavano a Babilonia le distinte delle spese di viaggio insieme alle casse dei reperti.

Le lettere del commerciante di Baghdad Püttmann, che riforniva Babilonia di tutto ciò che non era reperibile nel raggio di cento chilometri.

Püttmann era l'unico che nelle sue lettere si rivolgeva a Koldewey nel modo in cui si rivolgeva a Koldewey, come se fosse lì accanto a lui e gli desse una pacca sulla spalla, e negli ultimi tempi, visto che a Berlino, probabilmente per corromperlo, gli avevano conferito con inutile ridondanza accademica il titolo di professore:

Caro signor professore!
O:
Caro signor professore e amico!
O:
Caro amico di macchina da scrivere e professore!
Caro professore e Koldewey!
Caro professore e vecchio mio!
Caro signor professore, dottore e vecchio amico!
Dica un po', caro il mio professore…
Carissimo professore ringraziato di cuore!
Signore e professore battuto a macchina!
Signor professore che saluto cordialmente!
Amico e professore giù di corda!

Egregio professore e collega di Erika!
Amico e professore compositore di versi!
No, no, no, no, non c'è niente da fare, caro signor professore!
Ah già, caro amico e professore! Ho un nuovo tipo di tagliatelle alle verdure Knorr, gliele mando con il catalogo che le avevo promesso, dal quale può fare la sua scelta.

La maggior parte delle lettere Koldewey le aveva lette, alcune le aveva scorse, aveva sottolineato certi passaggi, corretto errori di ortografia. Aveva contrassegnato lettere come riservate, messo lettere insieme a lettere più vecchie organizzandole per mittente e argomento fino a creare una forma di ordine, che a prima vista sembrava avere una base cronologica, invece somigliava piuttosto a una stanza con molte porte che conducevano in altre stanze, che nell'immaginazione di Koldewey, nonostante il diverso contenuto, erano tutte delimitate da pareti bianche e a loro volta disponevano di una serie di porte che conducevano in altre stanze, però di nessuna finestra. Koldewey non avrebbe letto nulla che non sapesse già. Sarebbe potuto restare a distanza. Ma non lo avrebbe fatto. Avrebbe letto fintantoché non avesse trovato una ragione per alzarsi e accantonare di nuovo la pila – o smistarla di nuovo.

ANDRAE, ASSUR
Delitzsch vuole venire un'altra volta!

ANDRAE, ASSUR
Delitzsch cerca di inviare il messaggio che da Assur e da Babilonia si faccia presente a Berlino l'urgente necessità di un suo ritorno, così può chiedere di partire. Devo rispondere?

ANDRAE, ASSUR

Delitzsch scrive ancora suggerendo con discrezione che basta presentare una richiesta urgente da Assur e da Babilonia, in cui si dichiara che il direttore del dipartimento dell'Asia anteriore è assolutamente indispensabile per decifrare le tavolette di argilla, e i fondi per il suo viaggio verranno stanziati all'istante. Delitzsch non vuole presentare la richiesta di persona, anche se considera assolutamente indispensabile che sia fatta pervenire.

L'AMMINISTRAZIONE GENERALE DEI MUSEI REALI, BERLINO

Con la presente, l'AG la autorizza ad acquistare l'adattatore fotografico, anche nell'eventualità che dovessero essere necessarie somme maggiori rispetto a quelle preventivate.

ANDRAE, ASSUR

Delitzsch scrive che Wiegand scrive che vorrebbe che io sapessi che l'attuale valì di Mossul è un uomo con cui bisogna assolutamente essere in ottimi rapporti. Infatti è il fratello dell'onnipotente Izzet Pascià, e suo figlio è il segretario privato del sultano.

L'AMMINISTRAZIONE GENERALE DEI MUSEI REALI, BERLINO

L'AG ha incaricato la locale ditta Kodak, con sede in Friedrichstr. 16, di spedirle 5 bobine di pellicola da 17 1/2 cm e 7 confezioni da 12 lastre fotografiche compatibili con la fotocamera e l'adattatore.

ANDRAE, ASSUR

La proroga degli scavi non si vede ancora, tanto per cambiare. Ho ricevuto quattordici giorni fa un telegramma da Berlino con la conferma che è arrivata. Vogliono tenersela e conservarla sotto sale?

L'AMMINISTRAZIONE GENERALE DEI MUSEI REALI, BERLINO
L'AG la prega di voler cortesemente comunicare se l'adattatore spedito da noi, unitamente alle bobine e alle lastre fotografiche spedite dalla locale ditta Kodak, sono giunti a destinazione.

ANDRAE, ASSUR
A Mossul non c'è più frumento, Ismael sta cercando di comprare quello curdo a Karatchok. Qui è di nuovo tutto nero di locuste. Ho richiesto una fornitura di orzo e frumento da Püttmann & Co. a Baghdad.

L'AMMINISTRAZIONE GENERALE DEI MUSEI REALI, BERLINO
Sono state avviate opportune ricerche per stabilire dove si trovi il materiale fotografico.

PÜTTMANN, BAGHDAD
Stimato amico di macchina da scrivere e professore! Ieri sera abbiamo servito ai nostri ospiti (Mr. e Mrs. Todd) omelette à la Reuther, con i *bedlidjan*, gli champignon o quello che erano. Hanno gradito. "E il dottor Reuther sa cucinare questi piatti?" ci siamo domandati.

REUTHER, BERLINO
Qui a Berlino sono tutti piuttosto risentiti che lei non voglia pubblicare. Inoltre, si mormora, nessun ministro delle Finanze approverà il suo programma di scavo.

PÜTTMANN, BAGHDAD
La fattura del ventilatore standard è arrivata, ma il ventilatore, anziché mandarlo qui al Consulat de Belgique via Bombay, quelle facce da cammello lo hanno mandato al Consulat de Belgique a Bombay. La prego, la prego, non perda le staffe. Non risolve niente e si scalda ancora di più!

ANDRAE, ASSUR
Reuther scrive che non le è ancora passato l'eczema. È vero?

REUTHER, BERLINO
Povero Giobbe e povero Lazzaro! Dunque non è servito nemmeno l'arsenico? Ci avrei giurato! Con l'arsenico, che in genere si gusta nel caffè al quale dovrebbe conferire un sapore di aglio estremamente gradevole, qui da noi ci si avvelena la suocera, nel caso se ne abbia una. Se proprio vuole avvelenarsi, allora perché non prendere direttamente il cianuro o la stricnina. Secondo me le farebbe bene una bella cura a base di verdura. Asparagi, carciofi, piselli, stinco di maiale e crauti, cavolo riccio, cose così. Di sicuro è meglio che sbevazzare arsenico e "raschiare con una lama senza filo e cospargere di petrolio".

PÜTTMANN, BAGHDAD
Mi ritrovo con 6000 tende che nessuno vuole comprare, perché dicono che sono di qualità scadente: "Ma come?" – "Be', si sente, basta toccarle! Non lo sente? Le tocchi!" E io, idiota, che faccio? Prendo una lente del tutto inaffidabile e conto sotto gli occhi degli irochesi che un centimetro quadrato del campione contiene lo stesso identico numero di fili di un centimetro quadrato della stoffa consegnata. In Europa questa è una prova, ma qui… Non bisogna arrabbiarsi. Me lo dice anche mia moglie, che non posso lasciar uscire da sola perché altrimenti va dritto al serraglio e ammazza tutti. Il nondimeno sempre suo vecchio E. Püttmann, che la saluta anche da parte della moglie.

REUTHER, BERLINO
Per favore, stia attento che Wetzel non si mangi tutte le oche prima del mio ritorno. Qualche tempo fa mi ha scritto

che alcune oche si sono "sottratte per morte naturale dall'essere mangiate". Probabilmente le arrostisce di nascosto nella sua tana o nelle catacombe di Nabucodonosor!

PÜTTMANN, BAGHDAD
Forse mi converrebbe scrivere romanzi redditizi come Karl May. Il suo E. Püttmann, che torna a sgobbare.

REUTHER, BERLINO
Non sono riuscito a trovare da nessuna parte le verdure in scatola a cubetti che raccomanda Buddensieg. Le verdure essiccate ci sono solo sfuse. A quanto pare devono essere lasciate parecchio in ammollo... Prodotti di questo genere non ci sono ancora nemmeno freschi, saranno messi in vendita a fine settembre.

PÜTTMANN, BAGHDAD
Il ventilatore ormai senile è tornato tra le braccia del suo proprietario. L'intelligenza regio belga ha fatto cilecca anche a Bombay. Con devozione regio belga, il suo E. Püttmann. PS: In compenso ho rimediato una fotocamera a lastre funzionante, che le farò pervenire prontamente.

REUTHER, BERLINO
La Deutsche Orient-Gesellschaft sembra intenzionata a tirare fuori solo gli spiccioli. Che Dio conceda agli ebrei un'annata in Borsa benedetta e distolga l'animo di G. II dal viaggio al Polo Nord dello Zeppelin, per il quale mostra un preoccupante interesse!

JORDAN, URUK
È possibile che l'antico Utukhēgal possa aver fatto costruire bellissime facciate con modanature a tondino già nel XXI secolo a.C.?

PÜTTMANN, BAGHDAD

Hasan Riza Bey, il colonnello gentile e perbene che parla tedesco ed ex capo di Stato maggiore, è stato nominato valì di Bassora. Questa sì che è bella! Malgrado tutto! Fino a ieri era a capo del CLIX corpo d'armata in Albania e ora ricopre un incarico civile? Bah. Come trasformare dalla sera alla mattina un ciabattino in un pasticciere.

JORDAN, URUK

Scrivo all'Accademia a Dresda e mi faccio restituire la tassa di iscrizione, all'epoca non ci hanno detto nulla sugli altari con struttura reticolare a colonnina.

GÜTERBOCK, BERLINO

Altro che ventiquattro ore, il suo telegramma ha impiegato il triplo ad arrivare. Perciò penso che lo abbiano trattenuto a Costantinopoli e mandato in giro riscritto a mano per accertarsi che non contenesse indizi di alto tradimento contro lo stato.

HESSE, BAGHDAD

Gli inglesi, come previsto, si sono candidati per la concessione ferroviaria Kermanshah-Shushtar-Mohammerah nell'eventualità che i russi costruiscano la ferrovia Julfa-Tabriz-Teheran-Kermanshah nel Nord della Persia.

GÜTERBOCK, BERLINO

Alcuni telegrammi arrivano il giorno dopo. Da altri si nota che sono passati attraverso le istanze inglesi, come quello del 7 (che ho ricevuto il 10). Questo telegramma ha stabilito il record di irriconoscibilità: "Pregasi procurare 2 pezzi nuovi oliera per parte superiore di cilindro di pescaggio 8 nemmeno 4 millimeter inseguendo carico per benvenuto.

Kaldway." Il mio nome non ne è uscito meglio del suo: sono diventato "gruetterbook".

PÜTTMANN, BAGHDAD
Caro professore, signore e amico! Ad Amara gli arabi sparano sui grandi capi della ferrovia di Baghdad. Hanno bloccato le navi e non vogliono lasciar passare i signori ingegneri fino a quando la ferrovia non sarà finita. Un senso dell'ospitalità piuttosto invadente.

HESSE, BAGHDAD
È andato a fuoco il grande deposito di petrolio. A Bassora mezza ditta Wönkhaus con tanto di magazzino. Oggi una parte della fabbrica tessile militare, il capannone con i vecchi macchinari, per fortuna è stata danneggiata soltanto la stalla del dottor Härle. Speriamo che Marshall riesca ad attuare l'intesa anglo-tedesca sulla Turchia.

JORDAN, URUK
Abbiamo trovato 35 stele, alcune belle e ben conservate, ma pesano in maniera assurda. Dobbiamo caricarle nelle casse e portarcele dietro solo per quelle 5-8 righe di incisione che ci sono sopra o dobbiamo lasciarle dove sono e ricoprirle di terra?

HESSE, BAGHDAD
A Kermanshah sono stati incendiati tutti gli edifici pubblici. I lur e i curdi hanno stretto un'alleanza, a Teheran il *sepehdar* vuole fare piazza pulita in parlamento. Il giorno della festa nazionale è andata a fuoco mezza Stambul, compreso il palazzo dello stato maggiore. Mahmut Şevket si è strinato la barba. Il comitato di Salonicco giudica un criminale chiunque parli di incendio doloso. Parlamento, Sublime Porta e

ministero della Guerra – guarda caso incidentalmente distrutti dalle fiamme. Peccato per tutti quei bei documenti!

JORDAN, URUK
D'accordo, facciamo così. Le stele saranno imballate.

L'AMMINISTRAZIONE GENERALE DEI MUSEI REALI, BERLINO
Sia lei che il signor Andrae siete gentilmente pregati di mantenere uno scambio epistolare <u>amichevole</u> e non solo formale con il direttore generale dei musei di Costantinopoli Halil Bey. E altresì di accordare con la massima gentilezza possibile ai commissari turchi presenti sugli scavi tutti i diritti dovuti.

ANDRAE, ASSUR
Qualche giorno fa un conoscente di mio padre è stato all'ambasciata a Costantinopoli e ha riferito a mio padre la conversazione con la moglie dell'ambasciatore: "Ah, quell'Andrae, con i suoi modi infelici procura grosse seccature a mio marito. A quanto pare non ha capito come comportarsi con i turchi". A sentire sono un buon funzionario tedesco, per carità, ma le qualità che ne conseguono non sempre bastano per cavarsela in Turchia. Non ho dato niente al fratello di H.B. che voleva spillarmi dei soldi, eppure dovrei sapere che quando un funzionario turco chiede 20 lire bisogna dargliene 40 per evitare problemi.

MINISTERO DEGLI AFFARI ESTERI, BERLINO
Pregasi telegrafare sempre al consolato imperiale a Baghdad rimostranze nei confronti di autorità o funzionari turchi!

L'AMMINISTRAZIONE GENERALE DEI MUSEI REALI, BERLINO
Il direttore Wiegand ha più volte richiamato l'attenzione sul fatto che anche il nuovo direttore generale dei musei tur-

chi, Sua Eccellenza Halil Bey, apprezzerebbe enormemente se i membri della nostra spedizione, in particolare i suoi responsabili signor Koldewey e signor Andrae, gli facessero visita a Costantinopoli, in partenza o di ritorno da uno dei loro viaggi.

ANDRAE, ASSUR
Detto tra noi: trovo che il nostro ambasciatore sia più turco dei turchi.

L'AMMINISTRAZIONE GENERALE DEI MUSEI REALI, BERLINO
L'interesse per gli scavi inizia a scemare sia nella cerchia dei membri della Deutsche Orient-Gesellschaft che, soprattutto, tra le cariche influenti del governo. Per arginare il calo, è necessario dare il via alle pubblicazioni, e al contempo pensare più di quanto sia stato fatto finora all'arricchimento dei Musei. L'amministrazione generale desidera perciò raccomandarle vivamente di effettuare il prima possibile la ricerca di testimonianze scritte nell'ambito dell'agglomerato urbano mediante trincee esplorative, che è stata promossa già due anni fa e che in base alle esperienze precedenti lascia supporre un esito positivo.

JORDAN, URUK
Ha mai ricevuto una cartolina da Chemnitz in Sassonia via Assuan, Aleppo, Bombay e Rio de Janeiro che ci ha messo cinque mesi ad arrivare?

REUTHER, BRANDEBURGO/HAVEL
L'altro giorno ho mangiato una marmellata inglese, prodotta a Tangermünde. La ragione della qualità in genere notevolmente più scadente delle marmellate tedesche è che da noi se ne mangiano poche di quelle buone. Devono essere un sostituto a basso costo del burro, perciò gli ingredienti prin-

cipali di queste marmellate sono fecola di patate e zucchero, mentre quelle migliori vengono esportate in grandi quantità in Inghilterra.

PÜTTMANN, BAGHDAD
Mia moglie mi proibisce di comprare le patate (che costano 14 piastre). Ne compro qualcuna di nascosto con i miei soldi personali e fingo che siano mele al forno.

IL DIRETTORE GENERALE DEI MUSEI REALI, BERLINO
Sono necessari più mattoni a rilievo, in particolare per i leoni. Perciò io e la Deutsche Orient-Gesellschaft saremmo molto lieti se subito dopo il completamento dei lavori al palazzo, ossia da quanto possiamo valutare circa entro fine c. a., si dedicasse al recupero dei frammenti in questione. Inoltre, per poter rappresentare gli interessi degli scavi, soprattutto di fronte all'amministrazione finanziaria, per me sarebbe di estrema importanza essere costantemente informato nella maniera più dettagliata possibile sullo stato e la durata prevista dei singoli settori di scavo.

ANDRAE, ASSUR
...affinché la "mancanza di scientificità di questi pseudo scavi da architetti" venga impedita una volta per tutte e integrata con vere ricerche scientifiche! Se non ci fosse Güterbock, che si schiera sempre dalla nostra parte.

GÜTERBOCK, BERLINO
Per la Deutsche Orient-Gesellschaft le pubblicazioni rappresentano un capitale. Oltre a ciò, la società deve sottoporre il proprio lavoro al ministro delle Finanze. Io capisco la sua posizione, ma in caso di domande e pressioni, vorrei poter rispondere in modo da essere sicuro di arginare ogni eventuale desiderio di interferire in faccende sulle quali, a

mio avviso, la decisione spetta solo e unicamente a lei. Per questo la prego caldamente di darmi indicazioni in tal senso: cosa devo rispondere se mi chiedono 1) quando è prevista la pubblicazione del primo volume dei suoi studi su Babilonia e 2) qual è il successivo programma di scavo?

L'AMMINISTRAZIONE GENERALE DEI MUSEI REALI, BERLINO
In accordo con la Deutsche Orient-Gesellschaft si dichiara espressamente che, qualora la ricerca di testimonianze scritte dovesse condurla ad altre significative mansioni topografiche o archeologiche, naturalmente può provvedere al loro adempimento nella maniera che ritiene più opportuna.

HESSE, BAGHDAD
Salar-ed-Dauleh ha occupato Kermanshah e ristabilito la sicurezza sulle piste delle carovane, i russi sono alle porte di Teheran, continuano le vittorie a Tripoli come anche in Cina, a Stambul i partiti fanno a botte e in Macedonia lanciano bombe. In pratica tutti si dedicano alle occupazioni abituali.

REUTHER, MUNSTER/LÜNEBURGER HEIDE
Leggendo i giornali si ha l'impressione che da un momento all'altro la guerra potrebbe scoppiare sul serio. Sono pieni di intrallazzi politici che tanto vale non leggerli nemmeno, perché dall'oggi al domani non sono più veri. A Costantinopoli scorrerà parecchio sangue. Bismarck sapeva benissimo che la vera zona calda sono i Balcani.

PÜTTMANN, BAGHDAD
Oggi sono arrivati tre signori ingegneri, due su tre sono sassoni. Le domando: che fine faremo noi un domani, quando la Mesopotamia diventerà sassone?

GÜTERBOCK, BERLINO
È "il malato" il nostro problema, non gli inglesi. I turchi temono che gli inglesi trasformino l'Iraq in un secondo Egitto. Per questo cercano di evitare ogni occasione che possa dare adito agli inglesi di prendere piede nella Terra tra i due fiumi. Ma i turchi non possono negare agli inglesi ciò che concedono ai tedeschi.

HESSE, BAGHDAD
Verrà a Baghdad per festeggiare l'inizio dei lavori alla ferrovia di Baghdad?

JORDAN, URUK
Siamo stati invitati all'inizio dei lavori alla ferrovia di Baghdad, ma non avevamo voglia di andare apposta fino a Baghdad, tanto più che la lettera con l'invito è arrivata 14 giorni dopo l'inizio dei lavori.

REUTHER, VIENNA
Ho letto nella lettera di Wetzel che si sente meglio, pertanto il bagno in una soluzione di acido solforico al trenta percento che le avevo consigliato è superfluo.

L'AMMINISTRAZIONE GENERALE DEI MUSEI REALI, BERLINO
È pregato di presentare il nuovo programma di scavo e il programma di lavoro dei singoli assistenti. A tal proposito, voglia tenere presente che si stabilisce quanto segue: palazzo di Nabucodonosor; Etemenanki-torre di Babele; nessun rilievo sistematico delle zone circostanti, solo prospezioni relative alle mura cittadine, all'Esagila-tempio di Marduk e all'agglomerato urbano, con particolare riguardo alla riva destra dell'Eufrate.

HESSE, BAGHDAD
Non è ancora chiaro cosa stia succedendo nella Turchia europea. In più l'imperatore è malato, corre voce. Pare che la strada del castello sia stata chiusa al traffico. Forse si tratta di un intervento chirurgico alle orecchie.

ANDRAE, ASSUR
È sparita la cavalla di Ismael. Siccome il nostro soldato era ubriaco, ho mandato alcuni uomini a cavallo a prendere il dottor Härle a Tekrit. A Tekrit l'uomo che montava la cavalla di Ismael si è visto prendere la cavalla di Ismael da una tribù nemica, perché una volta la sua tribù aveva rubato una cavalla all'altra tribù, il che è vero. Però l'avevano rubata perché prima quella stessa tribù aveva sottratto alla loro alcune centinaia di montoni.

PÜTTMANN, BAGHDAD
Caro amico e professore! Sembra che il dottor Härle sia ancora a Samarra per curare la dipendenza da caffeina e sigarette di Herzfeld. Gli inglesi vogliono contestare il Kuwait. Ho fatto appena in tempo a riconciliarmi con mia moglie che già si ricomincia.

ANDRAE, ASSUR
A Mossul ci sarà un grosso processo, il valì vuole occuparsi anche della cavalla.

HESSE, BAGHDAD
In Persia il principe Salar ha occupato Hamadan e Kermanshah e marcia alla volta di Teheran. Commissari per la sicurezza sono già in viaggio dall'Europa. Gli inglesi non vogliono intervenire per non fornire un pretesto alla Russia. Per inciso, il suo commissario Bedri Bey si è recato a Samarra per conto dell'amministrazione del mu-

seo e della Sublime Porta per appianare i contrasti fra il caimacam e il commissario del museo. La prega di incaricare qualcuno di prendersi cura delle sue tacchinelle e del suo orto.

ANDRAE, ASSUR
Ancora niente cavalla, benché il comandante del corpo, come ha scritto il consolato di Baghdad al consolato di Mossul, abbia ordinato al comandante di Charnina di restituire la cavalla.

HESSE, BAGHDAD
L'"Osmanischer Lloyd" riferisce che a Gerusalemme una società di scavatori inglesi ha corrotto i guardiani della moschea di Omar per effettuare scavi sotto la moschea di Omar allo scopo di ritrovare l'Arca dell'Alleanza.

ANDRAE, ASSUR
Ancora niente cavalla. In compenso il nostro Ismael è stato accusato di averne rubata una lui, e finché non la restituisce non riavrà la sua. Sfortunatamente ad Assur esiste davvero un Ismael che quattro mesi fa ha rubato una cavalla.

HESSE, BAGHDAD
A quanto si dice, Salar-ed-Dauleh ha fallito perché nel suo esercito i curdi sunniti non andavano d'accordo con i lur sciiti. In Persia, l'ex scià avanza ancora verso Teheran con i suoi turkmeni. Grandi discorsi al Reichstag. Commenti denigratori dei giornali stranieri sull'esercito tedesco.

ANDRAE, ASSUR
Nessuna risposta da parte del consolato di Baghdad a proposito della cavalla.

HESSE, BAGHDAD
L'ultima notizia politica è il presunto avvicinamento anglo-tedesco.

PÜTTMANN, BAGHDAD
Caro professore e vecchio mio! Ogni settimana altri tedeschi e altri austriaci, è davvero inquietante, il fez scompare in questo mare di *czapki*.

ANDRAE, ASSUR
Ismael vuole rubare due cavalle e fuggire ad al-Ḥillah, ma per questa volta sono riuscito a convincerlo a non farlo.

HESSE, BAGHDAD
Giorno e notte arrivano materiali e macchinari, ora i binari sono a cinque chilometri.

ANDRAE, ASSUR
Allegata lettera di Ismael, che si rivolge ai figli di Mohammed Pascià ad al-Ḥillah, precedenti proprietari della cavalla e attuali proprietari di tre zampe della sua progenie, e che devono aiutarlo a farsi restituire la cavalla dagli obêd, il cui sceicco è imparentato con loro. Altrimenti la cavalla devo pagarla io.

L'AMMINISTRAZIONE GENERALE DEI MUSEI REALI, BERLINO
È pregato di presentare appena possibile il programma di scavo definitivo.

ANDRAE, ASSUR
Nessuna notizia della cavalla. Avrei una gran voglia di riferire la questione a Berlino, per quanto ridicola sia. Sappiamo perfettamente cosa sta succedendo, eppure non possiamo fare nulla!

HESSE, BAGHDAD
Colpo di stato a Cospoli sotto il comando di Nasim Pascià. Si potrebbe arrivare alla guerra con il Montenegro, che avrebbe implicazioni incommensurabili.

ANDRAE, ASSUR
Ismael ha dato il via a un'azione privata sul modello del "diritto arabo", della quale naturalmente noi non sappiamo niente. Ora la cavalla è di nuovo qui, e con lei c'è anche un puledro.

HESSE, BAGHDAD
La prossima settimana *fancy dress ball* dai Lorimer, e qui tutti fanno a gara a confezionare costumi. Viene?

PÜTTMANN, BAGHDAD
Ave, egregio amico e professore! Il ventilatore è ancora in viaggio. E presto lo sarò anch'io, tra un mese me ne vado da B. Non è più bella. Così tanti europei, tutti così distinti e con il nome così lungo. Elegantissimi e impeccabilmente sull'attenti!

REUTHER, ALESSANDRIA
I turchi vengono quasi scacciati dall'Europa.

GÜTERBOCK, BERLINO
A volte penso che con un atteggiamento autoritario si otterrebbe di più. Alle istruzioni richieste da Babilonia il direttore generale risponde regolarmente: "riceverete istruzioni dall'ambasciata", "fondate ragioni per non disturbare i circoli diplomatici guidati da Cos'pel". Qualche giorno fa, durante la seduta del comitato, James Simon ha sostenuto la necessità di informare l'imperatore degli eventi, ma la sua proposta è stata respinta per timore di un impulsivo *quos ego*

– con il rischio che, se S. M. viene a conoscenza dei fatti troppo tardi, si scateni un putiferio.

PÜTTMANN, BAGHDAD
Non ci faccia questo, illustre professore e amico.

WIEGAND, MILETO
La sua lettera di reclamo è stata fatta arrivare all'imperatore, e adesso è intervenuto anche lui. Chiunque scorra la lettera, considerandola non una corrispondenza privata ma una comunicazione ufficiale, deve avere l'impressione che a Cos'pel ci sia un branco di scansafatiche che non sa nemmeno perché si trova lì!

GÜTERBOCK, BERLINO
Mi dispiace, ho fatto leggere la sua lettera confidenziale a Hollmann e a Simon, mi sembrava troppo importante. Loro hanno pensato che S. M. dovesse leggerla subito. Da come l'ha raccontata Wiegand, sembra che avergli sottoposto la lettera sia un intrigo ai vertici, una montatura organizzata sottobanco da me e da lei. Nel frattempo l'ambasciatore a Cos'pel ha inviato una missiva al cancelliere dell'impero e a S. M. a sostegno di Wiegand e contro lei e Andrae. Ora Hollmann ha pregato il console di Baghdad di scrivere una lettera su di lei, in modo che anche il cancelliere sappia quanto è importante per noi. S. M. lo sa già. Apprezzerei molto se mi comunicasse che ha distrutto questa lettera.

WIEGAND, MILETO
Sono indicibilmente stufo dei continui atti di abnegazione e delle prove di pazienza a Costantinopoli. L'infinito tira e molla tra l'ambasciata e il museo turco, tra il museo turco e il nostro museo, tra il nostro museo e l'ambasciata, l'Orient-Gesellschaft, l'amministrazione generale. È la cosa che

sfinisce maggiormente un tedesco: l'eterno peccare in malafede.

REUTHER, BOMBAY
Mandi a Bombay tutti quelli che hanno fame di Europa. Si lasci portare per le strade di sera da una vettura pubblica e avrà la netta impressione di essere a Berlino. Le case, i lampioni, le insegne delle ditte, i caffè, le carrozze di piazza sono identici, in pratica ogni cosa è uguale a Berlino, almeno per chi al buio non distingue palme da cocco e mangrovie dai tigli. Spero che stia bene e che vada tutto per il meglio. Mi saluti le anatre, le oche e i gatti, il Basso (Buddensieg) e il Grasso (Wetzel).

ANDRAE, ASSUR
È arrivata la squadra della ferrovia.

L'AMMINISTRAZIONE GENERALE DEI MUSEI REALI, BERLINO
Gli americani, non gli inglesi, hanno chiesto alla Sublime Porta, e purtroppo anche ottenuto, il permesso di scavo a Ur, perciò Wiegand ha presentato subito una nuova domanda, per Eridu. Le risorse ci sono, come responsabile di scavo è stato designato Reuther.

WIEGAND, MILETO
Ma diritto o non diritto, solo così (e dopo alcune constatazioni di ordine psicologico sui miei capi) sono riuscito a far arrivare a Berlino i reperti di Priene e i reperti di Mileto, in più qualche pezzo da Pergamo, una quantità di cose bizantine che ora si trovano al Kaiser-Friedrich-Museum.

L'AMMINISTRAZIONE GENERALE DEI MUSEI REALI, BERLINO
In riferimento al suo ultimo telegramma, arrivato il 25 c. m., l'AG le chiede gentilmente ragguagli sul significato della frase "Qui di Reuther non se ne può non fare a meno".

WIEGAND, COSTANTINOPOLI
Sono anni, egregio professore, che il direttore generale dei musei turchi è arrabbiato con lei, perché senza motivo lo tratta come se fosse acqua fresca. Pertanto le sistematiche interruzioni degli scavi ad Assur e a Babilonia allo scadere del termine fissato per legge sono da ritenersi una risposta all'omessa cortesia.

HESSE, BAGHDAD
Pace grazie all'intermediazione romena?

WIEGAND, COSTANTINOPOLI
Perché non riesce semplicemente a scrivere due righe a Halil, a sforzarsi di mostrare un briciolo di quell'accortezza sul piano personale di cui la Germania burocratica non ha il minimo bisogno? L'assoluta franchezza non è necessaria in un paese in cui dare il *bakshish* non rende incapaci di rapporti sociali. Non voglio certo apparire suscettibile, ma da prussiano non posso tollerare di essere sospettato di indolenza da un sovrano così volitivo e da me così sinceramente ammirato come Sua Maestà.

EICHBAUM, SEGRETARIO E TESORIERE DELL'AMMINISTRAZIONE GENERALE DEI MUSEI REALI, BERLINO
L'avevo gentilmente pregata di non inviare più le sue comunicazioni indistintamente all'amministrazione generale, ma di mandarle all'attenzione del direttore generale. Quelle che ci sono pervenute ieri recano l'indirizzo <u>personale</u> di Sua Eccellenza e di conseguenza hanno subìto un ritardo rispetto all'iter abituale, dato che naturalmente il direttore non è sempre presente e disponibile a proprio piacimento. Perciò, se non deve riferire qualcosa solo e personalmente a Sua Eccellenza, facendo seguito alla disposizione ufficiale di cui sopra, mi permetto di chiederle la cortesia di voler usare in

futuro soltanto l'intestazione canonica "Al signor direttore generale dei Musei Reali di Berlino".

PÜTTMANN, BERLINO
Qui piove. Mi mancano l'arrak e il narghilè. A mia moglie mancano le sue lettere. Custodisce come reliquie quelle vecchie e talvolta le rilegge dall'inizio alla fine.

ANDRAE, ASSUR
Mi è stato chiesto se non voglio finalmente entrare a far parte della Deutsche Orient-Gesellschaft. Lo hanno chiesto anche a lei? Ha accettato? Se non accetta lei, non accetto nemmeno io.

IL DIRETTORE GENERALE DEI MUSEI REALI, BERLINO
Prego presentare il programma di scavo definitivo.

HESSE, BAGHDAD
Miss G. Bell è tornata. È stata a Hā'il e domenica o lunedì vorrebbe farle visita a Babilonia.

Koldewey guardò la lettera di Hesse, poi alzò gli occhi. Se il dottor Härle aveva ricevuto il telegramma che avevano scritto Reuther e Wetzel, magari sarebbe riuscito ad arrivare in un giorno, quindi forse prima di Bell, ma probabilmente no. Reuther, non Wetzel, doveva aver scritto il telegramma subito dopo che Koldewey aveva rifiutato gli impacchi preparati da Reuther, che ora galleggiavano in un secchio d'acqua ai piedi di Koldewey insieme ai fiori di camomilla del Brandeburgo che Reuther, rientrato da alcuni giorni dal suo soggiorno o vacanza o servizio militare in Germania, aveva messo nel secchio, un'enorme manciata, come se avesse voluto dire: vede, dottore, avrei preferito usarli per farmi un tè e digerire le tre brocche di limonata che siamo stati costretti a bere stamattina durante le trattative per gli scavi, ma li offro in dono alla sua appendice.

Non doveva muoversi, per niente al mondo, nel caso fosse l'appendicite di cui parlava Liebermeister, lamentarsi però poteva. Koldewey guardò tutte le cose che ormai erano impilate davanti e sopra di lui: le lettere, la foto di un gruppo di bambini in riva all'Eufrate, di cui tra l'altro ne aveva varie, ma erano nascoste troppo bene e soprattutto troppo lontano in quella stanza, una stanza che di fatto era uno sgabuzzino; in mezzo a lettere, taccuini di ogni genere pieni di schizzi, tracciati, copie stenografate delle lettere che aveva scritto, pensieri, idee, associazioni che gli venivano in mente durante le sue letture, buste, pezzi di carta e foglietti sparsi, e: i *Fondamenti di medicina interna* di Liebermeister.

Fondamenti.

Koldewey pronunciò la parola tra sé: fondamenti. Si guardò intorno nella stanza, in quello sgabuzzino, guardò le pareti intonacate a gesso, guardò in alto, seguendo il fumo della pipa, guardò i tronchi di palma grezzi, sui quali era disteso il graticcio di canne usato da millenni come copertura per le costruzioni in legno di palma. Sopra c'era il solaio in argilla, su cui ogni tanto Koldewey si arrampicava, lungo una scala, sotto la quale si trovava una parte della sua stanza, l'alcova formata dall'ottomana e dalla finestra. Quando si arrampicava sul tetto, lo faceva in fretta, il vestito di lino bianco mosso dal vento, e principalmente per restare lassù e tacere e osservare il cortile in basso, dove qualcuno minacciava di sparare seduta stante a qualcun altro per una sciocchezza amplificata alla maniera orientale. La minaccia da sola non suscitava molto clamore, non assumeva una forma concreta, se uno sfiorava il fucile, un certo numero di persone si raggruppava all'istante alle spalle di uno dei due contendenti, urlando a gran voce e indicando a loro volta i fucili. Koldewey li guardava imperturbabile dalla sua posizione sopraelevata. Era un'immagine disegnata nel paesaggio di una veduta dall'alto, di una veduta d'insieme, di una veduta planimetrica, che era apparsa dal nulla. L'impassibilità come strumento per prevenire gli impulsi, generare la calma, assorbire la canicola in una veste svolazzante. Sopra il tetto funzionava, sotto il tetto no.

Chiamare qualcosa "fondamenti". I *Fondamenti di medicina interna*. Qualcosa di interno doveva avere qualcosa di esterno. A meno che non fosse crollato collassando su se stesso. Un corpo plastico trasformato in una superficie piana. In una proiezione orizzontale. E tutto comodamente ripiegato, rilegato e trasformato di nuovo in un corpo solido. Un corpo aperto e chiuso. Il libro – qualcosa che si forza per aprire e che si forza per chiudere.

Anche della torre di Babele era rimasta soltanto una proiezione orizzontale, dopo secoli di ricostruzioni, ristrutturazioni, demolizioni. E il nome, che si riferiva alla sua ubicazione, Babilonia. All'inizio del XX secolo Babilonia era ricordata solo da una collina, che però non si trovava all'interno della città, ma in una delle sue propaggini più a nord e lì, nella sua esistenza marginale in tutti i sensi, aveva conservato il proprio nome: Babil. Un cumulo di rovine ricoperte dalla vegetazione, provenienti in parte dal Palazzo d'estate di Nabucodonosor e in parte dall'ultima residenza dell'ultimo sovrano, Alessandro Magno.

Non era possibile, nelle condizioni di Koldewey, camminare fino a Babil. Non era possibile nemmeno distinguere se sulla collina, dalla quale solitamente Bell entrava in città, ci fosse già qualcuno. Di solito si portava dietro mezza casa. L'obiettivo della macchina fotografica brillava a chilometri di distanza.

Quando Erodoto entrò a Babilonia nel V secolo a.C. non si accorse della collina ai margini della città, si accorse che al centro della città sorgeva una torre piuttosto alta, ma non si accorse che non aveva un ingresso. Dopo che l'impero persiano aveva regnato in maniera abbastanza pacifica su Babilonia per mezzo secolo, a differenza dei suoi predecessori Serse aveva deciso di far demolire la scala di accesso, lunga sessanta metri, che saliva lentamente conducendo alla torre di Babele. Poco prima dell'arrivo di Erodoto, Serse aveva deciso di non credere più di poter essere il re di Babilonia solo se si comportava come un re babilonese e ogni anno si recava alla festa del Nuovo Anno babilonese e porgeva la mano a Marduk, il dio di tutti gli dèi, per legittimare una sovranità che presumibilmente sottostava all'influenza non degli dèi zoroastriani, ma ancora di quelli babilonesi. Dèi che anche secoli dopo l'ultimo re autoctono giudicavano chiunque entrasse nella città di Babilonia. Serse aveva deciso di non essere timoroso come i suoi predecessori Dario I e Cambise II e Ciro II, che non avevano fatto niente di diverso da ciò che avevano fatto i conquistatori di Babilonia prima di loro: rinunciare alla dignità regale piuttosto che rompere con i vecchi diritti.

Anche Koldewey ammetteva che a volte una vecchia legge gli impediva di disporre autonomamente della propria vita. Considerava un'assurdità bella e buona credere a una qualche divinità, ma avrebbe considerato altrettanto assurdo intraprendere un viaggio di venerdì o il 13 del mese, oppure iniziare un nuovo scavo nel punto x, y, z in uno di quei giorni.

Doveva essere capitato più o meno lo stesso anche a Serse, infatti non aveva distrutto l'intera torre, come in passato aveva fatto il re assiro Sennacherib, che per sua stessa ammissione, come aveva tradotto Delitzsch, "la gettò nell'Eufrate", dal quale l'indisciplinato figlio Asarhaddon la ripescò immediatamente per non suscitare l'ira degli dèi babilonesi e la ricostruì ancora più grande. Anche il figlio di Asarhaddon Assurbanipal, finché il fratello insediato a

Babilonia non si ribellò, cercò di non turbare le consuetudini rituali della città e, per andare sul sicuro, di estenderle a tutte le altre consuetudini. Forse per un profondo rispetto nei confronti di quanto leggeva su quei babilonesi nella sua biblioteca, formata dalle conoscenze babilonesi copiate una a una, ma più probabilmente perché il popolo assiro considerato rozzo si impadronisse della raffinatezza dei babilonesi, della cultura in sé che, come ogni cultura, non sarebbe potuta esistere senza la tutela delle proprie origini e dei propri riti. La collezione di tavolette babilonesi di Assurbanipal a Ninive era anche il motivo per cui loro a Babilonia avevano l'allarmante sensazione che gli inglesi, che avevano scavato Ninive cinquanta anni prima, su Babilonia continuassero a saperne sempre di più. Dunque anche Assurbanipal, l'ultimo sovrano significativo dell'impero assiro, si recava ogni anno a Babilonia per percorrere la via delle Processioni insieme a Marduk e agli dèi giunti dalle città limitrofe in forma di statue, per celebrare per undici giorni la festa del Nuovo Anno e ascoltare l'epopea della creazione del mondo, di fatto la legittimazione della città di Babilonia a celebrare la festa del Nuovo Anno. Assurbanipal porgeva la mano a Marduk e così facendo veniva riconosciuto come re da ogni tribunale d'Oriente che sottostava perlomeno al diritto consuetudinario. Ma prima che potesse porgergli la mano, la cerimonia prevedeva che un sacerdote si prendesse la libertà di togliere al re le sue insegne, scettro, cerchio, tiara e arma divina, e schiaffeggiarlo, mentre lui, inginocchiato davanti alla statua di Marduk, dichiarava di non aver peccato. Serse non poteva distruggere nessuna consuetudine, poteva solo minare il pensiero all'origine di tutte le consuetudini. Non aveva nulla in contrario a lasciarsi schiaffeggiare. Non voleva nemmeno recidere il legame tra cielo e terra, le sue fondamenta, come da secoli veniva definita la torre. Voleva soltanto recidere il legame tra cielo e terra a Babilonia, dare ai suoi abitanti amanti del bello, che erano inclini alla critica e alla condotta sediziosa, altre fondamenta. Ma solo Alessandro Magno centocinquanta anni più tardi era riuscito a scalzare quelle fondamenta fino all'ultimo strato.

Ciò che Erodoto vide poco dopo l'intervento di Serse e ciò che Erodoto non vide era scritto su un foglio di carta con l'indicazione della fonte che Koldewey aveva appeso alla parete. Era l'estratto di un testo di per sé mitologico, che Koldewey voleva analizzare alla ricerca di possibili fatti, Erodoto I, 178-181: la descrizione della città.

È situata in una vasta pianura, ha forma quadrata e ogni lato misura centoventi stadi: perciò il perimetro della città raggiunge in totale i quattrocentottanta stadi. Tale è l'estensione della città di Babilonia; il suo assetto armonioso, poi, non ha uguali in nessun'altra città che conosciamo. Innanzi tutto, la circonda un fossato ampio e profondo, pieno d'acqua, e poi un muro largo cinquanta cubiti reali e alto duecento.

A quanto ho detto, devo aggiungere come fu utilizzata la terra proveniente dal fossato e in che modo fu costruito il muro. Man mano che scavavano il fossato, foggiavano dei mattoni con la terra asportata dallo scavo; quando ne ebbero preparato un numero sufficiente, li fecero cuocere nelle fornaci; poi, usando dell'asfalto caldo come malta e inserendo dei graticci di canne ogni trenta strati di mattoni, costruirono dapprima gli argini del fossato e quindi, nella stessa maniera, il muro stesso. Sulla sommità del muro, lungo i bordi, eressero delle costruzioni a un solo piano, rivolte l'una verso l'altra; tra di esse lasciarono lo spazio necessario al passaggio di un carro a quattro cavalli. Nella cerchia di questo muro vi sono cento porte, tutte di bronzo e di bronzo sono anche gli stipiti e gli architravi.

La città è formata da due settori: è infatti divisa a metà da un fiume che si chiama Eufrate: esso proviene dal paese degli Armeni, è grande, profondo e rapido; sfocia nel Mare Eritreo. Da entrambe le parti, i bracci del muro di cinta si spingono sino al fiume: a partire da quel punto si piegano a gomito e, formando un argine a secco di mattoni cotti, si estendono lungo entrambe le sponde del fiume. La città vera e propria, piena di case a tre e a quattro piani, è tagliata da strade diritte, comprese le vie trasversali che portano al fiume. In corrispondenza a ciascuna di queste strade si aprivano, nell'argine lungo il fiume, delle porticine in numero pari a quello delle vie.

In ciascuno dei due settori della città vi era, al centro, un edificio fortificato: in uno la reggia, dotata di un muro di cinta grande e possente, nell'altro il santuario di Zeus Belo dalle porte di bronzo: esso esisteva ancora ai miei tempi ed è a forma di quadrato, con il lato di due stadi. Nel mezzo del santuario è costruita una torre massiccia, lunga uno stadio e larga altrettanto; su questa torre si innalza un'altra torre, e su questa un'altra ancora, fino a un totale di otto torri. La rampa che vi sale è costruita esternamente a spirale e abbraccia tutte le torri; a metà della scala vi è un pianerottolo con dei sedili per riposare, dove coloro che salgono siedono e riposano. Sopra l'ultima torre sorge un grande tempio: nel tempio si trova un grande letto con splendide coperte e, accanto a esso, una tavola d'oro. Dentro non vi è nessuna statua di divinità.*

---

* Erodoto, *Le Storie*, a cura di A. Colonna e F. Bevilacqua, UTET, Torino 1998, libro I, pp. 241-245. [*N.d.T.*]

Che non ci fosse proprio nessuna statua di divinità non poteva corrispondere ai fatti. A meno che le credenze ebraiche non influenzassero già le pratiche rituali. Dall'assedio di Gerusalemme nel 598 a.C. Nabucodonosor aveva condotto nell'esilio babilonese i gruppi di popolazione a lui utili, anche il profeta Daniele e chi non era già passato dalla parte di Babilonia seguendo l'avvertimento del profeta Geremia. Nabucodonosor progettava di costruire la più grande variante della torre che fosse mai esistita, e voleva realizzarla con l'aiuto degli avi di coloro che in seguito avrebbero composto il Pentateuco e vi avrebbero esecrato la torre.

Erodoto non vide la scala di ingresso distrutta da Serse che conduceva in linea retta al primo piano della torre, vide una rampa che saliva a spirale intorno alla torre. Tutti in città sembravano sapere se nel tempio, sulla sommità, al quale un comune cittadino di Babilonia non aveva facilmente accesso, ci fossero statue di divinità o non ci fossero statue di divinità, ma nessuno sembrava sapere che Serse aveva fatto demolire una scala lunga sessanta metri visibile a chiunque fino a poco tempo prima. Forse la voce non si era ancora diffusa, non era ancora giunta nel luogo da cui Erodoto osservava la torre. Aristotele scriveva che, quando Ciro II conquistò Babilonia, ci vollero tre giorni prima che la notizia della conquista persiana raggiungesse tutti gli abitanti della città, tanto era grande. Erodoto non vide la scala di ingresso, però vide le scale laterali e suppose che avesse dovuto esserci una scala esterna che circondava la torre, annotando così nel V secolo a.C. un pensiero la cui area di associazione nei secoli poteva produrre esclusivamente monocolture: una scala a chiocciola, una torre a spirale, un Rinascimento che dalla xilografia di Hans Holbein il Giovane girava in tondo nella rappresentazione e nel ritrovamento di quella torre cercata da secoli e mai trovata, la cui costruzione intanto veniva codificata sempre più a fondo nel Vecchio Testamento come simbolo della superbia e della tracotanza di volersi equiparare a Dio, e contemporaneamente come incantesimo di difesa di coloro che avevano redatto il Vecchio Testamento e avevano bisogno di un oggetto rispetto al quale poterlo distinguere: la storiografia babilonese, dal cui patrimonio gli estensori biblici attinsero per assemblare le storie bibliche, senza fare riferimento alla loro origine e, al contrario, creando una nuova origine: la parola di Dio.

Non ricordava un po' il metodo degli impressionisti, che stemperavano nel vero senso della parola ciò che avevano rubato con gli occhi alla fotografia? Una domanda perfetta per essere appuntata nel suo taccuino, se solo Koldewey avesse avuto voglia di appuntarla. I tratti impressionistici del cristianesimo. Ma anche della scienza. Se non dell'intero progresso. Infatti, più rapidamente le storie della Bibbia si erano consolidate come fondamento del cristianesimo, più caparbiamente gli antichi greci si erano appellati all'autorità di Babilonia per giustificare la propria dottrina e comporre un testo sacro della vera conoscenza, della scienza, ben distinto dal cristianesimo emergente. I greci cercarono di avvalorare un progresso con un regresso allineandolo alla sapienza babilonese. Ma non fu la scienza babilonese ad autorizzare il progresso greco. Fu il fatto che la scienza babilonese avesse un presupposto religioso, di conseguenza arrivasse direttamente da un dio, mentre dal canto loro i creatori della linea giudaico-cristiana spacciavano le proprie conoscenze, che provenivano da biblioteche molto reali, per rivelazioni di un nuovo dio. È dunque comprensibile che all'Europa, ancora impegnata a metabolizzare il trauma darwiniano, la scoperta di questa città bibliofila all'inizio del XX secolo apparisse alla stregua di un colpo basso: che gli scavi avrebbero portato alla luce e dimostrato come qualcosa in cui si poteva solo credere fosse un dato di fatto, e invece qualcosa che si credeva di sapere al massimo una falsa credenza, che altri erano autorizzati a trasformare in argomento di una conferenza nelle prestigiose sale della Berliner Singakademie; che il filologo relatore della conferenza Friedrich Delitzsch poteva essere ritenuto a turno un genio o un pazzo; che perfino l'imperatore non sapeva se dovesse avallare il fondamento scientifico della religione o esigere una professione di fede dell'uomo di scienza e nelle dichiarazioni pubbliche ne dava versioni alterne, sorvolando in grande stile su quale fosse di preciso la differenza tra il fondamento di uno e il fondamento dell'altro. Delitzsch aveva atteso a lungo per far scoppiare la disputa Bibbia-Babele. In fondo, che esistesse una tavoletta cuneiforme con una versione del diluvio universale, impressa sull'argilla umida con uno stilo di bambù secoli prima della rivelazione divina, era risaputo dalla fine del XIX secolo, anche se solo all'interno dei circoli accademici, che per precauzione inizialmente non ne parlarono a voce troppo alta. Poteva trattarsi di un falso o di un caso. Quindi il filologo Delitzsch aveva atteso fino a quando l'archeologo Koldewey aveva scavato il suolo pagano della Bibbia, aveva atteso che scoprisse proprio quegli edifici e nelle iscrizioni proprio quei nomi di cui parlava la Bibbia: Nabucodonosor, Babilonia, Sardanapalo alias Assurbanipal, Amrafel alias Hammurabi, la torre di Babele, l'Eufrate, il Tigri... Koldewey aveva bisogno di fare qualcosa che non si potesse fare stando seduto in poltrona, e Delitzsch aveva bisogno, accanto al luogo dell'esegesi biblica che era la poltrona, di un laboratorio del sapere capace di produrre le basi di quell'esegesi. Delitzsch non aveva accettato la carica di direttore del dipartimento dell'Asia anteriore ai Musei di Berlino per allestire un dipartimento con una collezione permanente ed esposizioni periodiche. Aveva accettato la carica per essere il primo a mettere le mani su ogni singola tavoletta che per una strada o per l'altra avesse varcato le porte del museo, a prescindere da quanti segni cuneiformi vi fossero impressi sopra, e poterla tradurre.

Koldewey prese di nuovo la lettera di Hesse e guardò verso Babil, poi il lato di fronte della casa della spedizione, di nuovo verso Babil e di nuovo il lato di fronte della casa della spedizione. Buddensieg era nella terrazza sul tetto, dove dormivano loro e normalmente in estate anche Koldewey, ma Buddensieg non stava facendo quello che faceva normalmente: pulire con un pennello i reperti di piccole dimensioni e lavarli, asciugarli, numerarli, inventariarli: utensili di ceramica, gioielli, corredi funebri, monete, ossa, attrezzi, tavolette di argilla. I mattoni colorati della porta di Ishtar, del palazzo di Nabucodonosor, della via delle Processioni, e i frammenti con i leoni, i draghi e i tori non erano di sua competenza. Né Koldewey né Reuther o Wetzel, nemmeno Bedri Bey, il commissario turco che supervisionava gli scavi, lo ritenevano in grado di avvolgere un frammento di mattone nella carta, assegnare all'involucro un numero che rimandava alla probabile correlazione tra il frammento e altri frammenti, e legare l'involucro con uno spago prima che sparisse in una delle cinquecento casse e lì, circondato da abbondante paglia tritata, restasse in attesa del trasporto a Berlino. Koldewey faceva imballare solamente i mattoni colorati a rilievo della fase costruttiva più recente, l'ultima versione, la più bella, lo strato superiore, che era stato costruito sopra tutti gli altri strati vecchi di secoli e infine era crollato su di essi, quello tralasciato o smantellato dai trafugatori di mattoni che cercavano di arrivare agli strati inferiori, le versioni più antiche della porta di Ishtar, della via delle Processioni e della facciata della sala del trono, con i mattoni non invetriati ma al massimo decorati a rilievo, che potevano essere staccati e modellati più facilmente, perché erano più morbidi dei mattoni degli strati superiori e le commessure erano riempite con l'asfalto e non con la moderna malta di calce di Nabucodonosor, talmente dura che i detriti soprastanti, quando si tentava di asportarne alcuni almeno in parte riutilizzabili, spesso si spaccavano in frantumi inservibili, soprattutto se si tentava di rimuovere lo smalto blu-giallo. A Berlino i singoli pezzi dovevano essere immersi nell'acqua fino a sei settimane per eliminare l'elevato contenuto di sale, dopodiché sarebbero stati asciugati e protetti con uno strato di paraffina perché non si sbriciolassero a contatto con l'aria acida della capitale, una volta ricomposti e risorti come porta di Ishtar, facciata della sala del trono e via delle Processioni all'interno del museo. Dunque sarebbero state ricomposte con i cocci di mattone sparsi per tutta Babilonia e al limite recuperati dagli abitanti dei villaggi in prossimità dell'Eufrate, che ne facevano un nuovo uso per una casa, una stalla o un canale oppure li vendevano a Baghdad, sebbene gli abitanti dei villaggi preferissero commettere precisamente quello che nell'ottica europea era un crimine contro la cultura e staccassero mattoni interi da muri ancora in piedi. C'erano culture che facevano un nuovo uso del proprio passato, e c'erano culture che il proprio passato lo esibivano.

Buddensieg non era incaricato solo dei reperti di piccole dimensioni, Buddensieg dava anche da mangiare ogni giorno alle oche della spedizione, segnava ogni mattina il sorgere del sole dal punto più alto del palazzo di Nabucodonosor e registrava su un quadernetto beige le condizioni meteorologiche mattina, pomeriggio e sera a orari stabiliti: temperatura, direzione del vento, forza del vento da 0 (bonaccia) a 12 (uragano), precipitazioni in decimillimetri (non bisognava tralasciare lo zero dei decimali dopo i millimetri interi per evitare di fare confusione), scala di nuvolosità da 0 (sereno) a 10 (coperto), temporali (ora di inizio, punto cardinale), e altre particolarità. Da più parti erano collocati termometri a minima e massima, che indicavano le due diverse temperature in un certo arco di tempo. A volte capitava che in uno finissero bolle d'aria nel cannello del mercurio, nell'altro che l'alcol condensasse raggiungendo la parte superiore del cannello. Siccome in questo modo i termometri tendevano a non essere precisi, era necessario che Buddensieg riscontrasse i valori nel bulbo secco dello psicrometro. Dalla differenza dei dati del bulbo secco e del bulbo umido determinava inoltre l'umidità relativa dell'aria.

Buddensieg però al momento non sembrava impegnato in nessuno di questi compiti. Davanti a Buddensieg c'era Bedri Bey, il commissario che supervisionava gli scavi, e gesticolava, mentre Buddensieg indicava le rovine, la via delle Processioni che conduceva alla torre. Koldewey, durante i quaranta minuti necessari da pipa a pipa, aveva appena smesso di girare automaticamente la testa dalla finestra alla porta a ogni rumore. Ora Koldewey guardava una pila di carte, per guardare fuori dalla finestra a intervalli che diventavano sempre più brevi. Questa volta non spinto dagli scatti della macchina fotografica che Reuther e Wetzel si erano portati dietro uscendo. Il fattore scatenante era di un'altra natura, più immediata. Adesso Bedri Bey aveva incrociato le braccia e scuoteva la testa, Buddensieg si picchiettava il dito sulla fronte; o si stava solo tamponando il sudore in modo alquanto esuberante?

Anche Alessandro Magno non poteva più muoversi. Quanti anni, mesi erano passati da quando aveva deciso di eleggere Babilonia capitale del suo impero, da quando si era ammalato. Quanti mesi, settimane erano passati da quando aveva ordinato di demolire la torre di Babele, cosa che era stata fatta quasi completamente, per ricostruirla da capo e più grande. Quanti giorni, ore erano passati da quando avevano quasi finito di demolirla, da quando Alessandro aveva ripreso a bere troppo vino e cominciato ad avere la febbre ed era stato curato con una dose eccessiva di elleboro ed era morto facendo soccombere con sé un'intera città. Far soccombere con sé la città – non avrebbe potuto essere anche il suo ultimo desiderio recondito di fronte alla morte imminente, provocato dalla rabbia giovanile, del quale si era vergognato all'istante e che allo stesso tempo gli aveva fatto capire in maniera tragica che era la rabbia di un uomo che non era diventato neanche lontanamente vecchio. In confronto a Diogene, per esempio, forse l'unica persona che non si era lasciata influenzare da Alessandro Magno e che, se le fonti erano esatte, era morto nello stesso anno a quasi novant'anni, un'età particolarmente avanzata per l'epoca ellenistica. Ma Diogene si era cibato di verdure crude, erbe selvatiche e acqua, avrebbe detto Reuther. Nessun animale cucinava il cibo, avrebbe detto Reuther, distruggendo volontariamente gli enzimi importanti per la digestione che erano già contenuti nel cibo. In fondo gli enzimi erano molecole proteiche, e a una temperatura superiore ai quarantuno gradi le proteine si coagulavano, lo sapeva chiunque avesse fritto un uovo in padella. O perso un parente per colpa della febbre. Non se n'era andato così anche Alessandro Magno? No, l'animale uomo, avrebbe detto Reuther, distruggeva gli enzimi del cibo perché confidava che dopo la cottura li producesse il pancreas. Ultimamente il cibo veniva cotto così a lungo che poteva essere conservato in scatola all'infinito. Il cibo in scatola non forniva gli ingredienti adatti per le pietanze che finivano nel piatto, forniva gli ingredienti adatti per divergenze insanabili di ogni genere, non solo organiche, ma anche politiche, bastava pensare alla guerra di secessione americana, avrebbe raggiunto quella portata senza zucchero e carne in scatola? A quel punto Koldewey avrebbe scosso la testa e detto che non avrebbe raggiunto quella portata innanzitutto senza il telegrafo, una verità della quale non era consapevole nessuno storico. Bene, avrebbe detto Reuther, zucchero, carne in scatola e telegrafo – questi e non le armi di ultimo modello erano gli ingredienti di una guerra condotta in modo moderno. Non c'era da meravigliarsi che Wetzel fosse così grasso. L'adiposi, aveva detto Reuther una volta, era il primo sintomo di un'elaborazione enzimatica non più efficiente del cibo nell'intestino. Lo sapevano tutti che gli zuccheri, che i carboidrati venivano trasformati in grassi e accumulati se non erano metabolizzati correttamente; sì, prima che scoppiasse la guerra si cercava di costruire ponti, si diventava diplomatici, disposti a sostenere per vie traverse il buon funzionamento delle cose. Anche l'abbassamento della vista di Wetzel era un sintomo di questo tentativo. Il suo pancreas sembrava non produrre più a sufficienza la quantità di insulina richiesta, presto non sarebbe più stato in grado di secernere insulina autonomamente, era l'ormone che veniva a mancare per primo, poi a Wetzel sarebbe venuto il diabete, sempre che non lo avesse già, considerando l'elevato consumo di limonata e l'aumento dell'appetito in generale.

A due metri e settantanove e un paio di centimetri di distanza dall'alcova di Koldewey, Buddensieg, di certo non in sovrappeso ma in compenso molto basso, vagava nel *tarma* davanti alla stanza di Koldewey, la zanzariera sulla porta vibrava. Cosa ci faceva lì Buddensieg? Gli addetti a fotografare i reperti di piccole dimensioni erano Reuther e Wetzel. Koldewey tirò una lunga boccata dalla pipa. Bene: il diabete di Wetzel. Quello era un buon motivo per riaprire Liebermeister. *Diabete: eziologia, sintomatologia, conseguenze e complicazioni, terapia*, lontano 225 pagine da *Peritiflite, perforazione dell'appendice*. Inoltre dopo avrebbe potuto mettere da parte senza muoversi la lettera di Hesse in cui annunciava la visita di Bell, anche se non era stata quella la sua intenzione originaria. Per non addormentarsi, infilò la gamba destra nel secchio di acqua e fiori di camomilla che Reuther, prima di uscire con il diabetico, aveva posato davanti a Koldewey ai piedi dell'ottomana, e chiuse il libro.

Liebermeister non scriveva niente sugli enzimi, niente nemmeno sul cibo riscaldato. Bisognava rinunciare pressoché ai carboidrati di ogni tipo, soprattutto al pane, e sospendere assolutamente l'eccessivo consumo di zucchero di canna di moda oggigiorno. Ma anche, in effetti Reuther aveva ragione, mangiare molta insalata cruda: lattuga, indivia, valerianella, crescione, crescione d'acqua, e poi anche asparagi, spinaci, fagiolini, cetrioli, cavolo. Ci sarà pure stato un motivo se i nostri parenti più prossimi, le scimmie, non soffrivano mai di diabete o malattie simili, aveva detto Reuther. Liebermeister acconsentiva a qualsiasi tipo di grassi, addirittura li raccomandava. Consumare grassi per non diventare grassi. Suonava come una contraddizione che acquistava senso in un'ottica diogenista. Koldewey pensò alla bottiglia di olio di ricino sul tavolo in legno di pioppo dell'Eufrate. Olio che spingeva l'interno del corpo a muoversi, olio che poteva portare a una perforazione interna. Ma forse quella era solo una contraddizione non ancora scoperta della teoria che aspettava di manifestare il suo senso pratico. Perché mai e poi mai Liebermeister poteva consigliare una precauzione simile, non in presenza di un'appendicite: non muoversi in nessun caso, nemmeno all'interno.

Quello fu il momento in cui la porta con la zanzariera non solo vibrò, ma si aprì. Buddensieg chiese se poteva disturbarlo un attimo. Koldewey non sollevò lo sguardo. Non muoversi in nessun caso, nemmeno all'esterno.

Scusi, professor Koldewey.

Buddensieg, disse Koldewey senza sollevare lo sguardo, le ho detto che non deve chiamarmi professore. Lo disse senza dover fare una pausa o avere l'affanno mentre parlava, come se poco prima, quando si era alzato per raggiungere il tavolo e prendere le lettere, non fosse stato dannoso muoversi contravvenendo alle raccomandazioni di Liebermeister.

Scusi, dottor Koldewey. – Cosa sta facendo? È un nuovo esperimento?

Buddensieg, disse Koldewey, leggo, non lo vede.

Scusi, mi stavo solo chiedendo come mai avesse messo il piede destro in un secchio d'acqua.

Imito Diogene.

Diogene?

Diogene.

Quello nel barile?

No, quello di Sinope.

Ma quello di Sinope era appunto quello nel barile. Quello che faceva esperimenti simili ai suoi. Correva scalzo nella neve. D'estate si rotolava nella sabbia cocente, d'inverno stringeva tra le braccia le statue coperte di neve per temprarsi in ogni modo.

Vedo che ha letto il sesto libro di storia della filosofia antica, Buddensieg.

Vite e dottrine dei più celebri filosofi di Diogene Laezio, dottor Koldewey. Lo sapeva che a quanto pare Diogene è morto nello stesso giorno di Alessandro Magno?

A quale Diogene si riferisce, Buddensieg?

A quello di Sinope, dottor Koldewey.

Credevo che fosse morto nello stesso anno.

No, nello stesso giorno. L'11 giugno, dottor Koldewey.

Koldewey lo guardò, poi entrambi si voltarono verso il calendario, appeso accanto alla descrizione della città fatta da Erodoto.

Diogene Laerzio ha scritto anche, dottor Koldewey, che la forza di Diogene, di Diogene di Sinope, era schernire i suoi contemporanei. Chiamava bile la Scuola di Euclide, perdita di tempo l'insegnamento di Platone, diceva che le gare dionisiache erano fumo negli occhi per gli stupidi e i politici servi della plebe. Per affrontare la vita, sosteneva, bisogna essere dotati di ragione o di un cappio. Il matrimonio non gli interessava. Lodava chi voleva sposarsi ma poi faceva marcia indietro, chi si proponeva di viaggiare ma poi restava a casa, chi aveva voglia di dedicarsi alla politica ma poi lasciava perdere. Asseriva di conformarsi al modo di vivere di Eracle, che metteva la libertà prima di tutto...

Capisco, Buddensieg, disse Koldewey tornando ai *Fondamenti di medicina interna* di Liebermeister. Ha letto con molta attenzione il sesto libro di storia della filosofia antica.

Tutti e dieci, dottor Koldewey.

Oh, tutti e dieci.

Il sesto addirittura più volte, dottor Koldewey.

Lo vedo, Buddensieg, è in grado di citarlo a memoria. E quale conclusione ha tratto dalle sue citazioni?

Per esempio, che lei e Diogene siete davvero molto simili, dottor Koldewey. Non sembra anche a lei?

A quale Diogene si riferisce, Buddensieg?

A quello di Sinope.

Quanti filosofi antichi di nome Diogene ci sono stati, lo sa, Buddensieg?

Almeno venti, dottor Koldewey.

Almeno venti, quindi.

Sta conducendo un esperimento dialettico con me, dottor Koldewey?

Koldewey lo guardò. Stava conducendo un esperimento? Di preciso non lo sapeva nemmeno lui. Sapeva che a volte ripeteva le frasi dei suoi interlocutori per guadagnare tempo e riflettere su un'altra cosa, più importante. Ma di cosa si trattasse, e questo era parte integrante di quegli attimi, non gli era ben chiaro. Sperava solo che così facendo gli venisse in mente da un momento all'altro.

No, Buddensieg, disse Koldewey tornando a Liebermeister, sto semplicemente cercando di comunicarle in maniera discreta che non so perché è entrato nella mia stanza nonostante avesse visto che sono occupato.

Chiedo scusa, ma avevo paura che stesse di nuovo sperimentando su di lei una sua idea.

Pensa che durante un'appendicite possa avere una qualunque idea? Davvero è qui per questo, Buddensieg?

Ho avuto una piccola discussione con il commissario.

A quale proposito?

Della torre, dottor Koldewey.

Perché mai stava discutendo della torre con Bedri Bey, Buddensieg?

Il fatto è questo: non crede che noi in Europa conosciamo da duemila anni la storia della torre, anche se l'abbiamo trovata solo adesso e qui. Non capisce per quale ragione sappiamo così tanto della storia dell'Oriente, che non conosce nemmeno lui, figuriamoci la gente del posto...

Koldewey lo guardò di nuovo: E Bedri come lo sa, che abbiamo trovato la torre?

Buddensieg inarcò candidamente le sopracciglia.

Non importa, disse Koldewey, prima o poi lo avrebbe scoperto comunque. Del resto, lo hanno scoperto anche a Berlino. A Koldewey sarebbe piaciuto tenere la cosa per sé ancora un po'. Depennare la voce più importante da uno scavo significava depennare presto l'intero scavo e considerarlo concluso ed essere costretti a mettere nero su bianco i risultati. Ossia, sedersi alla scrivania e scrivere un resoconto in cui elementi scollegati venivano almeno otticamente presentati come collegati tra loro, un legame visibile della cultura, sorta in Oriente, ricondotta in Occidente. Chi era abituato a farsi un'idea dello scavo lontano da Babilonia, basandosi su delle foto, probabilmente si sarebbe abituato anche a pensare allo scavo in maniera fotografica. Come se bastasse suonare le singole note di una canzone per poter sentire la canzone completa. Invece un suono aveva una frequenza, la luce aveva una frequenza, i colori avevano una frequenza, e le frequenze avevano bisogno di un determinato arco di tempo per potersi manifestare. Gli eventi che avevano bisogno di tempo per verificarsi non erano una sequenza di istanti che non avevano nulla in comune l'uno con l'altro. Provassero a viaggiare in treno da A a B in termini di istanti. Era molto semplice elaborare una teoria scientifica su questa città, se non si teneva conto di metà del materiale raccolto. Specializzazione, la chiamavano a Berlino. Koldewey doveva lasciar perdere lo studio di altri irrilevanti campi della matematica, della musica, della fisica e occuparsi esclusivamente dello scavo, e soprattutto pensare a pubblicare i risultati di scavo ottenuti fin lì. Perché loro erano la prima società di scavatori nella storia dell'archeologia a considerare un edificio nel suo insieme e a studiarlo non solo in relazione a rilievi parietali e altri trofei, ma valutando dove erano stati rinvenuti quei trofei; perché documentavano il contesto del reperto e non dovevano riferirlo ad altri contesti e posare sulla città il quadro di riferimento così creato. Poi Koldewey doveva lasciare le pubblicazioni ad altri, lasciare che fosse qualcun altro a documentare per iscritto ciò che era stato documentato, anzi, doveva cedere la responsabilità dello scavo e preparare le pubblicazioni e, meglio ancora, tornare a Berlino. A quanto pareva di quei tempi vedersi affidare la responsabilità di uno scavo significava essere responsabili del buon esito dello scavo, ma lasciar scavare gli altri.

Dottor Koldewey?

Koldewey aveva distolto lo sguardo da Buddensieg, per posarlo sulla finestra, un automatismo che evidentemente funzionava anche quando altre persone si intrattenevano nella stanza.

È ancora qui, Buddensieg, disse Koldewey senza voltarsi.

Cosa devo rispondere a Bedri?

Gli legga la Bibbia, parla della torre.

Non posso, lei ha vietato qualunque versione della Bibbia nella casa della spedizione.

Vero. Crede sia per questo che il nostro Wetzel, figlio di un pastore protestante, cerca così spesso una compensazione nel consumo di generi alimentari?

In che senso, dottor Koldewey?

Lasci stare. Se ne faccia mandare una da Berlino. La segni nelle spese della spedizione.

Una Bibbia da Berlino? Ma ci vorranno almeno quattro settimane. Pensi al ventilatore.

Koldewey distolse lo sguardo dalla finestra: Buddensieg, conosce a memoria gli autori antichi e non sa cosa è scritto nella Bibbia? Lei qui sta dissotterrando le fondamenta storiche della Bibbia e non sa cosa poggia su queste fondamenta? È quasi come se cercasse le testimonianze di qualcosa che ha dimenticato e soltanto lei può ritrovare.

Koldewey chiuse Liebermeister, che si era posato sulla pancia ancora aperto, prese un foglio di carta, lo mise sul volume e scrisse recitando a voce alta:

Genesi 11,1: Tutta la terra aveva una sola lingua e le stesse parole.

11,2: Emigrando dall'Oriente gli uomini capitarono in una pianura nel paese di Sennaar e vi si stabilirono.

11,3: Si dissero l'un l'altro: Venite, facciamoci mattoni e cuociamoli al fuoco. Il mattone servì loro da pietra e il bitume da cemento.

11,4: Poi dissero: Venite, costruiamoci una città e una torre, la cui cima tocchi il cielo e facciamoci un nome, per non disperderci su tutta la terra.

11,5: Ma il Signore scese a vedere la città e la torre che gli uomini stavano costruendo.

11,6: Il Signore disse: Ecco, essi sono un solo popolo e hanno tutti una lingua sola; questo è l'inizio della loro opera e ora quanto avranno in progetto di fare non sarà loro impossibile.

11,7: Scendiamo dunque, e confondiamo la loro lingua, perché non comprendano più l'uno la lingua dell'altro.

11,8: Il Signore li disperse di là su tutta la terra ed essi cessarono di costruire la città.

11,9: Per questo la si chiamò Babele, perché là il Signore confuse la lingua di tutta la terra e di là il Signore li disperse su tutta la terra, eccetera eccetera...

E ora vada, Buddensieg.

Buddensieg prese il foglio che Koldewey gli porgeva: E se Bedri replica che una cosa non è necessariamente vera solo perché è scritta?

Buddensieg, mi faccia un favore, vada al mio tavolo, prenda la bottiglia di olio di ricino che c'è sopra e me la dia.

Cosa ha in mente, dottore?

Niente, Buddensieg, però se lo tenga lo stesso per sé, e ora vada, Buddensieg, vada ad accudire le oche, le porti giù sull'Eufrate e porga i miei saluti a Bedri, ma giri alla larga dal suo orto.

Solo perché una cosa era scritta, non significava che fosse vera. Bedri aveva ragione. Anzi torto. Una cosa era vera soprattutto perché era scritta, perché era necessario un lessico per rilevare le verità e riuscire a esprimerle. Ma non era vera solo quella. Come poteva spiegarlo a Buddensieg? I babilonesi avevano ragione quando affermavano che Babilonia era il centro del cosmo. La Santa Inquisizione aveva ragione quando affermava che si muoveva il sole e non la Terra. Galilei aveva ragione quando affermava che si muoveva la Terra e non il sole. Nella sua concezione assoluta dello spazio, Newton aveva ragione quando affermava che si muovevano sia il sole che la Terra. Da qualche anno, infatti, si partiva dal presupposto che potessero essere veri tutti i pareri, e non solo uno, purché fosse stato precedentemente definito il significato di stasi e di movimento nelle rispettive affermazioni. Fino a qualche anno prima, quanto veniva formulato ignorando la possibilità di definire il movimento in maniera relativa era ritenuto incompatibile, un'idea che da un punto di vista scientifico era più utile delle altre tre e in tal modo conferiva loro una veridicità postuma ma inutile. Questa relatività non stabiliva se la luce era un'onda o un insieme di particelle. Questa relatività era talmente relativa, che a volte Koldewey la vedeva non come una conquista moderna, ma piuttosto come una regressione nel Medioevo, quando si partiva dal presupposto, approvandolo, che ognuno avesse le proprie opinioni e facesse le proprie esperienze nel mondo. Curiosamente, nel Medioevo sant'Anselmo cercò di dare un'interpretazione razionale alla sua fede e trovare un argomento scientifico per dimostrare l'esistenza di Dio, mentre nel XVIII secolo Hume costruì la sua teoria della storia naturale della religione sulla fede in un ordine della natura. Da un lato, quindi, un'età della fede che si basava sulla ragione, dall'altro un'età della ragione che si basava sulla fede. Solo Koldewey aveva l'impressione che qualcosa si ripetesse all'infinito? I babilonesi si erano basati sui sumeri. Gli assiri e i greci sui babilonesi. La tradizione degli eruditi occidentali si era riallacciata a quella babilonese, ma aveva dimenticato con le migliori intenzioni di averlo fatto di nascosto, così come in seguito Hume aveva ampiamente ignorato che tutta la sua argomentazione si fondava su una premessa, sull'unico argomento che non aveva verificato. Forse dipendeva da questo se il loro secolo, che non voleva più ignorare nulla, appariva così ossessionato dallo studio delle radici, che però di solito non senza un motivo facevano arrivare restando nell'ombra le sostanze nutritive alla parte delle piante che cresceva in superficie. L'uomo era abituato a creare un'immagine di tutte le cose che non poteva vedere secondo natura, ovvero con i propri occhi o nel proprio paese, una mappa dell'America, del Polo Nord, dell'Oriente, del suo stesso corpo. Alla cartografia del mondo seguì la topografia degli organi, si mappavano i loro punti dolenti e al contempo si rivelava cosa alla fine avrebbe portato alla morte. Si iniziò a localizzare la morte nel corpo aperto, chiaramente illuminato, dell'anatomia patologica, si gettò luce su un primo piano di fronte al quale la vita passò in secondo piano e apparve impenetrabile e oscura. Il destino patologico aveva capovolto tutte le idee della storia occidentale, aveva sezionato e fotografato il corpo. Adesso si sapeva che al suo interno si trovava un'appendice, che palesemente non aveva nessun'altra funzione se non quella di terrorizzare senza causa apparente il suo possessore.

Sulla collina di Babil non si vedeva niente, nessun movimento, nulla. Né Bell né Härle. Buddensieg era uscito dalla stanza dopo aver passato a Koldewey la bottiglia di olio di ricino, non senza averle gettato di nuovo un'occhiata preoccupata. Koldewey riaprì Liebermeister. E richiuse Liebermeister. Pensandola in termini di relazione non aveva alcun senso: perché mai l'organo colpito avrebbe dovuto definire la malattia? Perché l'organo malato non avrebbe dovuto essere solamente un sintomo di un quadro più grande, come la vista ridotta di Wetzel? Wetzel sarebbe stato meglio se gli avessero asportato gli occhi e poi li avessero sezionati per individuare il difetto, avessero visto un bulbo oculare allungato e infine ricercato le ragioni di tale allungamento in qualcuno dei suoi antenati? Il processo di mappatura, geografica o organica che fosse, isolava un momento casuale all'interno della storia, sostanzialmente in maniera non molto diversa da quanto faceva la fotografia, quando operava una scelta che aveva sempre anche una base cronologica con rimandi che non riguardavano tale scelta. La torre di Babele non doveva sorgere là dove si trovavano i resti della torre di Babele.

Una volta Bell durante una delle sue visite aveva chiesto come gli fosse venuta quell'idea. E Koldewey non avrebbe risposto alla sua domanda se non avesse saputo che Bell fingeva di rivelare agli inglesi a Karkemish i metodi di scavo dei tedeschi, però teneva per sé i risultati dei tedeschi. Era una domanda che a Berlino non si erano mai posti: come gli era venuta quell'idea? A Berlino chiedevano: Koldewey aveva trovato delle tavolette sulle quali era scritto ciò che diceva? Tavolette che documentassero le sue parole o consolidassero le sue supposizioni? Consolidassero, nientemeno. Sostenere, sorreggere... La lingua approfittava sempre delle metafore per lamentarsi della propria inadeguatezza, della propria incapacità di chiarire a livello linguistico cose che non avevano niente a che vedere con la lingua eppure dovevano essere comunicate linguisticamente. Lui e Bell si erano fermati di fronte alle fondamenta della torre, all'epoca completamente sommerse nell'acqua della falda. Tutto il secondo millennio avanti Cristo era sommerso nell'acqua della falda ancora adesso, di conseguenza purtroppo non erano riusciti a trovare nessuna trascrizione del Codice di Hammurabi, la prima raccolta di leggi al mondo ordinata dal leggendario re, che aveva saputo unire in un regno le tante piccole città-stato della Mesopotamia e trasformare Babilonia, fino ad allora irrilevante, nella capitale del suddetto regno, Marduk, il dio poliade, nel dio dell'impero e la città stessa nella più grande città del mondo. Koldewey aveva descritto a Bell di come lui e Andrae si erano fermati di fronte alla pianta della torre che misurava novantuno metri per novantuno, di fronte all'impronta in negativo di una costruzione che era stata asportata in un blocco unico e da quel momento sembrava scomparsa. Lui e Andrae si erano guardati intorno, come se quella costruzione, dopo essere stata asportata, non potesse essere lontana e dovesse essere stata posata lì nei paraggi. Si erano guardati negli occhi, intorno e di nuovo negli occhi: nei paraggi non si vedeva il minimo indizio di una qualunque struttura in mattoni di argilla rimossa. E poi, anziché aspettare fino al 1913, quando l'acqua della falda si sarebbe ritirata tanto da poter cercare nelle fondamenta della costruzione andata perduta iscrizioni di Asarhaddon, Assurbanipal o Nabucodonosor, avevano attraversato l'intera area della città e si erano imbattuti in un'altura a due chilometri a est dell'Eufrate. Non era un'altura che in base al programma di scavo avrebbero dovuto investigare, però era un'altura che comprendeva una considerevole quantità di pietre disseminate sul terreno, anche se nessun muro di fondazione. In linea retta dal sito della torre si vedeva la città vecchia, dove Reuther stava scavando le sue cucine insoddisfacenti, e Buddensieg come sempre numerava immediatamente i reperti scavati e li disegnava. Da lì si vedeva bene come la città di Babilonia, come la catena di colline artificiali, nelle cui valli i contadini dei villaggi circostanti coltivavano i loro miseri campi, cambiavano a ogni pezzo scavato. Forse non era tanto un cambiamento, quanto un essere riportate a se stesse, alla loro superficie di proiezione. Mentre lasciava scivolare lo sguardo sulla città vecchia insieme a Bell, Koldewey aveva indicato l'altura a est in cui si erano imbattuti lui e Andrae, poi la pianta della torre e poi di nuovo l'altura. Da una parte avevano le fondamenta di una costruzione colossale senza macerie e dall'altra un colossale cumulo di macerie senza costruzione. Un cumulo di macerie, che stando alle linee guida dello scavo loro non avrebbero dovuto investigare, nel quale però si trovava l'atto di fondazione di Nabucodonosor con un'iscrizione che si riferiva all'edificazione della torre.

Bell aveva domandato quanto fosse alta e quanto fosse antica.

Piuttosto alta e probabilmente piuttosto antica, aveva risposto Koldewey.

Cento metri? O più alta della piramide di Cheope, più alta del faro di Alessandria?

Il faro di Alessandria aveva scalzato le mura di Babilonia come settima meraviglia del mondo da quando le mura erano andate in rovina in età ellenistica. Si presumeva che fosse stato uno dei generali di Alessandro, Tolomeo I, a far erigere il primo faro al mondo ad Alessandria alla morte di Alessandro. Dopo varie distruzioni e periodiche ricostruzioni, crollò definitivamente nel 1323 durante un terremoto e precipitò in mare, dove rimase. Nel 1323 d.C. Alessandro non era morto a Babilonia nel 323 a.C., dopo che aveva fatto demolire la torre di Babele? Coincidenza numerica. Probabilmente però il faro non fu avviato da Tolomeo, ma dal suo architetto Sostrato di Cnido, che in qualità di facoltoso diplomatico e imprenditore lo aveva anche finanziato.

Allora, quanto era alta, aveva domandato Bell. Più alta del Woolworth Building?

Woolworth, un imprenditore che era diventato ricco con i negozi da cinque e dieci centesimi, aveva appena fatto costruire a New York l'edificio definito "l'ottava meraviglia del mondo". Doveva superare i duecentoquaranta metri e somigliare a una cattedrale gotica, ma adesso che era finito era tutt'al più una cattedrale del consumo, in primo luogo del consumo di elementi architettonici medievali etereogenei, il cui assetto appariva casuale e ridondante come l'assortimento nei negozi a buon mercato di Woolworth.

Riteneva che la torre di Babele fosse arrivata fino al cielo, aveva risposto Koldewey.

Sul serio, Robert, quanto era alta? Più di duecento metri?

Aveva detto Robert.

Allora Koldewey aveva iniziato a calcolare, o meglio a richiamare alla mente il calcolo che aveva effettuato già alcuni anni prima. Una volta aveva consegnato a un ingegnere che aveva accompagnato in visita guidata agli scavi due mattoni, uno essiccato all'aria e uno cotto, chiedendogli di verificare in una pressa idraulica a quale grado di compressione si rompevano. Il mattone essiccato all'aria aveva dimostrato una capacità di carico di milleottocento chilogrammi. Quindi, considerando un peso di quattrocentocinquanta grammi a mattone e uno spessore di tre centimetri, si potevano mettere l'uno sull'altro quattromila mattoni. Compresi gli strati di asfalto, argilla e canne, si sarebbe perciò potuta costruire una torre di Babele in mattoni essiccati all'aria alta centocinquanta metri. Ma da quanto emergeva dalla Bibbia e risultava evidente anche in loco, la torre era fatta di blocchi di laterizio, ossia mattoni cotti. L'odierno procedimento di fabbricazione del laterizio era lo stesso che in epoca babilonese: un mattone cotto per ventiquattro ore a ottocentocinquanta gradi Celsius era perlomeno sette volte più stabile di un mattone essiccato all'aria, la pressa idraulica doveva esercitare una forza sette volte maggiore per riuscire a romperlo. Di conseguenza la torre avrebbe potuto avere anche un'altezza di circa tre chilometri e arrivare davvero fino al cielo. Questo in teoria, cioè se oltre al rilevante fattore del peso si tralasciavano tutti gli altri fattori dell'edilizia.

Koldewey non lo sapeva. Koldewey non sapeva se la torre fosse arrivata fino al cielo. Sapeva solo che sarebbe dovuta arrivare fino al cielo e proprio in virtù della sua altezza fornire solidità a un'idea. E sapeva che di solito chi costruiva così in alto presumeva di aver raggiunto l'apice di ciò che aveva tentato di dimostrare. Per quale ragione altrimenti avrebbero inciso in oro i nomi di settantadue scienziati sulla torre Eiffel costruita per l'Esposizione universale del 1889, se non con il presupposto che anche all'inizio del XX secolo rappresentassero l'essenza di un progresso, nonostante il significato stesso di progresso, che in fondo implicava innanzitutto l'impossibilità di restare fermi. Per Koldewey era inutile che ora i nomi lungo il fregio del primo piano della torre, ribattezzata in via confidenziale "torre di Babele", fossero stati verniciati. Più di venti anni prima, quando aveva osservato nei dettagli la costruzione e cominciato a leggere i nomi, ben presto aveva avuto il presentimento che non li avrebbe più dimenticati, come tutto ciò che non presentava un ordine immediatamente riconoscibile e non passava in maniera armonica da o accanto alla percezione. Questo genere di ordine era paragonabile a un sorso di buon whisky, che pur avendo un ottimo sapore, per qualche strana ragione non andava giù. Se Eiffel avesse elencato i settantadue nomi in ordine alfabetico, probabilmente gli sarebbero sfilati davanti come una guarnigione di soldati prussiani:

    Ampère (matematico e fisico)
    Arago (astronomo e fisico)
    Barral (agronomo e chimico)
    Becquerel (fisico)
    Bélanger (matematico)
    Belgrand (ingegnere)
    Berthier (geologo)
    Bichat (medico)
    Borda (matematico)
    Breguet (fisico)
    Bresse (matematico)
    Broca (chirurgo e antropologo)
    Cail (industriale)
    Carnot (matematico)
    Cauchy (matematico)
    Chaptal (chimico)

Chasles (matematico)
Chevreul (chimico)
Clapeyron (ingegnere)
Combes (ingegnere)
Coriolis (matematico)
Coulomb (fisico)
Cuvier (naturalista)
Daguerre (pittore)
De Dion (ingegnere)
Delambre (astronomo)
Delaunay (astronomo e matematico)
De Prony (ingegnere)
Dulong (fisico e chimico)
Dumas (chimico)
Ebelmen (chimico)
Flachat (ingegnere)
Fizeau (fisico)
Foucault (fisico)
Fourier (matematico)
Fresnel (fisico)
Gay-Lussac (chimico)
Giffard (ingegnere)
Goüin (ingegnere e industriale)
Haüy (mineralista)
Jamin (fisico)
Jousselin (ingegnere)
Lagrange (matematico e fisico)
Lalande (astronomo)
Lamé (matematico e fisico)
Laplace (fisico e matematico)
Lavoisier (chimico)
Le Chatelier (ingegnere)
Legendre (matematico)
Le Verrier (astronomo)

Malus (fisico)
Monge (matematico)
Morin (fisico)
Navier (matematico)
Pelouze (chimico)
Perdonnet (ingegnere)
Perrier (geodeta)
Petiet (ingegnere)
Poinsot (matematico)
Poisson (matematico)
Polonceau (ingegnere)
Poncelet (matematico e ingegnere)
Regnault (chimico e fisico)
Sauvage (ingegnere)
Schneider (industriale)
Seguin (ingegnere)
Sturm (matematico)
Thénard (chimico)
Tresca (ingegnere)
Triger (ingegnere e geologo)
Vicat (ingegnere)
Wurtz (chimico)

Forse questa caratteristica della memoria fotografica, riuscire a ricordarsi solo cose che non presentavano un ordine immediatamente riconoscibile, era anche la ragione per cui Koldewey, quando ritrovava un tempio o un altro edificio, non documentava il ritrovamento per iscritto, ma lo considerava una faccenda chiusa. Forse era anche la ragione per cui faceva un disegno dell'edificio ritrovato, nel quale però ometteva di proposito alcuni elementi, che da una parte erano talmente semplici da poter essere integrati dall'osservatore, e dall'altra lo aiutavano a memorizzare meglio il disegno che in pratica, così facendo, creava di persona mentre lo osservava. Koldewey dimenticava una mansione di scavo non appena era svolta per passare alla mansione successiva, ma probabilmente non avrebbe mai dimenticato i settantadue nomi sulla torre Eiffel, per quanto cercasse di metterli in ordine alfabetico, perché l'ordine alfabetico non era l'ordine che aveva avuto in mente Eiffel. Era evidente che se un ordine aveva o non aveva un senso non dipendeva esclusivamente da chi cercava di dargli un senso. Dipendeva piuttosto dall'essere capaci o meno di conciliare il proprio ordine con gli ordini preesistenti. Come se comprendere significasse: saper assimilare, e assimilare: saper dimenticare, e dimenticare: riorganizzarsi a un altro livello grazie a ciò che è stato assimilato.

Sempre che Koldewey ce l'avesse fatta a riorganizzarsi e uscire dalla sua stanza, doveva assolutamente cercare lo studente di matematica di Lipsia, sempre che non fosse già partito alla volta di Bassora, in bicicletta ma per l'ultimo tratto in nave, come si era rammaricato quella mattina, dato che non esisteva una strada transitabile fino a Bassora. Koldewey lo avrebbe cercato e gli avrebbe domandato non se sapeva perché tra i settantadue uomini, quasi esclusivamente francesi, ci fossero esclusivamente uomini, e nemmeno se sapeva perché tra i mestieri ci fosse una percentuale così elevata di matematici. Gli avrebbe domandato se riusciva a spiegarsi perché sul fregio della torre Eiffel, accanto ai nomi dei venti matematici, non ci fosse il nome della matematica Sophie Germain, le cui teorie sui corpi elastici avevano rappresentato un contributo determinante per la costruzione della torre stessa.

Koldewey prese la lettera di Hesse e la voltò per appuntarsi la domanda, non perché temesse di dimenticarla, ma perché metterla nero su bianco come un indizio prematuro alludeva in modo concreto a un evento che ancora non esisteva nemmeno nella sua immaginazione: che si alzasse e uscisse dalla sua stanza.

Fino a Babil erano circa due chilometri, più o meno la stessa lunghezza del tragitto che i singoli componenti della torre dovevano aver compiuto tra la loro sede originaria e quella nuova.

Ma perché Alessandro aveva fatto trasportare tutto quel materiale a quasi due chilometri, aveva domandato Bell quando lei e Koldewey si erano fermati davanti alla torre babilonese. In fondo si parlava di trecentomila metri cubi, e spostarli sarebbe costato circa seicentomila paghe giornaliere, l'equivalente della cifra che, secondo lo storico Strabone, Alessandro aveva speso per i lavori di rimozione. A quale scopo, se intendeva far ricostruire la torre? Voleva farla ricostruire in un altro punto, voleva gettare nuove fondamenta per la divinazione che gli astrologi caldei praticavano sulla cima della torre, pensando di evitare così le profezie negative? Perché Alessandro non era morto per l'elleboro. E neppure per la febbre. Era rimasto vittima della propria miscredenza, credeva di poter essere il reggente di una città senza soggiacere al suo credo. Lo avevano accolto bene. Gli avevano predetto il futuro. E gli avevano detto che, otto anni dopo essere stato ben accolto a Babilonia, avrebbe lasciato Babilonia e, quando avesse lasciato Babilonia, sarebbe terminato anche il suo regno e che, così un secondo presagio alla fine degli otto anni, esisteva un'unica possibilità di influenzare positivamente quella profezia: dopo la sua ultima campagna militare non doveva rientrare in città e, se lo faceva, non doveva assolutamente rientrare dalla porta est, ma arrivare da ovest e andare incontro al sorgere del sole, non al tramonto. Alessandro però tornava dalla remota valle dell'Indo e dopo tremilacinquecento chilometri non aveva voglia di attraversare anche le paludi a ovest di Babilonia. Un mese più tardi era morto. E la torre era ammassata a due chilometri dalla sua collocazione originaria, non perché dovesse essere ricostruita da un'altra parte, ma perché ai tempi di Alessandro l'Eufrate scorreva fra la torre e il futuro deposito formando una piccola ansa, ricurva quel tanto che bastava per poter trasportare il materiale da un posto all'altro con un'imbarcazione.

Adesso l'Eufrate scorreva di nuovo grosso modo come lo aveva visto scorrere Nabucodonosor. In generale, Nabucodonosor sembrava aver condiviso con loro parecchie prospettive. Loro guardavano la sua storia come lui aveva guardato la storia dei suoi avi sumeri, l'aveva documentata e riprodotta e, dopo aver fatto chiudere alcune sale del suo palazzo, anche rappresentata come in un museo, lasciando duemila anni prima la testimonianza di un'epoca che aveva creduto di dover soltanto studiare a sufficienza per trovarvi un richiamo alla propria epoca. Era come qualcuno che cercava di ricordare una cosa che un tempo gli era sembrata una buona soluzione, che poteva essere utilizzata ancora, se solo fosse stata recuperata nella memoria, alla quale d'altronde non si accedeva diversamente che ad altre stanze della storia. Avrebbe potuto sedere su un trono, intagliato dai migliori artigiani nel miglior legno dei più alti cedri del Libano, invece aveva preferito sedere nel suo vasto ma confuso regno su un trono che si era costruito da solo, fatto dei ricordi di un bambino che in passato si era fidato con innocente benevolenza del proprio ambiente. Quella fiducia era perduta, ma non la sua fiducia nel passato che, per quanto lontano, formava lo sfondo magico che perlomeno si poteva provare a illuminare un po', affinché gettasse uno spiraglio di luce sul presente.

Koldewey prese in mano per l'ennesima volta la lettera di Hesse, come se non la conoscesse già parola per parola. Domenica o lunedì, quindi al più tardi il giorno dopo, Bell gli avrebbe fatto visita. Forse continuava a rileggere la lettera per non dover pensare alle casse nel cortile della casa di scavo, che da Babilonia dovevano essere trasportate lungo l'Eufrate e per tre continenti fino ad Amburgo, poi lungo l'Elba, la Havel e la Sprea fino alla banchina dei Musei di Berlino sul Kupfergraben. Per non dover rispondere a domande che non avevano risposta, come tutte le domande che ci si sentiva in dovere di porsi in una situazione che consisteva di coscienziosa inattività. Già solo per questo motivo non poteva essere l'altra cosa, più importante, sulla quale Koldewey voleva riflettere poco prima, quando aveva parlato con Buddensieg ripetendo di tanto in tanto le sue risposte, assorto, per guadagnare tempo e riflettere. No, Koldewey non cercava di andare nelle stanze della sua memoria per recuperare qualcosa. Sembrava piuttosto che qualcosa nelle stanze della sua memoria cercasse di andare da lui. Come sarebbe riuscito a far arrivare le cinquecento casse dal cortile della casa di scavo a Berlino, a portarle via da un luogo in cui dovevano affidarsi agli stessi mezzi di trasporto dell'epoca di Alessandro Magno, Hārūn al-Rashīd e Marco Polo. Nel fiume c'era a malapena acqua, l'acqua era nei campi. Koldewey si proibì di cedere a un altro riflesso delle condizioni nell'alcova della sua camera e guardare dalla finestra. I campi inondati, mentre il fiume si prosciugava – quello non era un paradosso, ma qualcosa che secondo la concezione turca si bilanciava. Erano molto pochi i contadini che investivano nelle loro coltivazioni, per esempio con sistemi di irrigazione appropriati. Non appena le coltivazioni iniziavano a rendere, il governo turco assumeva la gestione dei campi di grano o esigeva imposte antieconomiche, perciò la gente coltivava solo per il fabbisogno personale e abbandonava i campi alle tamerici, ai rovi e agli sterpi. Reuther aveva piantato un orto su un isolotto di limo nell'Eufrate largo diversi metri all'altezza della casa della spedizione, dove i frutti della terra crescevano praticamente da soli (cetrioli, meloni, fagioli), al pari dei datteri e dei gelsi, che nel periodo di maturazione immancabilmente pendevano dagli alberi in prossimità dell'Eufrate. Il fiume non avrebbe mai potuto essere altro che un fiume che ogni tanto modificava il proprio corso. Scorreva sempre più in alto rispetto alle aree circostanti, delimitato da sponde che aveva innalzato lui stesso, straripando regolarmente ogni primavera e depositando i sedimenti nelle vicinanze. Ciò che iniziava a mettere radici, a crescere, a perdere frutti e rami secchi nelle vicinanze del fiume, alla fine ingrossava le sponde trasformandole in argini che talvolta, quando veniva scavato un canale di irrigazione oltremodo incauto, il fiume rompeva. Poi lasciava rapidamente il suo vecchio letto, per ritrovarlo alcune centinaia di metri più a sud. Oltre che all'amministrazione turca, i contadini di Kweiresh e dei villaggi nei dintorni erano costretti a pagare tributi anche agli abitanti di al-Ḥillah, ma sostenevano che la terra apparteneva a loro. Quando Koldewey chiedeva perché diamine allora dessero soldi agli abitanti di al-Ḥillah, rispondevano che avevano sempre dato soldi agli abitanti di al-Ḥillah e per quel motivo avrebbero continuato a darglieli.

L'abitudine non era certo il motivo per cui Koldewey non la smetteva di leggere la lettera di Hesse, benché da un punto di vista economico leggere cose già lette rappresentasse un'attività incredibilmente inutile come pagare un'imposta sui propri campi. Hesse scriveva che Bell era stata a Hā'il e sembrava che al suo arrivo a Baghdad avesse in valigia una notevole quantità di bottiglie di champagne vuote. Se il sospetto di Hesse era esatto, o meglio se lo era la voce che correva a Baghdad e gli era giunta all'orecchio, Bell aveva portato avanti una tradizione fondata anni prima dall'annoiato barone Eduard von Nolde in viaggio verso Hā'il. Tuttavia Bell non avrebbe mai seguito il solco della tradizione di un avventuriero, i cui resoconti potevano interessare tutt'al più a Karl May. Koldewey non conosceva nessuno che si recasse a Hā'il con dell'alcol in valigia, in generale non conosceva nessuno che ora come ora si recasse a Hā'il, in piena Arabia centrale, alla fine del deserto del Nefud. C'erano persone che nel deserto non avevano bisogno di acqua e c'erano persone che a Baghdad, dove l'acqua c'era, ogni giorno si facevano portare l'acqua dell'Eufrate, lontano cinquanta chilometri, come un ex governatore di Baghdad, per il quale l'acqua del Tigri era troppo pesante. Forse soffriva di insufficienza renale o di diabete. Da quelle parti classificavano i vari tipi di acqua come in Europa le categorie di alcolici. Sugli scavi Koldewey le aveva vietate tutte, ma non avrebbe avuto nessun problema a bere un bicchiere dopo il lavoro o sulla strada per Hā'il, tuttavia non si sarebbe mai ubriacato. Perciò, se la notizia era vera, sicuramente Bell aveva avuto un'altra ragione, un amante che la faceva impazzire o qualcosa del genere. In un caso simile, Koldewey avrebbe aspettato di essere a Baghdad e poi sarebbe andato in un bar. No, Bell non sarebbe andata comunque in un bar. Una donna come Bell non andava in un bar, montava a cavallo e andava dagli al-Rashīd. E già che c'era, mentre raggiungeva gli al-Rashīd, la dinastia reggente della tribù secolare dello Shammar ora in lotta con i sauditi, documentava le rovine storiche lungo il tragitto, mappava il territorio, oasi e pozzi, stazioni di posta, piste delle carovane, incontrava tribù di arabi e beduini, stilava la personalità dei capitribù, registrava il numero dei membri delle tribù, analizzava la prassi politica e i rapporti con le altre tribù che conosceva da suoi precedenti viaggi in Arabia centrale, in Iraq e nelle regioni sul golfo. Sapeva chi era rivale di chi o patteggiava con chi. Senza quella donna gli inglesi non avrebbero vinto la guerra, nell'eventualità che avessero intenzione di iniziarne una.

Iniziare una guerra. Forse era per questo che gli inglesi cercavano l'Arca dell'Alleanza nella moschea di Omar, aveva scherzato un giorno Wetzel. Ma durante la conquista di Gerusalemme, Nabucodonosor aveva saccheggiato anche il tempio e da allora i tesori che conteneva erano scomparsi. Perciò, se esisteva un luogo dove poteva trovarsi l'Arca dell'Alleanza, quello era Babilonia e non Gerusalemme. Ma che ci faceva lì? I babilonesi avevano le loro tavole dei destini che, semmai, non avevano solo una funzione analoga a quella delle tavole di Mosè custodite nell'arca, ma potevano addirittura essere state le stesse fin dall'inizio. Ormai le storie narrate dai miti orientali e occidentali non si distinguevano più le une dalle altre. Non erano più nemmeno storie, erano fatti che venivano studiati, e con lo studio la loro funzione veniva affidata *en passant* alla sfera di custodia di altri fatti. Qualunque cosa cercassero gli inglesi e ovunque la cercassero, la cercavano nel posto sbagliato o nei posti in cui le loro tecniche di scavo gli permettevano di cercarla. Certo, avevano setacciato a caccia di reperti il luogo che nelle immediate vicinanze era conosciuto come Babil prima degli scavi dei tedeschi, ma ben presto avevano smesso, perché non avevano né la pazienza né le conoscenze architettoniche necessarie per affrontare le costruzioni babilonesi in mattoni di fango, sempre che fossero in grado di riconoscere un muro in mattoni di fango trovandoselo davanti. Loro non erano architetti e passavano ancora il tempo principalmente a cercare pezzi da museo e in seconda battuta a osservare i progressi della ferrovia di Baghdad. Bell visitava a intervalli regolari gli scavatori a Karkemish, nel Nord della Mesopotamia, distante quattrocento metri dalla linea ferroviaria, per riferire l'esatta modalità di scavo dei tedeschi, talmente innovativa che Bell doveva leggere i particolari dal proprio diario: l'inventario sistematico e fedele al dettaglio di ogni singolo mattone, il rilevamento di un edificio, l'acquisizione di quell'edificio nel suo complesso e non solo del contenuto, il metodo di preparazione dei mattoni di fango, il rilevamento della fase costruttiva e dei periodi di colonizzazione, il rilevamento dell'intera città con tutte le complicazioni a esso collegate. Gli inglesi pensavano per reperti, i tedeschi per referti. Pensare sistemicamente tenendo conto di vari elementi era una pratica che dal punto di vista inglese poteva portare solo alla rovina finanziaria, a meno che sopra ogni cosa non aleggiasse lo spirito amante dell'Oriente di Guglielmo II, il cui regno era sì caratterizzato dalle virtù prussiane di parsimonia ed efficienza, ma anche dall'impegno e dalla scrupolosità.

Senza Bell gli inglesi non potevano vincere una guerra. Però potevano iniziarla. Se non scoppiava la guerra, la Germania avrebbe ottenuto gran parte dei reperti, così perlomeno aveva assicurato la Turchia a suo tempo, e in un modo o nell'altro Koldewey avrebbe dovuto far arrivare a Berlino il materiale richiesto. Se scoppiava la guerra, i reperti sarebbero finiti in mano agli inglesi, perché gli inglesi avrebbero vinto la guerra. E l'avrebbero vinta perché Bell li avrebbe aiutati a vincerla, per responsabilità morale nei confronti delle tribù che conosceva e verso le quali era in obbligo e che in un conflitto armato sarebbero state svantaggiate in ogni caso. Vale a dire che nell'eventualità di una guerra, volente o nolente, sarebbe intervenuta politicamente per assicurare loro un vantaggio e, per come la conosceva, direttamente ai vertici, gli stessi che avrebbero deciso anche le sorti dei reperti degli scavi tedeschi.

Mentre le lettere di Andrae avevano messo in movimento Koldewey, spingendolo ad alzarsi e rovistare nella pila di carte, sorprendentemente era una lettera di Hesse che lo teneva in movimento.

Koldewey prese un foglio protocollo e il calamo. Era impossibile far stare sul tavolo anche la macchina da scrivere, e in ogni modo l'inchiostro sui nastri marca Hammond si era seccato o non era mai stato fresco. Strano, dopo un certo periodo di tempo la qualità dei prodotti con cui le aziende si assicuravano il grosso del fatturato calava regolarmente. Koldewey era certo che, se avesse mangiato ancora una volta le tagliatelle alle verdure Knorr, non avrebbe potuto fare a meno di vomitare all'istante.

"Una notevole quantità di bottiglie di champagne vuote." Forse Bell aveva davvero un amante che la faceva impazzire. La Deutsche Orient-Gesellschaft aveva Koldewey che la faceva impazzire. Gli inglesi avevano l'imperatore tedesco che li faceva impazzire. Andrae aveva una cavalla che di sicuro lo faceva impazzire anche dopo essere ritornata, perché Andrae avrebbe continuato a rimuginare sull'accaduto nel tentativo di capirci qualcosa, quando a giudizio di Koldewey non c'era assolutamente niente da capire. Koldewey, stando alle informazioni di Liebermeister di cui si rifiutava di leggere il capitolo più importante, aveva un'appendice che lo faceva impazzire. Un'appendice e Buddensieg, che si aggirava sul ballatoio coperto e probabilmente di lì a un attimo sarebbe entrato di nuovo nella sua stanza. Ma non doveva portare le oche sull'Eufrate?

Koldewey prese il calamo e scrisse: "Caro collega Andrae".

Gli capitò tra le mani il foglio con i codici, che ufficialmente erano stati inventati dall'amministrazione generale dei Musei Reali di Berlino ma ufficiosamente dalla Deutsche Orient-Gesellschaft e che da molto tempo non usava più, eppure avevano il potere di irritarlo ogni volta che li vedeva. Nella corrispondenza luoghi, persone, reperti e attività dovevano essere ingegnosamente cifrati. Invece di Babilonia (città) bisognava scrivere Feldkirchen. Invece di Berlino: Innsbruck, invece di Costantinopoli: Monaco, invece di Turchia: Baviera, invece di Babilonia (regione): Lusazia. Peraltro la Babilonia e la Lusazia si somigliavano fin troppo nella loro morfologia simil-lunare per essere una il nome in codice dell'altra, con la differenza che la Babilonia era già così prima che la terra venisse scavata e portata via su rotaia.

Varsavia invece di Aleppo.
Praga invece di Damasco.
Spandau invece di Alessandretta.
Spagna invece di Germania.
Danimarca invece di America.
Belgio invece di Francia.
Lusazia invece di Babilonia.

In compenso, per arrivare fino a venticinque metri di profondità usavano ancora picconi zappe e badili, neanche l'ombra di una draga a tazze. La decauville, che aiutava a sgomberare il materiale di risulta, aveva già spaventato abbastanza i manovali. L'avevano considerata un'opera del diavolo finché colui che per primo l'aveva definita un'opera del diavolo non era morto all'improvviso. Da allora era una benedizione.

I "palazzi" che venivano scoperti sottoterra erano i "campi coltivati". Chi "scavava", "cacciava". Quando volevano trovare reperti, andavano a caccia, ma equiparare "reperti" e "caccia" era un'idea infelice, infatti ciò che aveva il compito di cifrare non nominava ciò che cifrava, ma solamente l'attività che doveva portare al termine cifrato.

Era possibile cacciare:

Selvaggina (cimeli).
Pelli (iscrizioni babilonesi).
Carne (mattoni).
Volatili (bronzi).
Cervi (rilievi con scene di combattimento).
Oche (sigilli cilindrici).

Gazzelle (statue).
Anatre (tavolette di argilla).
Beccaccini (cilindri architettonici).
Zebre (iscrizioni bilingue).

Nel caso in cui i luoghi e i reperti dovessero essere classificati in maniera più dettagliata, veniva attribuito loro un nome proprio: il palazzo di Nabucodonosor, nel quale erano previsti i ritrovamenti di maggior valore, si chiamava "Hans".
"Maria" era un'iscrizione di epoca greca o successiva.
"Peter" era un rilievo con una caccia al leone.
"Laura" un'iscrizione giuridica.
"Paul" un toro alato in buono stato di conservazione, e "Meyer" un cherubino in cattivo stato di conservazione, cioè non completo in tutte le sue parti. Quindi, se qualcuno trovava un "Meyer" in qualche punto di "Hans", aveva trovato metà della base creata dall'uomo di una figura in seguito cristianizzata, come staccata prematuramente dall'Arca dell'Alleanza oppure fallita in partenza di fronte all'idea di dover incorniciare e insieme sostenere in modo angelico qualcosa o qualcuno, oppure di fronte al compito in sé, oppure semplicemente di fronte al tempo, al quale segue sempre un altro tempo con altre concezioni su come realizzare le idee.
La locuzione Arca dell'Alleanza non era cifrata. Invece erano espresse in cifra altre parole:

Pascoli (tempio).
Stalle (tombe).
Animali (manovali).
Grano (dogana).
Piume (dispacci).
Piombo (lettere).

E c'era lo stabilimento (museo), che acquistava la selvaggina, la carne e le pelli cacciate e le lavorava. In questo teatrino (missione), maleodorante di sigari (*bakshish*) e tabacco affumicato (raccomandazioni), si esibivano vari gruppi etnici, come per esempio venedi (curdi) e slavi (beduini), tatari (turchi) e cinesi (ebrei). Chi "predicava", era falso. Chi citava la "Bibbia", citava la ristampa pubblicata nel 1873 di un testo del 1848, la pietra miliare di tutte le spedizioni archeologiche in Oriente: *Nineveh and its Remains* di Austen Henry Layard.

Koldewey trattenne il respiro e, dopo un momento di dovuto rispetto, scagliò i codici contro il soffitto di legno di palma, dal quale ricaddero ignorati da Koldewey e planarono lievi accanto a lui sul pavimento in pietra con le fughe bianche e su una parte del tappeto, mentre Koldewey allungava l'altro braccio per scrivere e lo scuoteva e cercava di espirare con più forza possibile.

Poi si accinse a rispondere alla domanda di Andrae, fra le tante domande che passavano per la testa a quell'uomo alto e schivo, quella che lo preoccupava di più.

Se verrà la guerra, scrisse Koldewey, faccia così:

1. chiuda la cassa e prenda
2. i registri (libro contabile, inventario, diario di scavo, disegni). Dopo che ha
3. pagato i lavoranti e sospeso gli scavi, chieda al comandante della caserma di sorvegliare la casa della spedizione finché il console non manderà qualcuno. Poi vada
4. a Mossul. Consegni registri, disegni e cassa al console e gli chieda di mandare qualcuno ad Assur che sorvegli la casa della spedizione. Corrisponda un ammontare di cento lire turche a testa per le spese di viaggio. Se la cassa non basta, si faccia fare un prestito con la garanzia del console, che mi comunicherà la somma e io provvederò a

restituirla, perché non ci sarà tempo per inviare i soldi in anticipo. Dopodiché vada (sicuramente via terra)
5. in Germania e bastoni
6. chi deve bastonare. Quando li ha bastonati, torni
7. immediatamente ad Assur e riprenda gli scavi dal punto in cui li ha lasciati. Se vuole, può comunicarmi via telegrafo quest'ultima notizia, ma non è necessario perché è sottintesa.

Breve formula di chiusura e firma, come sempre Koldewey con due punti sulla y, visto che non era una y, ma una i e una j.
Koldewey scorse ancora una volta le varie indicazioni, perché aveva l'impressione di essersi dimenticato qualcosa. Andrae era in procinto di terminare gli scavi ad Assur, aveva pubblicato i primi risultati e di fatto messo in luce tutto ciò che poteva essere messo in luce in un'area di centotrenta ettari. In confronto a Babilonia, alla metà del primo millennio avanti Cristo Assur era una piccola città, come Atene o come qualunque altra città del mondo all'epoca era una piccola città in confronto a Babilonia. Assur sorgeva su un pendio in riva al Tigri, in una regione in cui il deserto babilonese si trasformava in un paesaggio montano roccioso e nettamente più freddo, invece Babilonia si era inscritta in un'area di mille ettari su entrambe le rive dell'Eufrate quattrocento chilometri a sud, nella pianura mesopotamica. Koldewey piegò in tre il foglio e lo infilò in una busta che non sigillò, dato che tanto sarebbe stata aperta. Probabilmente ad Andrae sarebbe venuto il mal di stomaco non appena avesse ricevuto la lettera, di fronte all'eventualità di non riuscire a terminare gli scavi perché un attimo prima scoppiava la guerra.
Koldewey allungò ancora il braccio guardando involontariamente fuori dalla finestra e vide Buddensieg, che era di

nuovo nella terrazza sul tetto sull'altro lato della casa della spedizione, chino sopra i reperti di piccole dimensioni, adesso però da solo, senza Bedri. Se non avessero inventato la macchina da scrivere, prima o poi Härle avrebbe dovuto amputargli il braccio in seguito al crampo dello scrittore. Ma se non avessero inventato la macchina da scrivere, al braccio di Koldewey non sarebbe venuto il crampo dello scrittore dopo aver scritto a mano una lettera di appena mezza pagina. Koldewey posò la lettera per Andrae in cima alla pila di lettere, dove sembrava che l'avesse spedita a se stesso. Nemmeno la grafia sembrava la grafia di Koldewey, ma la grafia di qualcuno che, da quando aveva iniziato a scrivere con la macchina da scrivere, non doveva scrivere più così tanto a mano, un mancino al colmo della felicità, che da piccolo era stato obbligato a usare la mano destra e ora perlomeno sapeva usarle entrambe, ma che diventava doppiamente infelice se gli capitava di dover scrivere a mano, e di colpo si sentiva come il bambino che correva a casa da scuola e sedeva al tavolo della cucina, con un formicolio all'incavo del gomito che si propagava invisibile in tutto il braccio lungo i tendini, irradiandosi verso l'alto e verso il basso. Come se esistesse una sorta di linea telegrafica interna, che cercava di mettere in collegamento mano e cervello per comunicare ciò che era difficile da comunicare, ma in ogni caso segnalava che o l'alunno delle elementari aveva qualcosa che non andava o era soltanto troppo stupido per colorare a matita il disegno di un cavallo. Quando Koldewey si individuava nelle foto di gruppo, notava che il suo braccio destro stringeva il sinistro, ammesso che non fosse infilato nella tasca dei pantaloni, bloccandolo in una morsa. Come se nel momento decisivo dello scatto avesse potuto voler fare qualcosa di inappropriato, qualcosa che non era compito suo, qualcosa che avrebbe rovinato per sempre quel momento e perciò doveva essere tenuto sotto controllo.

Koldewey riprese la lettera dalla pila e la riaprì. Avrebbe dovuto scrivere anche che la nota spese presentata da un assistente di Andrae non poteva essere presentata così. Avrebbe dovuto scrivere che 1. ogni singola uscita e ogni singola entrata dovevano recare una data e che ogni soggiorno e ogni trasferta, a prescindere dal mezzo di trasporto, a un certo punto iniziava e un certo punto finiva. Che 2. attivo e passivo non avevano lo stesso significato di entrate e uscite, come il signor assistente poteva verificare in qualunque dizionario enciclopedico. Che 3. le escursioni non potevano essere messe in conto. Che 4. era un'assurdità bella e buona che al Cairo gli alberghi costassero meno che ad Alessandria. E che 5. in una nota spese prussiana di un capomastro prussiano non poteva figurare che un ufficiale della dogana austriaco era stato corrotto. Koldewey avrebbe dovuto scrivere che sui grandi piroscafi indiani era sufficiente viaggiare in seconda classe, perché in prima classe non viaggiava né un capomastro né un ispettore di cantiere, ma il viceré dell'India, tanto più che lui aveva sempre con sé il frac che chi viaggiava in prima classe era tenuto a indossare a tavola. Avrebbe dovuto scrivere che non aveva ben chiaro quale motivo potesse aver indotto l'assistente di Andrae a Cospoli a lasciare una mancia pari al cinquanta percento del conto dell'albergo, e nel complesso a spendere circa il doppio rispetto a Buddensieg per un viaggio della stessa durata e circa settecento marchi in più rispetto a Reuther, che era stato a Cospoli ed era stato a Bombay e aveva attraversato l'India e aveva soggiornato ad Alessandria. E avrebbe dovuto scrivere anche che Andrae, se il suo secondo assistente aveva una ghiandola ingrossata sul collo e lui voleva sentire il parere di Koldewey, doveva dirgli di quale ghiandola si trattava esattamente: ghiandola parotide, ghiandola sottomandibolare, tonsille?

Avrebbe dovuto scriverlo, forse però lo stomaco di Andrac non avrebbe retto a tutto in una volta. Ad Andrae pesava tutto sullo stomaco, l'assistente di Andrae era affetto da una qualche ghiandola, Wetzel aveva quasi certamente il diabete, e Koldewey era a un passo da un'appendicite acuta. Forse pensavano di aver scoperto il gioco di Koldewey e anche loro avevano iniziato a rovinarsi la salute per non doverla rischiare in guerra. Erano gli scavatori più innovativi che avessero mai condotto uno scavo in Oriente, e i più malridotti. Koldewey sperava che, quando di lì a qualche decennio avrebbero parlato dei loro scavi, nelle pubblicazioni ufficiali venisse dato rilievo alla prima delle due circostanze, ma sospettava che a Berlino Güterbock non distruggesse le lettere di Koldewey proprio come Koldewey non distruggeva quelle di Güterbock, benché entrambi si pregassero regolarmente a vicenda di farlo. Perciò con molta probabilità un giorno qualcuno avrebbe scavato anche nelle loro vite e le avrebbe riportate in modo tanto incompleto e ricostruito quanto ciò che loro avevano scoperto e annotato negli archivi di storia orientale.

Koldewey avrebbe dovuto assolutamente scrivere ad Andrae anche che, se per qualche ragione avesse dovuto lasciare Assur, per favore comprasse a Mossul dodici cannelli da pipa rivestiti, bocchini e teste incluse, e li spedisse al suo indirizzo di Berlino. Koldewey gli avrebbe restituito i soldi la prima volta che andava a Berlino. Sempre che si fossero rivisti, e Andrae non fosse già tornato in Oriente per altre vie, a eseguire gli ordini di un feldmaresciallo e farsi sparare in un contesto in cui, pur essendo abituato a portare un'arma, presumibilmente era incapace di usarla, in quello come in ogni altro contesto.

Avrebbe dovuto scrivere anche tutto questo, ma non voleva più tenere la penna in mano. E – guardò la macchina da scrivere sul tavolo in legno di pioppo – non voleva nemmeno scrivere. Al massimo:

ps: Come va lo stomaco?

E: Si ricordi di masticare ogni boccone minimo sessanta volte, soprattutto quando mangia carne. La masticazione è il fondamento di una buona digestione, il fondamento di ciò che comunemente chiamiamo salute.

Una domanda diretta forse avrebbe spinto Andrae a rispondere subito alla lettera di Koldewey, anziché immaginare scenari di guerra. Le domande che riguardavano Assur, Koldewey le avrebbe conservate per un secondo momento, nella concezione meccanicistica che alle domande venisse data risposta non appena venivano formulate, e colui dal quale si attendeva risposta facesse di tutto per rispondere a tali domande, se necessario andando a verificare di nuovo nel quadrante f7 dell'area di scavo, e così facendo Koldewey avrebbe potuto trattenere Andrae ad Assur almeno un altro anno, mentre lui rifletteva su come poteva congedarsi da Andrae senza scrivere un commento ironico che relativizzasse tutto.

Cosa doveva dire? È stato un piacere?

Ammettiamolo: non era quella la questione principale per Koldewey. La questione principale per Koldewey era come alzarsi e uscire dalla stanza.
Alzarsi e andarsene.
Hesse scriveva che Bell era stata tenuta prigioniera per undici giorni a Hā'il, la residenza degli al-Rashīd, ed era tornata in libertà solo perché si era alzata e se n'era andata. Bell aveva chiesto gentilmente più volte quando le avrebbero corrisposto la lettera di credito per poter proseguire il suo viaggio. Ma la persona provvisoriamente incaricata di gestire gli affari del palazzo non voleva lasciarla partire prima che l'emiro sedicenne, al momento impegnato in una scorreria, avesse fatto ritorno. Con molta probabilità quella direttiva era stata impartita dalla nonna dell'emiro, che come tutte le nonne ossessionate dai nipoti, mirava non tanto a salvaguardare gli interessi del nipote quanto a detenerli, come già quelli del figlio, tuttavia senza commettere due volte lo stesso errore, in particolare quando si trattava di avere a che fare con donne spuntate all'improvviso nel quadro familiare. Quindi, poco dopo l'alba, Bell aveva chiesto un'udienza privata ai piani superiori e comunicato che ora lei prendeva le sue cose e se ne andava, e che la informassero, visto che lei ora se ne andava, se poteva fotografare la città oppure no. Poi

si era voltata e se n'era andata senza salutare. Tempo qualche minuto e le si era presentato un eunuco con un sacchetto pieno d'oro e il permesso di prendere i cammelli migliori e andarsene quando e dove voleva. Forse pensavano che tanto, dirigendosi a sud, sarebbe caduta nelle mani di Ibn Saud, il nemico mortale degli al-Rashīd, non sapendo che Bell aveva programmato di fargli visita. Oppure alcuni sceicchi anaseh suoi amici, che come lei si trovavano a Hā'il, dopo undici giorni trascorsi a bere caffè seduti sui cuscini l'avevano fatta liberare. Ma era più verosimile che si fosse liberata da sola, applicando la forma di comunicazione orientale e insieme modificandola. In questa forma di comunicazione, gli europei potevano salvarsi solo se dosavano correttamente pazienza e impazienza nel posto giusto, e al momento giusto le sovradosavano. Koldewey lo chiamava "il momento europeo", definizione riconducibile o a un classico comportamento europeo o a uno orientale portato all'estremo. Esistevano diverse possibilità. Una era quella di Bell, che concludeva una richiesta cortese con un'inaspettata dichiarazione scortese: che ora lei faceva una determinata cosa e poi la faceva, e un attimo prima di farla lasciava cadere un'altra domanda, la cui risposta implicava essere d'accordo con il presupposto della domanda. Visto che lei ora se ne andava, poteva scattare qualche foto? Perché per andarsene, se ne andava. La maggior parte delle persone rispondeva alle domande senza esaminarne le premesse, talvolta perché non ci faceva caso, in genere perché era stata educata ad affrontare subito una domanda ed esattamente nella maniera in cui era stata posta. In passato Koldewey si era imbattuto spesso in questo tipo di domande inappropriate nelle prove d'esame. Domande alle quali era impossibile rispondere in maniera corretta, a meno di non cassarle con un frego e riscrivere a margine come avrebbero dovuto essere formulate per poter rispondere in maniera corretta, poi però si correva il rischio di offendere il professore. C'era una ragione se Koldewey aveva abbandonato l'università prima di terminare gli studi. Un'altra possibilità, più nello stile di Koldewey, consisteva nello spingere la forma di comunicazione orientale al limite della pazienza, anche di quella orientale, fino a quando si dischiudeva un breve istante durante il quale gli abitanti del luogo si rendevano conto dell'eccentricità del loro comportamento e per un attimo sembravano dubitarne, incerti su come dovessero reagire da quel punto in poi. Era il momento in cui si poteva avanzare impunemente qualunque richiesta e al tempo stesso, qualora si possedesse uno spirito patriottico, compiacersi del tocco di colore vagamente europeo della situazione, a prescindere da quanto poco importasse, al ritorno in Europa da un soggiorno prolungato in quella terra singolare, questo tocco di colore. E da quanto, una volta lì, si volesse soltanto una cosa: sperimentare in blocco le maniere orientali nel proprio ambiente.

Sennonché: come si parlava in quel contesto con i membri della propria spedizione archeologica? Con Buddensieg, per esempio, che a un tratto, e la cosa aveva smesso di meravigliare Koldewey, era comparso sulla soglia:

Dottor Koldewey?

Buddensieg!

Dottor Koldewey, volevo solo…

Buddensieg, lei è… Koldewey guardò in su, alzò le braccia e scosse la testa, che infine si prese tra le mani perché smettesse di muoversi.

Volevo solo chiederle se devo informarla quando vedo qualcuno nei pressi di Babil, dottor Koldewey.

Koldewey espirò con forza. Sì, Buddensieg. Purché non veda una iena. O sciacalli e gatti selvatici, come ha profetizzato la Bibbia duemila anni prima che lei arrivasse qui! E Koldewey avrebbe aggiunto volentieri che gli sciacalli e i gatti selvatici c'erano solo da quando loro avevano attraversato da parte a parte Babilonia scavando trincee e gallerie, come se la Bibbia avesse presagito anche che qualcuno avrebbe riportato alla luce quel luogo. Ma non era del tutto vero, infatti negli ultimi secoli gli esploratori si erano tenuti prevalentemente alla larga dalla zona proprio perché in quella cava di mattoni vivevano animali selvatici. Tuttavia, oltre alle specie menzionate, avevano visto soprattutto serpenti e draghi, presenti in altri passi della Bibbia.

Va bene, dottor Koldewey.

Buddensieg rimase sulla soglia.

Buddensieg, perché rimane sulla soglia?

Scusi, dottor Koldewey, ma come sta? Buddensieg non riusciva a distogliere gli occhi dalla bottiglia di olio di ricino vuota sul cassettone accanto al letto, dove Buddensieg l'aveva messa su richiesta di Koldewey.

Koldewey lo guardò, per l'ennesima volta in quel giorno, in quell'anno, in quell'ultimo decennio, come se nel viso di Buddensieg potesse scorgere qualcosa che fino ad allora gli era sfuggito, una piega nascosta delle sopracciglia, che si abbassavano subito in corrispondenza della coda dell'occhio e davano al viso di Buddensieg l'espressione di chi per tutta la vita non faceva altro che lottare contro la sua stessa forza di gravità. Le sopracciglia si posavano come un peso sul suo sguardo, sulla sua percezione e su tutto ciò che vi sottostava. Come se avessero sempre gravato sul piccolo Buddensieg, da quando veniva chiamato ancora Gottfried, impedendogli di crescere a dovere, come se avessero voluto proteggerlo da qualcosa, costituire un surrogato della mancanza di attenzioni nell'infanzia, come se fossero solo la risposta a un bisogno che comunque si era impresso sul suo viso lasciando un segno immateriale, come tutti i bisogni infantili, che volevano essere riconosciuti per vie quasi trascendenti. Il lungo naso si adattava perfettamente a quella fisionomia, al pari delle due profonde rughe nasali che ne erano la prosecuzione e apparivano particolarmente marcate nella parte superiore, indicando forse problemi di stomaco.

Buddensieg sembrò davvero diventare più piccolo alla vista della bottiglia, schiacciato dal carico di ciò che immaginava.

Non si preoccupi, Buddensieg, disse Koldewey. Mi annoiavo e ho oliato il cassettone. Qui non hanno l'olio di lino. Anche se per il codice cifrato ci troviamo in Lusazia, questo non è l'Eldorado dei semi di lino.

Devo informare Reuther, dottor Koldewey?

Buddensieg non stava ascoltando. Faceva sempre così, quando la sua attenzione era assorbita da qualcosa; poteva sprofondare completamente nell'immagine di un gatto che chinava il muso sulla ciotola.

Perché dovrebbe informare Reuther, Buddensieg?

Forse lui e Wetzel potrebbero telegrafare di nuovo al dottor Härle, dottor Koldewey.

Sì, ma perché dovrebbero farlo, Buddensieg? Lasci le aquile reali appollaiate in santa pace sui pali. Il legno di pioppo dell'Eufrate sopporterà l'olio di ricino. Magari addirittura meglio di quanto ci si aspetti.

Non ha una bella cera, dottore, davvero non devo informare Reuther?

Sciocchezze, Buddensieg, ho questa cera perché lei se ne sta lì sulla soglia e mi obbliga a parlare!

Salvo Reuther, fino ad allora ai suoi assistenti, quasi nessuno escluso, era mancato il dono di adattarsi a un ambiente sconosciuto. Soprattutto se, come la Terra tra i due fiumi, non era neanche lontanamente simile a quello tedesco – eccetto la propensione per la burocrazia di entrambe le amministrazioni. Buddensieg, quando entrava nella stanza di Koldewey e gli rivolgeva la parola, aveva ancora l'aria di essere appena arrivato dalla Germania, con un contratto di lavoro in tasca che lo autorizzava a partecipare per almeno un anno alla spedizione tedesca a Babilonia in qualità di assistente di scavo. E ogni volta, quando Koldewey lo invitava a uscire dalla stanza, gli sorgeva spontaneo il pensiero di dover chiedere a Buddensieg se gli avessero già spiegato come utilizzare il gabinetto che, considerò Koldewey per la prima volta, grazie a Dio si trovava proprio dietro l'angolo rispetto alla sua stanza, ma naturalmente era a disposizione anche degli assistenti, purché a nessuno di loro venisse in mente di gettarci le scatolette come i filologi. Probabilmente però Koldewey, che come Bell testava regolarmente nuove strategie di negoziazione con turchi, arabi e mandriani di cammelli, si era acclimatato a tal punto che non era lui ad avere problemi a comunicare con i colleghi, ma erano loro che in alcuni casi ne avevano a comunicare con lui. Questi però erano sofismi e come ogni sofisma non portavano a nulla, se non a un'ulteriore dimostrazione che Koldewey, in un modo ancora da chiarire, non era più lo stesso.

Buddensieg si era congedato, facendo presente che Wetzel era nei paraggi della casa e a Koldewey sarebbe bastato chiamare Wetzel, semmai ci fosse stato un motivo per chiamare Wetzel, e lui avrebbe potuto inviare subito un messaggero ad avvisare Buddensieg. Allora erano chiaramente le attenzioni materne a essere mancate a Buddensieg da bambino, e adesso le riversava in misura eccessiva sugli altri, un costante ma vano tentativo di rimediare agli errori dei genitori non con se stesso ma proprio con quelle persone che – proprio come i genitori – erano le meno interessate. Una perenne autoflagellazione che faceva sì che Buddensieg rivivesse di continuo la propria infanzia e per certi versi non crescesse mai. Era quanto meno un mistero: evidentemente Buddensieg, e con lui molti altri colleghi, studiosi e politici europei, dovevano essere trattati come fossero ancora dei bambini, bisognava limitare il loro spazio fino a quando non imparavano a farlo da soli, fino a quando non smettevano di invadere lo spazio degli altri per capire dove finiva il proprio. Gli imperi europei, le loro amministrazioni coloniali – un branco di bambini, un gigantesco asilo nido. In passato i bambini turbolenti venivano mandati a fare i chierichetti, così potevano provare per gioco a indossare la berretta da prete. Oggi venivano mandati all'università, imparavano senza accorgersene a rispondere alle domande nella maniera stabilita e poi arrivavano agli scavi di Babilonia da filologi, per lamentarsi che Koldewey era più gentile con il personale indigeno che con i colleghi accademici.

Gentile era riduttivo. Koldewey era molto cordiale e Koldewey, se serviva, recitava così a lungo la parte dell'offeso con lo sceicco di un villaggio, finché quasi non ci credeva anche lui e mancava poco che scoppiasse in lacrime. Forse perché in confronto a un responsabile europeo lo sceicco di un villaggio era veramente una persona adulta. Una persona adulta a cui però piaceva comportarsi come un bambino, avrebbe detto Delitzsch, che aveva avuto alcune controversie con gli sceicchi dei villaggi. Il pendant europeo dello sceicco invece era un bambino che aveva imparato a fingere di essere un adulto. Risolvere un problema con uno sceicco non era cosa da bambini, anche se dall'esterno a volte poteva sembrare il contrario, per due motivi. Era una commedia, una farsa, un mondo che si trasformava per annullare momentaneamente le regole della vita quotidiana. Non tanto per abolirle, quanto piuttosto per consolidarle. Nello stesso tempo si sfruttava l'occasione per elaborare i conflitti repressi.

In questo modo Koldewey aveva fatto amicizia con tutti gli sceicchi del circondario. Per esempio lo sceicco degli amâr, che coltivavano un paio di campi su un demanio del sultano nei pressi di Kweiresh. In seguito a una disputa che era sorta tra lo sceicco del villaggio di Kweiresh, dove viveva la spedizione, e lo sceicco del villaggio degli amâr, gli amâr avevano portato via alcune pecore degli abitanti di Kweiresh.

Al che gli abitanti di Kweiresh avevano chiesto un giorno di permesso a Koldewey per recarsi ad armi spianate dagli amâr e riprendersi le pecore. Se le ripresero tutte tranne quattro. Quelle appartenevano a Hamed, un membro della tribù degli Shammar che era emigrato a Kweiresh e lavorava agli scavi come sterratore. Stava spalando terra anche tempo dopo quell'episodio, in un pozzo a dieci metri di profondità, quando all'improvviso sul sito degli scavi comparvero degli amâr per vendere un fucile. Il fucile passò di mano in mano tra gli abitanti di Kweiresh e, quando toccò a Hamed ispezionarlo, lo puntò sugli amâr reclamando la restituzione delle sue pecore. Gli amâr caricarono all'istante le armi, e anche gli altri abitanti di Kweiresh minacciarono di fare fuoco, mentre Wetzel, che in quel momento sorvegliava il settore degli scavi, non fece altro che afferrare il cappello e tenerlo stretto, come se così potesse impedire di essere colpito da una pallottola. Ma di sicuro fu un riflesso automatico, aggrapparsi all'unico oggetto con cui quel giorno Wetzel credeva di doversi difendere, quando la mattina era uscito e si era visto esposto a un sole già cocente. Un messaggero avvisò Koldewey, che partì subito insieme a Delitzsch, appena arrivato dalla Germania, ma non trovò più gli amâr, perché uno stallone imbizzarrito dai colpi di avvertimento si era gettato al galoppo verso di loro obbligandoli a ripararsi nel letto di un canale, dal quale decisero di sparare comunque qualche colpo quasi amichevole a Koldewey e Delitzsch. Koldewey informò prontamente le autorità turche nella vicina al-Ḥillah, dove lo sceicco degli amâr, seduto in un caffè, fu arrestato all'istante e rinchiuso in cella. Informare le autorità era un'altra strategia che spesso coglieva ancora impreparato il popolo arabo e, anche se dava risultati solo a breve termine e dovendo mettere in conto possibili rappresaglie, induceva la controparte araba a credere di avere di fronte la tipica controparte tedesca, che non aveva idea di come trattare gli arabi o andare d'accordo con loro sul lungo periodo. Una settimana più tardi, nel giorno del compleanno dell'imperatore, il governatore di al-Ḥillah fece visita a Koldewey, come sempre nel giorno del compleanno dell'imperatore, e gli domandò con noncuranza se aveva qualcosa in contrario al fatto che il povero sceicco degli amâr fosse rilasciato, in fondo lui non c'entrava nulla se alcuni dei suoi si erano comportati in maniera stupida. Koldewey però si finse ancora offeso, dopotutto secondo le usanze locali lo sceicco era responsabile della propria gente ed era tenuto a evitare simili incidenti, a prescindere da dove stesse bevendo il caffè in quel frangente. Quando il governatore iniziò a perorare con fervore la causa del prigioniero, finalmente Koldewey cedette e disse che forse era pronto a perdonarlo, ma solo se lo sceicco si scusava di persona con lui e se Hamed tornava in possesso delle sue pecore. Qualche giorno dopo lo sceicco degli amâr si presentò con due asini, angurie, formaggio, galline, quattro pecore e svariati agnelli nati nel frattempo. Allo sceicco, che in segno di colpa portava l'*egal* della kefiah intorno al collo anziché sulla fronte, fu servito un caffè che poté bere seduto su un grande cuscino. Le offerte di pace portate dallo sceicco andarono invece ai soldati turchi che sorvegliavano gli scavi e la casa di scavo. Esistevano due modi per amministrare il paese, e i soldati turchi erano le unità più piccole di quel sistema i cui metodi non erano tenuti in considerazione dalle tribù arabe, dato che loro stesse non li applicavano e di conseguenza non erano capaci di prevedere in tempo i pericoli derivanti da carta e penna.

La burocrazia turca veniva accolta con incomprensione ancora maggiore dalle tribù delle paludi, stanziate nei canneti intorno a una località chiamata Fara. Delitzsch aveva suggerito di cercare con uno scavo secondario in quell'area qualche chilometro a sud di Babilonia testimonianze della cultura scritta più antica del mondo, la cultura sumera. E le trovarono, insieme alla denominazione originaria del luogo, Shuruppak, in cui visse l'eroe del primissimo diluvio universale, che come base di tutti i miti sul diluvio universale consentì anche la versione biblica e, nello specifico, consentì a Delitzsch di scalzare ulteriormente le basi dell'Antico Testamento. Per non istigare la smania di Koldewey a rivoltare la zona da cima a fondo, l'amministrazione dei Musei Reali aveva designato Andrae come responsabile di scavo. Inoltre aveva assunto un nuovo assistente, qualcuno che non fosse stato esposto per anni all'influenza di Koldewey. E Andrae aveva fatto quello che si faceva quando si cercavano fonti scritte: aveva scavato trincee esplorative che si allargavano sul territorio come una rete. Ma non era una rete con maglie che tenevano insieme il territorio, era una rete con maglie che lo sezionavano. Andrae aveva tracciato una galleria longitudinale da nord a sud che attraversava la collina, poi varie gallerie trasversali da est a ovest. Nel punto in cui venne alla luce una notevole quantità di tavolette di argilla, Andrae realizzò altre trincee secondo il principio del restringimento delle maglie. In questo senso erano davvero, come raccomandavano i codici cifrati dell'amministrazione dei Musei Reali, cacciatori che mettevano alle strette la preda. I documenti di argilla erano conservati all'interno di nicchie murarie, simili a testi di carta su uno scaffale, e in posti più atipici per dei documenti: sotto la pavimentazione o nelle pareti dei pozzi. A differenza delle carte che non servivano più, le tavolette di argilla che non venivano più adoperate non erano così semplici da smaltire. Non potevano essere bruciate, per esempio. Si sarebbero conservate ancora meglio, sempre che non fossero già cotte in partenza. Erano usate per riparare murature, fontane e pozzi, rivestire focolari, consolidare fondamenta. Essendo pressoché indistruttibili, così Delitzsch amava sottolineare la loro importanza, contrariamente alla biblioteca di Alessandria, sarebbero esistite per migliaia di anni, rappresentando l'unica fonte storica scritta di un'umanità ridotta ai minimi termini dopo molteplici guerre. Allora non sarebbe stato possibile esimersi, così Delitzsch, dal decifrare di nuovo la scrittura cuneiforme. Come oggi, che era stata ampiamente decifrata, non era possibile esimersi dallo studiare la lingua tedesca nella quale, anche grazie a Delitzsch, era tradotta la grande maggioranza delle iscrizioni. Andrae sezionava l'area in cerca di altro materiale da tradurre per Delitzsch, e Delitzsch assicurava che, in veste di direttore del dipartimento dell'Asia anteriore dei Musei Reali, avrebbe provveduto che ogni scavo e scavo secondario intrapreso da Koldewey non fosse visitato da nessun filologo tranne Delitzsch. Andrae diresse lo scavo a Fara ma Koldewey lo iniziò, come ogni scavo secondario, e lo portò a termine. Koldewey scelse il luogo adatto per il campo, contrattò con la popolazione, ingaggiò artigiani, manovali, domestici, cuochi, sorveglianti, comprò miglio, grasso, sale e pecore per creare il patrimonio ovino della spedizione, e organizzò il trasporto dei reperti a Babilonia.

Perciò Koldewey e Delitzsch partirono per primi e andarono a Fara insieme al commissario Bedri Bey, mentre Andrae portava avanti gli scavi di Babilonia come sostituto di Koldewey e sarebbe subentrato due mesi dopo. Per arrivare a Fara, dovettero scendere lungo l'Eufrate, seguire un braccio secondario, poi un canale e infine, su canoe di legno impermeabilizzate con il bitume non molto diverse dalle gondole veneziane, attraversare per un tratto una giungla di canne. I famigerati canneti, abitati dai famigerati arabi delle paludi. Ventiquattro imbarcazioni, trenta lavoranti più i bagagli, e il nuovo assistente, che per l'intera durata del viaggio tenne il fucile puntato contro le canne fruscianti che li circondavano e subito dopo il ritorno da Fara iniziò a soffrire di allucinazioni, perciò fu rispedito in Germania come tutti i paranoici. Oltre a loro, i cavalli che nuotavano. E anatre, aironi, beccaccini, sagome simili a cicogne, uccelli acquatici le cui voci erano rimaste intrappolate nella canicola dell'aria come sotto una campana e tentavano di trapelare all'esterno, ma la campana le faceva oscillare avanti e indietro. Dalla foresta di canne spuntavano isole sulle quali sorgevano i *meftul*, piccoli fortini di fango provvisti di feritoie che servivano da spunto per estemporanei conflitti a fuoco. E come ignorare i solchi del cannone Krupp, con cui in mancanza di un'alternativa l'ufficiale preposto riscuoteva i tributi. Da quelle parti le controversie si risolvevano passando direttamente all'offensiva, era prassi comune anche tra vicini e parenti prossimi. Sulla strada per Fara, il luogo di una civiltà che fu tra le prime civiltà al mondo a lasciare testimonianze delle transazioni economiche, dei contratti di vendita e perfino delle prove di scrittura dei bambini alle elementari, ai margini dell'ultimo grande tratto della foresta di canne, andò loro incontro un uomo che trasportava il cadavere del fratello. Gli aveva appena sparato per un pesce. Mentre descriveva l'accaduto sventolava il fucile, come per dimostrare che era nuovamente pronto all'uso, nel caso qualcuno intendesse sostenere che non aveva il diritto di sparare a suo fratello per un pesce. Quando risalirono sulla canoa, Delitzsch scrollò la testa che fino a un attimo prima aveva incassato tra le spalle, definì le paludi e Fara "una bolgia" e si chiese come fosse possibile che in quella bolgia, dalla quale mediante il commercio d'arte antica erano saltate fuori alcune pregiate tavolette di argilla, già nel 2250 a.C. fossero esistiti uno stato di diritto altamente avanzato e una cultura paragonabile alla loro. Eppure, così Delitzsch, le fonti scritte lo dimostravano. Strade e canali, tutto in condizioni impeccabili, c'era perfino un efficiente servizio postale. Sulle tavolette di argilla Delitzsch aveva letto lettere con le stesse cose che si scrivevano normalmente ancora oggi. Una moglie scriveva al marito in viaggio che i bambini stavano bene. Un figlio comunicava al padre che qualcuno lo aveva insultato e lui era furioso e voleva prenderlo a pugni, ma prima preferiva chiedere consiglio al padre su quale fosse il comportamento migliore da tenere. Neppure Parigi, disse Delitzsch, al massimo Roma e l'impero romano potevano competere con Babilonia e l'impero babilonese, al cui territorio storicamente apparteneva anche quella bolgia, per quanto riguardava l'influsso che quell'impero aveva esercitato nel mondo per due millenni.

Una volta raggiunta Fara, Koldewey iniziò subito a far conoscere all'ambiente il proprio carattere. Che non significava: aspettare che sparassero a qualcuno – nel dubbio a Delitzsch – o eliminare i problemi sparando. Significava: considerare tutto nel modo più serio possibile e complicato quanto bastava. Mentre organizzava i consueti lavori preliminari all'apertura di uno scavo, Koldewey era sempre a caccia della prima occasione utile per attaccare briga con qualcuno del luogo. Fece costruire una piccola fortezza con mura di fango, un fosso e quattro bastioni e all'interno capanne di cannicci e foglie di palma, le più piccole come alloggio, la più grande al centro come sala da ricevimento e da pranzo, proprio di fronte all'unico ingresso nella cinta muraria alta quattro metri. Fece costruire casette di mattoni per i reperti e la cucina e anche per i quattro soldati, che però alloggiavano nelle capanne all'esterno della fortezza insieme ai lavoranti. Koldewey si sistemò nella sua tenda da viaggio. Koldewey avrebbe potuto allestire il campo su un terreno alle porte di Berlino, un paio di caprioli lo avrebbero osservato – interessati, ma restando timidamente accanto a un albero; di più non sarebbe successo, se non fosse passato di lì per caso il contadino proprietario del terreno. Koldewey aspettava al varco quel contadino. O di un contadino che non era il proprietario del terreno e che si immischiava lo stesso, meglio ancora senza saperlo. Koldewey cercava un evento per il quale a nessuno sarebbe mai venuto in mente di fare tante storie. E lo trovò: qualcuno aveva lasciato il cavallo davanti alla fortezza senza autorizzazione. Qualcuno aveva lasciato il cavallo dove potevano stare soltanto i cavalli della spedizione o dei soldati turchi che accompagnavano la spedizione o eccezionalmente i cavalli di uno sceicco invitato per un'occasione speciale. Koldewey segnalò l'accaduto a tre diverse autorità, al *mudīr* (funzionario amministrativo del distretto) a Muradiye, al *mutasarrıf* (amministratore governativo del distretto) a Diwaniya e al consolato a Baghdad, che lo segnalò all'ambasciata a Costantinopoli, che lo segnalò al governo a Costantinopoli. Koldewey segnalò a varie autorità, che ogni giorno dovevano occuparsi di problemi più importanti (non farsi sparare nel tentativo di riscuotere le tasse; ripristino della linea telegrafica; costruzione della ferrovia di Baghdad; sicurezza del traffico postale; insurrezioni arabe; sicurezza nazionale; diplomazia internazionale), che qualcuno aveva lasciato senza esserne autorizzato il cavallo in prossimità degli spazi personalmente accordati alla sua spedizione dal sultano dell'impero ottomano. Koldewey informò uno sceicco dei villaggi circostanti di chi aveva informato e a proposito di cosa, lo sceicco Abud, zio del trasgressore. Koldewey si comportò come se quello fosse l'unico modo possibile di comunicare con lui, e mentre comunicava continuava gentilmente a far sapere quanto fosse indignato per l'accaduto. Messo a dura prova e al tempo stesso onorato dell'attenzione ufficiale che il tedesco gli accordava solo perché si reputava offeso, lo sceicco era impaziente di conoscere questo Koldewey e chiedergli di perdonare le maniere villane del nipote. Giunto davanti alla tenda di Koldewey, Abud depose l'*egal* ai suoi piedi in segno di deferenza. Koldewey però rimase seduto nella tenda e gli fece riferire che era ancora troppo arrabbiato per poterlo ricevere di persona. Quando finalmente uscì, un bel pezzo dopo, distolse lo sguardo e disse, senza guardare lo sceicco, che era ancora di cattivo umore e di certo non gli sarebbe passato se quel ragazzino con il moccio al naso non la smetteva di rimirarsi come se nulla fosse nella lama del coltello da caccia di Koldewey. Ciò contribuì a estasiare ulteriormente Abud, finché Koldewey cedette e guardò lo sceicco e lo prese per mano per condurlo nella sala da ricevimento della fortezza, dove si tenne una delle riunioni più lunghe mai tenute in quella zona. Lo sceicco aveva portato con sé il grosso della corte, moglie, madre, nonna, sapienti e sapientissimi della sua tribù. Ma come sempre, solo al termine della riunione, quando tutte le banalità disponibili erano state sviscerate e ripetute a oltranza e il vero motivo per cui si erano riuniti era l'ultima carta rimasta da calare sul tavolo, i responsabili della tribù iniziarono a spezzare una lancia in favore della loro gente, gente semplice, che era cresciuta lontano dai centri della cultura e non era così istruita come gli europei. Sì, in nome di Dio, mormorò qualcuno, e dato che a quello stadio della conversazione, dopo ore e ore di consumo di caffè e sigarette, i presenti erano aperti a ogni genere di critica e di proposta, nel corso del pomeriggio perfino Bedri Bey colse la palla al balzo per spezzare una lancia con Abdul in favore dell'intelligenza turca, che se installava i pali del telegrafo lo faceva per un motivo. Che in fondo era avanzata al pari dell'intelligenza europea. Oltre che l'esercito turco, addestrato da ufficiali prussiani, i turchi dovevano molto agli europei, anche se forse a un primo sguardo – lì, in pieno deserto – non se ne coglieva l'utilità, come per esempio la costruzione della macchina a vapore, per la quale, così Bedri, gli europei erano stati tanto saggi da ispirarsi ai bollitori per il tè arabi per dedurre i princìpi della generazione del vapore. Due mesi dopo erano talmente in ottimi rapporti con metà delle tribù intorno a Fara che, quando arrivò Andrae e Koldewey e Delitzsch ripartirono da Fara, loro gli aprirono la strada sparando, non fino a Babilonia, ma perlomeno attraverso le paludi di canneti. Lo sceicco Abud promise di scortare personalmente il messo Muttar, che da allora ogni due settimane avrebbe fatto la spola tra Babilonia e Fara per consegnare le lettere di Koldewey e Andrae.

Occhio per occhio, gridò Delitzsch in groppa al suo cavallo rivolto a Koldewey durante il viaggio di ritorno a Babilonia – incredibile, ma era l'unico filologo che Koldewey avesse mai visto andare a cavallo in maniera decente. Dente per dente, proseguì Delitzsch, la formula veterotestamentaria era il fondamento assoluto della vita in quelle terre, ma naturalmente era presente anche nei più antichi ordinamenti giuridici babilonesi, come il Codice di Hammurabi, che a sua volta era il fondamento del diritto di affitto per novantanove anni ancora oggi in vigore in Inghilterra. La strada fino al successivo tratto di palude era fiancheggiata da arbusti di acacie e tamerici, nel mezzo greggi di pecore con i relativi pastori, armati fino ai denti, che seguivano con lo sguardo ogni movimento intorno a loro, pastori che non sapevano niente del diritto di affitto ma avevano interiorizzato in maniera molto pratica l'occhio e il dente della legge del taglione. Fra le tamerici alte fino a sette metri sorgevano piccole *srefe*, le capanne di canne in cui vivevano gli arabi delle paludi, benché dessero l'impressione di trascorrere la maggior parte del tempo nei *meftul*, le piccole roccaforti di fango. Nel periodo che loro tre avevano passato a Fara, alcuni *meftul* erano stati chiaramente colpiti dal cannone Krupp dell'ufficiale che riscuoteva le tasse. Quella sì che era bella, gridò Delitzsch. Da dove veniva infatti il termine tedesco "cannone"? Esatto, dalla primissima lingua scritta al mondo, dalla Terra tra i due fiumi del terzo millennio avanti Cristo. E da quale termine derivava il termine "cannone"? Esatto, dal termine greco *kanón*, che derivava dal termine accadico *qanû*, che a sua volta era un prestito dal sumero con l'utilizzo del carattere cuneiforme *gi*, che in accadico poteva essere letto anche *qè* e infine era stato letto *qa* e unito al suffisso nominale *nû*. E cosa significava *qanû*? Esatto, significava "canna"! Ma aveva anche un altro significato, nell'edilizia e nella topografia mesopotamiche, che a un architetto doveva essere ben noto. Il termine aveva sempre avuto il significato di "asta di misurazione" o "regolo", che era il primo significato di canone e non di cannone. Solo nell'antica Grecia si erano decisi a fare una distinzione anche concettuale fra canone e cannone. E così il cannone aveva fatto canonicamente ritorno nel luogo di origine, quasi come una maledizione che si era compiuta in maniera ingiustificata, con la quale gli attuali sovrani funestavano la giungla di canne riscuotendo in ordine alfabetico le tasse dai discendenti della più antica cultura scritta, che quattromila anni fa, ironia della sorte, aveva usato la canna non per sparare ma per scrivere. E già che parlavano di aste di misurazione e regoli: le unità di peso e di misura veterotestamentarie, gridò Delitzsch, derivavano ovviamente da quelle babilonesi. La lingua babilonese era la lingua franca, la lingua universale, parlata fino in Egitto, fino a Cipro. A ben guardare, però, stava in sella leggermente storto. E lo sapeva Koldewey che fissando la domenica come giorno festivo negli scavi di Babilonia aveva seguito una tradizione paleomesopotamica? In fondo anche lo Shabbat ebraico era il settimo giorno della settimana, poiché il termine ebraico Shabbat derivava dal termine babilonese o assiro, dunque accadico, dunque protosemitico *shabattu*, e *shabattu* indicava il 7°, il 14°, il 21° e il 28° giorno del mese, il giorno durante il quale non si lavorava e il re non doveva cambiarsi la finanziera, salire in carrozza, offrire sacrifici, amministrare la giustizia e mangiare carne. In sostanza, tutti loro dovevano il riposo domenicale al popolo sul Tigri e l'Eufrate. Perciò, in contrasto con la predilezione locale per il venerdì, nei suoi scavi Koldewey non aveva tanto istituito il settimo giorno della settimana come giorno di riposo, quanto piuttosto lo aveva rianimato nello spirito di una tradizione plurimillenaria. Delitzsch scandiva singole parole delle sue asserzioni con energici movimenti ritmici dell'indice puntato in aria. Mentre tentava di completare sul suo taccuino il tracciato del percorso tra Fara e Babilonia annotando orari, punti cardinali e altri dati di riferimento, Koldewey si accorse che Bedri Bey si voltava verso di lui a intervalli sempre più brevi, per controllare quando gli sarebbe venuta voglia di litigare con Delitzsch. Se lo chiedeva anche Koldewey, ma era consapevole delle conseguenze insite in una discussione con Delitzsch che, una volta scatenata, non si sarebbe mai conclusa con Koldewey imbattuto, fosse pure nella sudorifera atmosfera pomeridiana dell'ecosistema del canneto in cui stavano per inoltrarsi di nuovo.

Koldewey non smise di ignorare Delitzsch nemmeno quando salirono sulle barche di legno per attraversare l'ultimo tratto della giungla di canne, mentre Delitzsch non smise di tartassare Koldewey. Perché era il settimo giorno, così Delitzsch, anche quello a proposito del quale nell'epopea mesopotamica del diluvio universale diffusa nel luogo che avevano appena visitato si diceva: Il settimo giorno feci uscire una colomba e la lasciai libera, la colomba volò avanti e indietro, ma non trovò nessun posto dove posarsi e tornò da me. Poi il Noè mesopotamico lasciò volare la rondine e solo dopo il corvo, che non tornò più. Delitzsch si era seduto a un'estremità, Koldewey all'altra della barca, che in effetti era una canoa, ma a differenza del cannone non aveva niente a che fare con il *qanû* mesopotamico, per quanto in quella zona spesso le canoe fossero rinforzate con le canne. Bedri sedeva tra Delitzsch e Koldewey, esattamente nel mezzo. I dieci patriarchi antidiluviani della Bibbia, gridò Delitzsch oltre Bedri, altri non erano che i dieci re babilonesi prima del diluvio menzionato nella lista reale sumerica, scoperta su un prisma di terracotta magnificamente conservato, con molta probabilità durante uno scavo clandestino ancora più a sud rispetto a dove si trovavano loro, e finita in questo modo sul mercato d'arte antica. Lungo il viaggio di ritorno a Babilonia, Delitzsch snocciolò citazioni dalle duecentottantadue leggi di Hammurabi; illustrò l'origine del sistema numerico sessagesimale nato in Mesopotamia, che suddivise la circonferenza in trecentosessanta gradi, quelli che loro usavano negli scavi per misurare gli angoli, che suddivise le ore in sessanta minuti e i minuti in sessanta secondi; descrisse la festa del Nuovo Anno babilonese, durante la quale si recitava il mito babilonese della creazione del mondo, quando il dio poliade babilonese Marduk contribuì alla genesi del mondo conosciuto smembrando in due parti Tiāmat, una creatura ibrida metà drago e metà serpente, il serpente primordiale, l'archetipo del diavolo, che ancora oggi, così Delitzsch, sotto forma di drago veniva sconfitto da Michele o in alternativa dal cavaliere Giorgio, nella lotta che si rinnovava ogni anno tra il potere della luce e il potere delle tenebre, come era raffigurata anche negli splendidi rilievi sulle pareti dei palazzi assiri. Mentre parlava, Delitzsch dava l'impressione di essere lui a combattere una battaglia tra bene e male, luce e ombra, con i fusti delle canne che sibilavano tutto intorno come sciabole, si affilavano l'uno contro l'altro, allontanandosi e avvicinandosi tra loro, come le pertiche che spingevano via la barca per muoversi insieme a lei. Delitzsch sciorinò tutti i passi dell'Antico Testamento che avevano un'origine prebiblica e dai quali la Bibbia e il nostro pensiero religioso dovevano essere purificati, dal momento che quei passi erano storici e perciò creati dall'uomo e perciò non erano divini, bensì scientificamente documentati. E la Bibbia non poteva essere scientificamente documentabile. A Koldewey sembrò che Delitzsch volesse rendere la Bibbia inverificabile sottoponendola a una verifica scientifica, che volesse renderla oggettiva come un dato scientifico cassando tutti i passi corrotti dalla storia. Perché era questo che faceva lo scienziato, progrediva scoprendo anomalie ed eliminandole.

Fu in quell'istante che Koldewey spezzò la punta della matita. Tuttavia non replicò e pensò che Delitzsch, invece, progrediva fabbricando anomalie ed eliminandole.

Ma l'idea della purificazione e dell'evoluzione verso una perfezione superiore, gridò Delitzsch con più enfasi, era sempre stata racchiusa nell'idea stessa di Dio, non era forse vero?

In che senso, domandò infine Bedri, per il quale il testo sacro dei cristiani era sempre stato un mistero e probabilmente voleva sostenere Koldewey nel suo proposito di ignorare Delitzsch. Anche se spesso Koldewey aveva il presentimento che, con quanto esprimeva in buon francese, Bedri non intendesse manifestare a Koldewey il proprio sostegno, ma piuttosto accollarglielo alla stregua di un credito da restituire in seguito.

Ebbene, caro Bedri, disse Delitzsch, di sicuro conosceva il Corano, che conteneva quel bellissimo passaggio, così bello che Goethe avrebbe desiderato vederlo rielaborato in una tragedia. Lì Maometto si immedesimava in Abramo, immaginava come fosse giunto a credere in un solo dio, al monoteismo. In quel meraviglioso passo del Corano, Maometto diceva: Quando scese la notte, Abramo uscì nelle tenebre e vide una stella che brillava alta sopra di lui. Allora esclamò pieno di gioia: Ah, ecco il mio Signore! Ma la stella iniziò ad affievolirsi e sorse la luna, allora Abramo esclamò pieno di gioia: No, ecco il mio Signore! Ma quando la luna tramontò e sorse il sole, Abramo esclamò: Ah, ecco il mio Signore, egli è molto più grande. Ma quando tramontò anche il sole, Abramo disse al suo popolo che non ne voleva più sapere di quel politeismo e preferiva volgere il proprio viso verso colui che aveva creato il cielo e la terra.

Bedri lanciò un'occhiata interrogativa a Koldewey. Dato

che lui continuava a tracciare il percorso ignorando apertamente Delitzsch, Bedri disse che conosceva quel passo, certo, ma non capiva lo stesso il collegamento tra Adamo e il processo di purificazione di Delitzsch.

Dunque, disse Delitzsch dopo aver aspettato cortesemente quella precisa domanda, come si chiamava in antico babilonese, di conseguenza in antico semitico, la sillaba che indicava Dio? Esatto, si chiamava *El*. Ma *El* originariamente significava "fine ultimo" e non "Dio". Quello che, proprio come si leggeva in Giobbe 36, 25, ogni uomo contemplava e il mortale guardava da lontano. Quindi l'aspirazione verso un fine ultimo, come Bedri poteva vedere, era innata nella religione stessa, anche in quella islamica, il desiderio di qualcosa di superiore era innato anche in loro, che pure erano il vertice della creazione. Già la torre di Babele per certi versi simboleggiava questo desiderio, costruire una torre la cui sommità toccasse il cielo, come è scritto nella Bibbia, nel primo libro di Mosè.

A quel punto Bedri sbadigliò e guardò di nuovo Koldewey, che calcolava mentalmente quanto ci volesse ancora per arrivare a Babilonia, e poi in un momento decisivo, che in seguito Koldewey non avrebbe saputo ricostruire, reagì alla domanda di Bedri dicendo che anche Nabopolassar, il padre di Nabucodonosor, aveva perpetuato in un'iscrizione che la cima della torre da ricostruire doveva tendere al cielo, ma che al tempo stesso Nabopolassar si era riproposto di "rendere solide le sue fondamenta fin nel cuore degli inferi".

Ecco perché, disse Delitzsch scandendo le parole con energici movimenti ritmici dell'indice puntato contro Koldewey, grato che finalmente si fosse pronunciato, ecco perché dovevano essere contenti che la torre della fede impura non esistesse più. Era evidente, infatti, che quella torre non si trovava più a Babilonia, oppure Koldewey l'aveva già scavata?

Koldewey, ignorando la domanda di Delitzsch, chiese a

Delitzsch se sapeva quale fosse stata la vera funzione della torre, e Bedri sembrò riflettere se gli convenisse resistere alla stanchezza, in vista della conversazione che sarebbe seguita, o invece cederle, in vista dei soliti discorsi europei su come in passato potesse essere esistito qualcosa che oggi non volevano più, e che ciononostante si sentivano in dovere di analizzare a fondo per dimostrare quanto si erano allontanati da quel qualcosa, solo per scoprire che evidentemente non si erano allontanati poi così tanto, cosa di cui non si sarebbero accorti senza quell'inutile mania di analizzare tutto.

Be', replicò Delitzsch, non c'erano certezze in merito, ma molto probabilmente dalla cima della torre venivano svolte osservazioni astronomiche.

Dunque veniva usata come osservatorio, disse Koldewey.

Si poteva dire anche così, disse Delitzsch.

E forse era per questo, disse Koldewey, che nella torre non c'erano statue di divinità, come aveva scritto anche Erodoto?

Poteva essere, disse Delitzsch.

Dunque, disse Koldewey, sulla cima della torre veniva praticata la scienza, e dunque non era il sommo edificio della religione babilonese che non esisteva più, ma il tempio della scienza babilonese.

Ah, replicò Delitzsch, in passato non si facevano distinzioni tra religione e scienza.

E, domandò Koldewey, oggi si facevano?

Lo sguardo di Delitzsch si oscurò. Stava scherzando? chiese con un'occhiata a Bedri, di cui Delitzsch stava ancora valutando l'importanza come spettatore, considerando fino a che punto valesse la pena di scannarsi con Koldewey davanti a Bedri. Al contrario di Koldewey, infatti, durante un duello verbale Delitzsch aveva bisogno di qualcuno che lo guardasse e in teoria fosse pronto ad applaudire. E Bedri fece di tutto per semplificare la valutazione di Delitzsch. Non era più seduto su uno dei cinque banchi, si era lasciato scivolare all'interno della barca, la schiena appoggiata a un fianco, i piedi sollevati sul bordo dell'altro. Il suo sguardo, come lui, era inclinato di lato, quasi cercasse nell'acqua gli animali acquatici, le cui voci gli risuonavano vicinissimo alle orecchie ma la cui fisionomia era nascosta dalle troppe canne.

Nel frattempo Koldewey insisteva per avere una risposta. Dove diavolo voleva arrivare, domandò Delitzsch.

Al fatto che Delitzsch, disse Koldewey, che da anni svolgeva studi scientifici sull'origine e lo sviluppo della religione, gli spiegasse la differenza tra i postulati della religione e i postulati della scienza.

Delitzsch disse che si rifiutava di rispondere anche solo a grandi linee a una domanda così ridicola. Non era nemmeno sicuro di averla capita, né se quello fosse un apprezzamento per Koldewey o piuttosto per se stesso. Cosa avrebbe dovuto replicare? Che voleva coltivare la fede in laboratorio come una soluzione nutritiva, privando la soluzione di nutrienti fino a quando non era dipendente in tutto e per tutto da Delitzsch e dalle sue cure? E in questo modo voleva rendere dipendenti anche coloro che di quel nutrimento avrebbero dovuto beneficiare da un manuale di istruzioni che soltanto Delitzsch poteva scrivere?

Faceva quelle domande, disse Koldewey, perché aveva letto di teorie confermate al cento percento dagli esperimenti, che tuttavia erano state smentite da altri esperimenti, che a propria volta avevano enunciato nuove teorie, che erano state confutate da altri esperimenti e rimpiazzate da nuovi princìpi fondamentali. In confronto a tutte le teorie e agli esperimenti medici di cui Koldewey aveva letto, e alle prove che aveva condotto egli stesso, il numero degli esperimenti mediante i quali erano stati messi in discussione i fondamenti religiosi della Bibbia era di gran lunga inferiore. Perciò a Koldewey sembrava che la scienza esigesse dai suoi fautori non solo una fede decisamente più profonda, ma anche la disponibilità masochistica a essere preparati che il giorno dopo quella fede non fosse più valida.

Delitzsch incrociò le braccia e scosse la testa come solo un filologo poteva scuotere la testa, accompagnato da una lunga pausa di silenzio, che Bedri sfruttò per appisolarsi, e che infine Delitzsch interruppe per chiedere a Koldewey come andasse la sua nevralgia del trigemino.

E Koldewey annuì, come annuivano gli architetti che avevano a che fare con i filologi. Sì, l'estate precedente aveva contratto una nevralgia del trigemino, molto probabilmente in seguito al suo esperimento di passare la notte su un materasso inumidito a intervalli regolari da una lattina forata, che avrebbe dovuto generare calore latente di vaporizzazione. O forse anche quando aveva sistematicamente aumentato il consumo giornaliero di tabacco per determinare quanto tabacco al giorno tollerava un essere umano. Ma no, adesso ci vedeva di nuovo bene, non aveva più vertigini e nemmeno dolori, in ogni caso non di natura nevralgica.

Era una cosa positiva, disse Delitzsch, e se Koldewey non voleva distinguere i fatti religiosi da quelli scientifici, magari poteva interessargli sapere che nell'Antico Oriente le malattie erano provocate dall'ira di specifiche divinità, che si infervoravano perché gli uomini avevano trasgredito a una legge sociale. Di conseguenza, già all'epoca bisognava rispettare una serie di comandamenti, per inciso molto simili ai comandamenti dell'Antico Testamento. Come per esempio amare il nostro prossimo e non fare agli altri ciò che non vorremmo fosse fatto a noi. Dire la verità era un dovere sacro, tanto quanto mantenere la parola data. Ed era considerato peccato anche affermare con la bocca e negare con il cuore.

Con questa precisazione, Delitzsch aveva certamente voluto alludere alla tendenza mostrata allora da Koldewey di scardinare logicamente le sincere convinzioni degli altri ricorrendo a convinzioni astruse. Astruse perché spesso non erano affatto le convinzioni di Koldewey, ma semplicemente gli argomenti più efficaci.

No, Koldewey non aveva commesso peccati. Aveva condotto esperimenti. Perché era uno scienziato. Conduceva esperimenti. Questo facevano gli scienziati. E più esperimenti conduceva per trovare risposta alle sue domande, più domande si poneva. E più astruse erano le sue convinzioni, che erano le migliori non solo per efficacia argomentativa. Gli sembrava di essere non nel suo studio nella casa della spedizione babilonese, costruita quattordici anni prima con sicurezza statica, ma su un terreno a rischio di frana, che lui stesso faceva franare scavandovi trincee esplorative, al fine di verificare se nelle fondamenta del terreno si celava la risposta al perché fosse a rischio di frana. Osservava la stratificazione storica sulle pareti delle trincee e ne annotava l'aspetto, registrava come cambiava il substrato all'interno di una trincea, che tipo di muratura si alternava a un altro tipo, mattoni di fango essiccato e malta di argilla oppure laterizi con malta di asfalto o calce, con o senza strato di graticci di canne, in ogni caso testimoniato solo da impronte, ragion per cui non trovavano mai montanti e travature; mentre scavava nuove trincee parallele in altri punti del terreno, più ravvicinate, ma non poteva mai mettere in luce il terreno nel suo complesso, perché doveva lasciare delle passerelle per spostarsi, saltare a destra e a sinistra oltre le voragini, tutte scavate alla medesima profondità, ma illuminate in maniera diversa a seconda del momento della giornata e del periodo dell'anno.

Koldewey spinse le lettere con la mano, ma non per ordinarle di nuovo. Subito si mescolarono agli altri documenti sparpagliati sull'ottomana. Prima aveva preso anche il resto delle carte che erano sul cassettone – esisteva pur sempre una minima possibilità che Buddensieg credesse che Koldewey aveva oliato il cassettone. Tirò fuori la gamba destra dal secchio di acqua e camomilla, per farlo dovette contrarre innanzitutto l'addome e non la gamba, il che funzionò. A chi soffriva frequentemente di mal di schiena e malediceva la medesima, si sarebbe dovuto dire che il mal di schiena non sempre aveva origine nella schiena, ma in molti casi nell'addome, dove si trovava il tessuto muscolare apparentemente innocuo esteso intorno all'intestino, che tramite i tessuti connettivi era collegato ai muscoli della schiena necessari al movimento della schiena, al movimento dell'intero apparato locomotore. Ma l'idea dei muscoli della schiena che causavano il loro stesso dolore non era forse un bel pretesto per non sprecare la propria attenzione con cose che si situavano al di fuori di quell'idea? Era stato introdotto un tempo universale, erano stati standardizzati pesi, misure, il servizio postale, quello telegrafico e lo scartamento tra le rotaie di un binario perché ormai il mondo intero intratteneva scambi commerciali e non più solo un villaggio con un altro villaggio, eppure, quando si trattava di malattie, l'atteggiamento era ancora quello di un contadino, che senza dubbio nel frattempo viveva in città, ma quando aveva fame continuava a scendere in cantina, come se lì potesse esserci qualcosa che aveva coltivato con le sue mani. E che per giunta, quando non c'era, se ne assumeva la responsabilità. Se il contadino avesse sofferto di mal di schiena, probabilmente ci avrebbe messo un po' a rendersi conto che sì, era responsabile della propria schiena, ma in fondo non sapeva nulla dell'anatomia della schiena, che però poteva uscire di casa e recarsi da un medico qualche strada più in là, medico che lo avrebbe mandato da un ortopedico che di schiena se ne intendeva, cioè aveva ricreato nel proprio ambulatorio un villaggio con un repertorio formato da strumenti e invenzioni noti in tutto il mondo, con i quali però lo specialista in ortopedia esaminava soltanto le parti del corpo che poteva esaminare, per poi formulare una diagnosi che escludeva tutti quei processi del corpo in cui non era specializzato. L'ambulatorio ortopedico era un villaggio, e il medico non era il maestro e purtroppo nemmeno il parroco, bensì il giardiniere. Così lo aveva definito l'inventore dell'ortopedia Nicolas Andry de Boisregard. Un giardiniere che doveva solo legare un bambino a un palo di sostegno come un alberello deforme in modo da farlo crescere dritto. Centocinquanta anni prima Boisregard aveva fondato l'ortopedia correggendo con successo le irregolarità dello scheletro grazie all'ausilio di stecche, poiché l'educazione di bambini eretti e retti, così Boisregard raccomandando l'ideale dell'Illuminismo, doveva fare attenzione che il corpo e lo spirito del bambino non fossero limitati da un'ossatura malformata. E così l'immagine del bambino liberato era ancora oggi l'emblema dell'ortopedia: un alberello che cresce dritto perché è legato a un bastone. E, volendo cercare un'immagine equivalente per l'adulto liberato, di certo sarebbe un giardino organico che dipende dalle cure del medico: annaffiare, concimare, disinfestare, persuadere. La quarta solo per promuovere le prime tre. Boisregard aveva scritto perfino la tesi sull'argomento: *An in morborum cura, hilaritas in medico, obedientia in aegro*, che esaminava la relazione tra la letizia del medico e l'obbedienza del paziente nel trattamento delle malattie.

Koldewey era già febbricitante? (A quelle temperature era difficile da stabilire.)

Probabile, ma almeno non aveva dolori.

Koldewey era consapevole che i suoi pensieri erano trasversali al vero problema, lo aggiravano, però non riusciva a liberarsi dalla propria orbita perché si muoveva solo con la mente, perché non si alzava e se ne andava, dritto, da un luogo a un altro, non perseguiva un obiettivo. Non voleva mettersi nelle mani di Liebermeister, ma chiaramente non voleva nemmeno assumersi la responsabilità di una terapia fai da te. Adesso che i dolori erano stati scongiurati, sembrava fossilizzarsi di fronte alla propria efficacia, che però dopo un esperimento effettuato con l'olio di ricino naturalmente non poggiava ancora su fondamenta sicure, ma solo sull'osservazione che poteva funzionare anche l'opposto di un rimedio confermato dalla medicina, e con ciò sembrava dimostrare che le conoscenze della scienza, come aveva voluto dare a intendere a Delitzsch, effettivamente non erano altro che postulati, ma questi, a differenza delle dichiarazioni di fede della Chiesa, potevano essere sostituiti da altri postulati ogni paio d'anni. Forse Koldewey doveva lasciare ad altri il terreno fatto di trincee esplorative, forse lo aveva già lasciato ad altri e si era abbandonato a un'altra idea, alla percezione di dover mantenere l'equilibrio su una superficie instabile, come stare in piedi sul ponte di una nave che, per quanto ondeggiasse, solcava leggera l'oceano, schivando banchi di sabbia, scogli e iceberg.

Koldewey immerse una pezza nel secchio in cui fino a un attimo prima era immersa la sua gamba destra, la strizzò e la sollevò davanti alla fronte e agli occhi per non guardare la porta con la zanzariera mentre contava i secondi – ventuno, ventidue, ventitré… Poi lui entrò:

Dottor Koldewey, è stato avvistato qualcuno nei pressi della torre.

Koldewey abbassò la pezza. Della torre? Dopotutto era una notizia inaspettata.

Sì. Vuole che vada?

No! Vado io.

È sicuro, dottore?

Che mi dice delle sue oche, Buddensieg?

Sono sull'Eufrate.

E lei dov'è?

Sono venuto da lei per informarla, dottor Koldewey.

La ringrazio molto, Buddensieg, ma non è così importante.

Koldewey attese che Buddensieg uscisse dalla stanza. Poi accostò il piede al secchio e lo spostò di lato. Nessun dolore. Si tirò su. O l'olio era servito o l'appendice aveva deciso di placarsi nonostante l'assunzione di olio non fosse indicata dal punto di vista medico, come qualcuno avvertito da un colpo sparato in aria delle conseguenze più gravi che avrebbero avuto gli spari successivi. L'azione terapeutica dei rimedi terapeutici non faceva al caso di una mente analitica, troppo nebulosa, troppo impalpabile in un mondo di oggetti concreti, che potevano essere chiaramente distribuiti in una stanza o disposti in fila. Koldewey radunò le lettere che erano ancora sparpagliate sul letto e le posò insieme al resto che nel frattempo si era accumulato sul cassettone accanto al letto. In cima mise la lettera per Andrae con le disposizioni in caso di guerra, così l'indomani non avrebbe dimenticato di darla a Ferhan, il messo, che ogni lunedì portava la posta da Baghdad e prendeva la posta da portare a Baghdad, dove la consegnava a un beduino della tribù degli ageil, che una volta alla settimana recapitava a Damasco tutta la posta internazionale che il dromedario sul quale sedeva riusciva a trasportare e faceva tappa a Mossul, da dove il messo di Andrae raggiungeva Assur in un giorno, un giorno e mezzo di viaggio. Affinché due corrieri postali della tribù degli ageil potessero percorrere una volta alla settimana gli ottocentocinquanta chilometri tra Baghdad e Damasco in entrambe le direzioni, il governo turco pagava una tassa al capotribù di ogni tribù di cui i corrieri postali degli ageil attraversavano il territorio. Un corriere postale copriva quel tragitto in undici giorni, se dormiva tre ore per notte e si fermava per un sosta di un'ora e mezza la mattina e un'ora e mezza il pomeriggio.

Koldewey invece doveva soltanto arrivare alla torre, che non distava più di un chilometro.

Koldewey estrasse tre libriccini dal mucchio di lettere e altri documenti, che non erano stati né riordinati né rimessi sul tavolo in legno di pioppo dell'Eufrate e giacevano alla rinfusa sul cassettone, e li infilò nella tracolla di cuoio. Il taccuino, che utilizzava per gli schizzi, e l'agenda tascabile di Amburgo del 1913, che utilizzava per gli appunti. Più una delle agende tascabili del 1907, in cui erano raccolte tutte le copie stenografiche di tutte le lettere che Koldewey aveva scritto e spedito nel corso degli anni. Ogni anno si faceva mandare le agende da Amburgo, dove venivano prodotte, e perciò contenevano anche gli orari giornalieri delle maree – fino al 1907 calcolati dal consulente dell'ammiragliato Carl Koldewey, che era suo zio, ma nel 1906 era già talmente malato che Koldewey aveva ordinato più copie dell'edizione del 1907, come se in questo modo avesse potuto fermare il tempo e prolungare così il tempo che restava da vivere allo zio, utilizzando l'edizione del 1907 anche negli anni successivi, con sempre gli stessi spettacoli in cartellone al Deutsches Schauspielhaus, allo Stadttheater, al Thalia, al Neues Operetten-Theather, al Carl-Schultze e all'Ernst Drucker. Ma l'agenda del 1907 non era riuscita nel suo intento, perciò adesso serviva come deposito di custodia delle lettere e quel giorno attendeva quella scritta ad Andrae. Tra il 1868 e il 1870 Carl Koldewey aveva guidato la prima e la seconda spedizione al Polo Nord. Koldewey credeva di aver seguito sulla falsariga il richiamo di quel modello allontanandosi geograficamente da casa quanto bastava per andare alla scoperta di qualcosa di cui nessuno si era sentito all'altezza, e contemporaneamente di essersi distanziato quanto bastava dall'esempio dello zio, visto che lo zio aveva scelto un polo della desolazione climatica e Koldewey l'altro come luogo per la ricerca sul campo, per poi finire a svolgere mansioni analoghe in un ambiente analogamente madido. Mentre però nel caso di Carl l'umidità dell'ambiente era penetrata in lui quasi per osmosi, nel caso di Robert si disperdeva dall'interno verso l'esterno per una sorta di rigetto costante, come se in maniera apparentemente simile Koldewey espellesse tutte le cose che quattro decenni prima lo zio aveva assorbito senza filtro alcuno. Koldewey indossò l'orologio da taschino e aprì il tiretto del cassettone per prendere un secondo orologio da taschino, quello di Obeid, il sorvegliante degli scavi più fidato e da più tempo al suo servizio. Poi prese Liebermeister per rimetterlo nello scaffale, i cui ripiani erano incassati nel muro come quelli dell'armadio, che Koldewey raggiunse senza accusare dolori, riflettendo in quale punto fra le trecento altre opere fondamentali fosse stato posizionato Liebermeister. Probabilmente da qualche parte fra gli atlanti di medicina della Lehmann. Fra Johannes Sobotta *Istologia. Atlante di anatomia microscopica* e Hermann Tillmann *Manuale di chirurgia generale e specialistica*. O fra:

Oskar Schultze *Atlante di patologia topografica e applicata*;

Otto von Bollinger *Atlante ed elementi di anatomia patologica*, vol. 1: Apparato circolatorio, respiratorio e digerente, vol. 2: Apparato genito-urinario, sistema nervoso, ossa;

Wilhelm Prausnitz *Atlante di igiene con particolare riferimento all'igiene urbana*;

Franz Mraček *Atlante delle malattie cutanee*, seconda edizione riveduta e ampliata, con 77 tavole a colori dagli acquerelli di J. Fink e A. Schmitson e 50 pagine di illustrazioni;

Charles Darwin *The Origin of Species* e

Eduard von Hartmann *Filosofia dell'inconscio*, parte prima: Fenomenologia dell'inconscio, parte seconda: Metafisica dell'inconscio, parte terza: L'inconscio e il darwinismo.

Koldewey era fermo davanti agli atlanti medici di apparati e sistemi di organi, raffigurati da immagini di patologia topografica o topografia patologica. Passò in rassegna le file di ripiani in cerca del posto giusto per Liebermeister che, per qualche inspiegabile motivo, quando era stato tolto dallo scaffale non aveva lasciato alcuno spazio vuoto. Accanto all'*Atlante* di Stieler c'erano *Elementi di psicologia dei popoli* di Wundt, *Filogenesi sistematica* di Haeckel, *Vita erotica nella natura* di Bölsche, *La vita delle piante* di Kerner von Marilaun, *Storia della Terra* di Neumayr, *Le razze umane* di Ratzel, *Primordi della cultura* di Schurtz, il *Piccolo dizionario di ebraico e aramaico* di Gesenius, *L'astronomia popolare* di Flammarion, *L'Antico Testamento alla luce dell'Antico Oriente* di Jeremias e la *Bibbia poliglotta* di Stier e Thiele, di cui ovviamente Buddensieg non sapeva niente. Più in basso, testi di storia dell'arte e dell'architettura, riviste di argomento vario come la "Orientalische Literaturzeitung", i "Fliegende Blätter" e la "Deutsche Bauzeitung", infine gli autori dell'antichità classica, seguiti da Shakespeare, Raabe, Nietzsche e così via, per arrivare alle partiture di Schubert, Schumann, Brahms, Mendelssohn, Wolf, Grieg, Mahler, Sinding, Mattiesen, Wagner, Mascagni, Gounod, Kienzl, Offenbach. A giudicare dall'intero scaffale, sembrava che Koldewey non avesse mai tolto Liebermann, perciò lo infilò in un interstizio tra Goethe e Schiller, anzi, dato che lì sarebbe stato un affronto a Goethe, accanto alla "Berliner Philologische Wochenschrift".

Cosa avrebbe portato via, se lo scoppio della guerra lo avesse costretto ad andarsene?

Probabilmente tutti i taccuini per gli appunti e i libri usati come taccuini per gli appunti che, quando Koldewey non li stava consultando, erano nel ripiano più alto dello scaffale, e naturalmente quello che aveva raccomandato anche ad Andrae: diario di scavo, libro contabile, disegni, inventario, che però non erano nello scaffale ma di fronte, in un baule con i rinforzi in ferro sempre pronto in caso di partenza improvvisa. E le fotografie; ecco, quello aveva dimenticato di scriverlo ad Andrae, ma era sperabile che Andrae ci pensasse da solo. Koldewey non avrebbe portato via i reperti, non gli oggetti in sé, solo i registri che attestavano la loro esistenza, attestavano che li aveva trovati e catalogati come parte integrante di un tempo passato, che era passato nell'attimo in cui erano stati inseriti in un registro fatto di pagine che si potevano voltare; come foglietti magici, che però venivano accartocciati perché si credeva che in questo modo sparisse anche la persona indesiderata, il cui nome era scritto sul foglietto.

Se Koldewey fosse stato in possesso di un simile foglietto magico e della convinzione che funzionasse, avrebbe saputo quale nome di quale persona ci avrebbe scritto sopra. Il nome di quella persona che in quel momento, e non certo per gentilezza ma per paura della vista del suo capo potenzialmente mezzo morto, aveva bussato alla porta con la zanzariera, anziché entrare nella stanza come sempre.

Dottor Koldewey, sussurrò Buddensieg dallo spiraglio della porta, che per prudenza aveva aperto solo di una fessura. Ms. Bell è stata avvistata nei pressi della torre. Vuole che vada?

Assolutamente no, Buddensieg, disse Koldewey a voce più bassa possibile e alta il minimo indispensabile.

È sicuro, dottor Koldewey?

Sì, sono sicuro.

Proprio sicuro?

Proprio sicuro, Buddensieg.

Koldewey, ancora in piedi davanti allo scaffale, sentì l'impulso di sfilare di nuovo Liebermeister e tirarlo in testa a Buddensieg. Liebermeister avrebbe superato una distanza di due metri e quello che era e non avrebbe colpito la testa di Buddensieg e non sarebbe nemmeno atterrato ai piedi di Buddensieg sul pavimento, ma avrebbe sbattuto contro la zanzariera deformandola. Ma non l'avrebbe strappata, perché la zanzariera era una garza di metallo e non più di lino, come l'antica leggerezza del concetto suggeriva ancora. Invece Koldewey indossò il cappello in pelle di agnello, si mise a tracolla la borsa, nella quale aveva infilato l'orologio da taschino di Obeid, il binocolo, varie matite, il taccuino e le agende del 1913 e del 1907, prese l'asta di misurazione, che in realtà si chiamava picca ma si sarebbe dovuta chiamare metro universale, e andò verso Buddensieg, zoppicando leggermente per dare a se stesso, ma più a Buddensieg, l'impressione di non muoversi in maniera troppo sana per un malato e proprio per questa ragione di doversi muovere. Che Koldewey accennasse a voler passare davanti a Buddensieg, a quanto pareva non indusse Buddensieg a togliersi di mezzo. Koldewey dovette quasi aprirsi un varco a forza tra lui, impalato sulla soglia, e il vano della porta, e quando si fu aperto un varco ed ebbe raggiunto il ballatoio, espirò consegnandogli qualche shekel.

Dottor Koldewey?

Prenda il suo cavallo, Buddensieg, vada ad al-Ḥillah e compri un'altra bottiglia di olio di ricino, voglio trattare tutti i mobili della mia stanza.

Buddensieg guardò Koldewey, poi gettò una lunga occhiata ai mobili della sua stanza. Un'accozzaglia di carte era sparpagliata sul cassettone, dove, se davvero fosse stato appena oliato, non avrebbe dovuto stare. Accanto al letto, il secchio con i fiori di camomilla, talmente macerati dall'acqua da non essere più riconoscibili come tali. Di fronte lo scaffale con i libri, che per Buddensieg era tanto difficile da guardare quanto fissare qualcuno dritto negli occhi. Sul tavolo le tazze di caffè del giorno prima e di quello prima ancora, strumenti di misurazione e da disegno, uno scacciapensieri, due pugnali e un coltello, fotografie che Koldewey aveva sviluppato da solo e una cartina aperta di Babilonia. In un angolo della stanza due violini, in un altro il fucile da caccia a due canne di Koldewey e un secondo fucile, che Koldewey aveva tolto immediatamente di mano al primo filologo assegnato agli scavi durante il viaggio di andata a Babilonia, quando aveva chiesto dove fosse esattamente l'innesco, come se non stesse partendo da Aleppo con Koldewey per avviare lo scavo di tutti gli scavi del XX secolo, ma con Alexander von Humboldt all'inizio del XIX alla volta del Mar Caspio. In tal caso il filologo avrebbe potuto scendere lungo il Volga seduto su una barca e non avrebbe dovuto lasciarsi disarcionare regolarmente dal pony più piccolo del mondo in torrenti larghi un palmo, cosa che il pony faceva solo perché il filologo non mollava le redini e continuava a tirarle. In un altro angolo della stanza erano addossati alla parete una dozzina di tappeti in seta di manifattura persiana arrotolati, tutti di un metro e trenta per due metri e venti, eccellente annodatura, cinquantasei nodi per centimetro quadrato, puro cordonetto, da non confondere con i prodotti industriali egiziani diffusi in Europa. Davanti alla finestra di sinistra era appeso un drappo di seta decorato con la tecnica della tintura a riserva, una lavorazione eseguita soltanto nell'artigianato di Qom e Isfahān. Il drappo, come anche la maggior parte dei tappeti, veniva dalla residenza del principe persiano, il *ferman-ferma*, che aveva vissuto in esilio a Baghdad. In tutti gli angoli della stanza i ragni avevano tessuto le loro ragnatele, che Koldewey non toglieva, perché anche a Babilonia i ragni erano i nemici naturali delle zanzare. Buddensieg guardò i tappeti, costo unitario circa cinquanta lire turche, per un totale di seicento lire, al cambio undicimila marchi, come si stesse chiedendo se Koldewey aveva provveduto a redigere un documento da cui risultasse a quale dei suoi assistenti lasciava i tappeti, nel caso che uscendo in quelle condizioni non facesse più ritorno dalla canicola pomeridiana, mentre Buddensieg doveva andare inutilmente ad al-Ḥillah, dove mai e poi mai avrebbe comprato una bottiglia di olio di ricino, ma avrebbe usato i soldi per telegrafare di nuovo al dottor Härle. Buddensieg avrebbe benissimo potuto essere interessato a un violino o a certi libri, invece era interessato ai tappeti, ai tappeti di seta, che erano capaci di trasformare una stanza da lavoro in pietra nuda in una casa che trasmetteva il senso di protezione che a Buddensieg mancava per natura e al quale Koldewey si rifiutava di abituarsi, arrotolando i tappeti e relegandoli in un angolo, tranne uno, disteso sul pavimento, che cambiava a rotazione.

Buddensieg, disse Koldewey, mi sta ascoltando?

Buddensieg guardò Koldewey appoggiato all'asta di misurazione, che non portava con sé per misurare qualcosa, ma per infondere un minimo di linearità alla sua andatura tra le rovine senza suscitare troppo scalpore. La motocicletta, una Brennabor made in Brandeburg, purtroppo era definitivamente inutilizzabile. Un mecenate l'aveva regalata alla spedizione anni prima. Koldewey se ne era servito per scorrazzare tra le rovine di Babilonia – con chiaro sprezzo del codice stradale natio (senza patente, a velocità troppo elevata, fuori dalla carreggiata, senza fanale e, dopo il lavoro, sotto l'effetto dell'acquavite di datteri) – finché ci sarebbe stato bisogno di un primo, poi di un secondo e infine di un terzo pezzo di ricambio per preservare la motocicletta (e Koldewey) da danni maggiori. Ma lo sfascio del veicolo era stato ineluttabile, perché nel tempo necessario ai pezzi di ricambio per arrivare a Babilonia, tutti avevano tentato lo stesso di usare la motocicletta, facendo aumentare il numero delle infrazioni a ogni tentativo. Un giorno da Assur o da Uruk fu ventilata la proposta di costruire una locomotiva a nafta per raggiungere più in fretta il settore di scavo attivo al momento. Doveva essere stata una proposta di Jordan. Lo stesso che voleva documentare l'intero sito da una mongolfiera. Koldewey suggerì a Jordan di passarsi sotto i piedi del sapone di Aleppo, così avrebbe pattinato da solo fino al settore di turno; per la misurazione suggerì blocco da disegno e matita o i consueti strumenti di misurazione. Anche e soprattutto a Berlino, era difficile immaginare di spostarsi a piedi su un'area di dieci chilometri quadrati senza impazzire al pensiero di tutto il tempo perso. A Berlino avevano completamente disimparato la pazienza, che per i lavori di pazienza era un requisito imprescindibile. La città, nel periodo in cui Koldewey era stato assente, era cambiata così tanto che sembrava fossero passati cento anni invece di cinque. A Berlino aspettavano le lettere inviate da Babilonia fino a quattordici giorni in più rispetto alle lettere inviate dal territorio nazionale, intervallo durante il quale non riuscivano a dormire dall'impazienza, in attesa di tutto quello che doveva essere accaduto a Babilonia, considerando il tempo che a Berlino avevano perso ad aspettare. Tuttavia, quello che accadeva nell'area di scavo aveva valore non tanto di novità quanto di elemento già noto riapparso in una nuova veste. Koldewey doveva scrivere a Berlino ogni volta che trovava una tavoletta con una variante paleobabilonese di lettura accadica del carattere cuneiforme *gi*? Doveva informare Berlino quando rinvenivano nel gigantesco palazzo di Nabucodonosor, di cui solamente i muri esterni presentavano uno spessore che arrivava a diciassette metri, le fondamenta di un'altra stanza, che con ogni probabilità rappresentava la settima dispensa, a giudicare dal numero di vasi di argilla uguali a quelli usati ancora oggi per conservare acqua e cibo? O doveva riferire a Berlino solo i pezzi forti che esulavano dalle procedure di routine, così che Delitzsch potesse mettersi in mostra divulgando in anticipo i risultati degli scavi, di fatto destinati alla pubblicazione dei risultati degli scavi? In questo modo però l'amministrazione del museo ottomano avrebbe saputo prima delle trattative sui reperti quali reperti eccezionali riservare per sé e quali per la Germania. O forse Koldewey doveva informare Berlino che aveva intenzione di incontrare davanti alla torre di Babele l'imminente nemico dello stato? E che lo avrebbe incontrato per discutere di cosa sarebbe successo quando fosse scoppiata la guerra (perché sarebbe scoppiata) e il nemico dello stato l'avesse vinta (perché l'avrebbe vinta)? E che avrebbe preso accordi affinché i reperti venissero custoditi dal nemico dello stato e, una volta che si fossero calmate le acque, venissero consegnati alla potenza sconfitta? Doveva comunicarlo a Berlino, insieme al fatto che avrebbe parlato con il nemico dello stato dei potenziali candidati adatti alla carica di emiro di un territorio arabo unito e sotto il controllo britannico? E di come poi, nonostante quel territorio fosse abitato prevalentemente da sciiti, si sarebbe dovuto formare un governo di sunniti, perché solo quel gruppo religioso, grazie al lavoro di lunga data nell'amministrazione ottomana, disponeva di sufficienti conoscenze amministrative? E che proprio lì sarebbe iniziata la questione d'Oriente, con cui Bismarck non voleva avere nulla a che fare? Bene, allora l'amministrazione dei Musei Reali doveva inventarsi due o tre codici cifrati adatti allo scopo.

Buddensieg! disse Koldewey per l'ennesima volta al suo assistente, che fissava ipnotizzato l'angolo in cui erano arrotolati i favolosi tappeti.

Dottor Koldewey?

Sa cosa deve fare, Buddensieg, disse Koldewey, e si congedò sollevando in un gesto simbolico l'asta di misurazione come Nabucodonosor lo scettro, e Buddensieg, senza un saluto, tenne nel palmo della mano le monete che Koldewey gli aveva consegnato e annuì per segnalare di aver capito. Koldewey non era sicuro che Buddensieg avesse capito, ma era sicuro che Buddensieg, quando Koldewey se ne fosse andato, avrebbe tenuto ancora la mano aperta, come in attesa di un'altra donazione, o almeno qualcosa di equivalente, un chiarimento, un indizio, mentre guardava Koldewey allontanarsi claudicante lungo il ballatoio e poi scendere i gradini a due a due.

Time	Dir	Notes
10.6	O	alle Daunen Ale Trefen dort + verl. Treffer
10:20	←	
-30	←	
37	S	
55	S	wind seinmal 1150 4 m/s ...
11:10		Chgn S.u.W
11:25		
34	O n W	gerad 125 10 m/s heit
36	S	25
39	SW	
56	SSW	Mie.
12,15	SO	
4.8		Rast an ... alles klar
1.42		Abzug Kafstr... Vorfall Freiburg
2.12		Plan Wehr.
2.30	S.O	(hufe(de)Ort im ...)
47		Destummere → 1'2' 7 km
56	S	Troll. Dörl

2.

E certo per intraprendere degli scavi con successo c'è bisogno di un progetto. Tuttavia è altrettanto indispensabile il cauto e circospetto colpo di vanga nella terra scura, e si perde il meglio chi serba nella sua stesura solo l'inventario degli oggetti rinvenuti e non anche quest'oscura gioia alimentata dal luogo del ritrovamento. C'è bisogno della ricerca vana proprio come di quella coronata da successo e perciò la memoria non deve procedere raccontando, né tanto meno riferendo, ma piuttosto affondando la pala in senso epico e rapsodico, nel significato più stretto del termine, in punti sempre nuovi, e proseguendo la ricerca sempre più in profondità in quelli vecchi.

Walter Benjamin, *Cronaca berlinese*

Muoversi. Non era una raccomandazione di Liebermeister in caso di appendicite. Era il nuovo esperimento di Koldewey, un tentativo di stare alla larga da più problemi simultaneamente.

Non fermarsi a metà cortile, continuare a camminare. Altrimenti c'era il rischio che a Buddensieg venisse l'idea di correre dietro a Koldewey per sorreggerlo. Koldewey avrebbe proseguito dritto verso Wetzel, che doveva comunque oltrepassare per raggiungere la porta della casa della spedizione, in piedi accanto al tavolino sotto la gronda, al quale ogni dodici giorni distribuivano la paga ai lavoranti. Di fianco, ugualmente al riparo della gronda, era accatastata buona parte delle casse con i mattoni della porta di Ishtar, della sala del trono e della via delle Processioni. Koldewey si voltò e guardò il *tarma*, non tanto per controllare se Buddensieg era ancora lì impalato, quanto per assicurarsi di aver davvero appena saltato gli ultimi gradini e, in generale, di essere arrivato in fondo alle scale. Buddensieg, dal *tarma*, guardò il cortile. Wetzel guardò Buddensieg, sapendo che da Koldewey non avrebbe ricevuto una spiegazione sensata del perché era uscito dalla sua stanza, ma sperava che glielo raccontasse Buddensieg. Nel frattempo le oche di Buddensieg, che Buddensieg avrebbe dovuto chiudere nelle stie delle oche se andava ad al-Ḥillah, tentavano di intrufolarsi nel piccolo orto di Bedri sull'altro lato del cortile, sbattendo le ali come se ci fosse una recinzione invisibile da superare. E forse c'era. Bedri, l'ultima volta che le oche avevano tentato di entrare nel suo orto, aveva disegnato una palizzata in aria e nella loro memoria, allungando ripetutamente un rastrello all'altezza delle loro teste e tirandolo indietro di scatto. Se le oche avevano imparato che gli orti sprovvisti di recinzione erano sprovvisti anche di ingresso, allora avevano imparato anche che al tentativo successivo sarebbe stato meglio avvicinarsi dall'alto, anche se Bedri non aveva ancora in mano il rastrello ma era diretto alla stalla, dove teneva gli attrezzi da giardino. La mattina, dopo che Koldewey aveva interrotto le trattative per gli scavi, Bedri era tornato subito nel suo orto, dai suoi ravanelli, dalle sue rose e dai suoi cetrioli. Riguardo alla coltivazione dei cetrioli, Bedri disputava una gara non dissimulata con Reuther, che probabilmente, stando all'impegno con cui Bedri si stava dedicando alle sue piante, in quel momento era nell'orto creato sul deposito di limo che emergeva dall'Eufrate come un isolotto.

Wetzel aveva posato la Kodak e ripreso la fotocamera a lastre e assunto quell'espressione ampiamente interrogativa, che diventava più marcata mentre Koldewey puntava verso di lui senza riuscire a rivolgergli un'espressione confacente, altrettanto capace di crescere di intensità, perché Koldewey, contro ogni aspettativa, dopo un salto da un metro di altezza non sentiva dolore, non sentiva niente, tranne il bisogno di allontanarsi da tutto, per prima cosa da quel cortile.

Sugli scavi faceva troppo caldo e la luce era troppo forte per fotografare, disse Wetzel, quando Koldewey gli fu davanti ma non disse niente e non aveva nemmeno l'aria di voler dire qualcosa. Perciò fotografava le tavolette di argilla, così provava di nuovo a usare la fotocamera a lastre. Reuther ci aveva rinunciato ed era tornato ai suoi cetrioli o forse cercava solo un pretesto per tornare ai suoi cetrioli. Ma a quanto pareva Wetzel non era andato oltre l'intenzione di fotografare le tavolette di argilla e, al tentativo di leggerle, si era fermato e infine, al tentativo di decifrarle, aveva fallito e non aveva ancora superato il fallimento e non voleva ancora considerarlo una sconfitta definitiva, specialmente in vista dell'ulteriore insuccesso che gli si prospettava con l'utilizzo della fotocamera a lastre. Per caso Koldewey sapeva cosa c'era scritto sulle tavolette? Se non altro non chiese a Koldewey se, a titolo precauzionale, poteva mostrargli di nuovo come funzionava la fotocamera a lastre. Entrambi conoscevano perfettamente tutti i caratteri cuneiformi attestati, erano capaci di tradurre i caratteri in sillabe e logogrammi, identificare soggetto complemento e predicato verbale, eppure spesso non riuscivano a venire a capo del contenuto.

Non aveva idea di cosa ci fosse scritto, disse Koldewey. Di recente aveva riletto per la centesima volta l'iscrizione votiva su un tempio dopo averla lasciata decantare per un po', ma aveva continuato a leggere sempre e solo: "Fabbro porta della città piaceva al popolo della porta della città". Quando Wetzel leggeva una cosa del genere, domandò Koldewey, a lui non capitava mai di essere vagamente preoccupato di avere una rotella fuori posto? Cosa voleva dire, in nome del cielo: "Fabbro porta della città piaceva al popolo della porta della città"?

Wetzel sembrò riflettere intensamente, ma Koldewey sapeva che era troppo impegnato con la propria traduzione per poter ragionare con profitto su un'altra. Koldewey guardò il termometro, appeso a uno dei piedritti che sorreggevano il tetto aggettante. Faceva parte di una serie di termometri, sparsi ovunque fuori e dentro l'edificio, portati da un certo dottor Grothe, quando tempo prima aveva visitato Babilonia, e che Buddensieg controllava regolarmente nel punto esatto in cui il dottor Grothe li aveva appesi, posati e collocati, in piedi o distesi. Si era costruito una stazione meteorologica anche da Andrae ad Assur, con tanto di barometro e barografo. Il dottor Grothe voleva collegare in modo capillare l'Asia anteriore dotando ogni singola città, grande o piccola, di strumenti preposti all'osservazione del tempo atmosferico. Il termometro segnava quarantatré gradi all'ombra; quindi al sole erano più o meno cinquantanove.

Koldewey chiese a Wetzel se sapeva dove fosse il sorvegliante Obeid, per dispensare Wetzel dall'onere di dare a Koldewey una risposta appropriata alla sua domanda precedente e se stesso dall'onere di continuare a parlare con Wetzel. Koldewey avrebbe potuto aggiungere che voleva restituire a Obeid l'orologio da taschino che gli aveva riparato, ma non aveva voglia di fornire ragguagli su particolari che non gli erano stati chiesti. Tanto più che nel giro di pochi minuti Buddensieg avrebbe riferito a Wetzel dove era realmente diretto Koldewey. Obeid doveva essere al *jird* a dare da mangiare al toro che azionava la noria, disse Wetzel. Perché il toro era di proprietà di Obeid. Obeid, dal canto suo, era di proprietà della moglie e faceva tutto ciò che lei gli ordinava, compreso smontare l'orologio da taschino perché potesse vedere quale diavoleria ci fosse all'interno che gli permetteva di funzionare. E, prima che Wetzel volesse sapere perché Koldewey cercasse il sorvegliante Obeid nel giorno libero del sorvegliante Obeid, come anche di quasi tutti gli altri, Koldewey aveva sollevato l'asta di misurazione, come poco prima con Buddensieg, e si era avviato verso il passaggio che collegava il cortile sul retro con quello davanti, dove tenevano i cavalli, tra cui quello grigio di Koldewey, e dove si trovava il corpo anteriore dell'edificio, nel quale alloggiavano ospiti e visitatori. E Wetzel, rispetto al tempo di reazione sempre lungo con cui registrava l'eccesso di fretta e scioltezza nei movimenti del proprio simile leptosomico, aveva deciso piuttosto rapidamente di gridare dietro a Koldewey se sapeva quando sarebbe rientrato. Ma Koldewey si voltò e si portò due dita alla bocca perché Wetzel capisse che, primo, non voleva che Wetzel gridasse il suo nome da un capo all'altro del cortile e, secondo, che l'intera spedizione di Susa, al momento in visita, non doveva essere messa al corrente di quando avrebbe potuto incontrare Koldewey a cena. I francesi lavoravano, anche loro dalla fine del XIX secolo, agli scavi di Susa, nella parte sud-occidentale della Persia, tuttavia con pause estive e altre interruzioni consuete per gli scavi ordinari. Avevano trovato la stele con le leggi di Hammurabi, che a un certo punto nel corso del secondo millennio avanti Cristo era finita a Susa come bottino di guerra, tutti i codici autentici, che erano stati scritti a Babilonia ma che non erano stati ritrovati a Babilonia. E adesso i francesi avevano appena riportato alla luce il palazzo di Dario I, il gentile Dario, che durante la festa del Nuovo Anno babilonese aveva camminato sulla stessa identica versione della via delle Processioni sulla quale avevano camminato anche Daniele e Nabucodonosor, la stessa ancora indicata da un tratto originale di alcuni metri che oltre la porta di Ishtar scendeva verso la torre di Babele, lo stesso sul quale ora volevano camminare i francesi, ma naturalmente solo quando Koldewey fosse guarito e avesse potuto far loro da guida. Nel frattempo avrebbero visitato i dintorni di Babilonia, fatto un giro nella zona, magari a Borsippa, una rovina distante qualche chilometro da Babilonia con un unico contrafforte ancora in piedi, che gli inglesi si ostinavano a credere fossero i resti della torre di Babele. Poi, se Koldewey fosse stato ancora malato, avrebbero visitato anche Karbala e Najaf, già che erano lì, e avrebbero percorso a cavallo l'ampia via di pellegrinaggio, superando i cortei funebri dei fedeli sciiti che erano partiti dalla Persia per seppellire i congiunti. I francesi si sarebbero fermati per la notte al più tardi a Najaf, ma nella loro tenda non sarebbero riusciti a chiudere occhio, mentre alcuni dei fedeli che avevano superato cercavano di seppellire i congiunti eludendo la tassa da pagare, e per questa ragione i tutori dell'ordine gli avrebbero sparato contro, il tutto tra le urla di madri e nonne, come se nel contempo respingessero il cinico pragmatismo della situazione di considerare la circostanza un invito a seppellire un altro congiunto in maniera rapida e non dispendiosa.

Koldewey aveva attraversato il passaggio, da cui si accedeva alla cucina e alle stanze dei domestici, arrivando nel cortile principale, e mentre si allontanava velocemente azzardò una rapida occhiata al *tarma*, da cui si accedeva alle stanze degli ospiti, dove però a quell'ora batteva il sole e sembravano vuote. I francesi dovevano essere ancora a Borsippa o in qualunque luogo fossero andati. Negli ultimi tempi il numero dei visitatori era fuori controllo. Capitava che Max von Oppenheim, che stava lavorando all'antico sito di Tell Halaf da qualche parte tra Aleppo e Mossul, si accampasse nel cortile, mentre gli avventisti o i viaggiatori della Thomas Cook o le contesse della Champagne occupavano le stanze. Una volta, per esempio, von Oppenheim aveva percorso ottocento chilometri per ingaggiare a Babilonia lavoranti per il suo scavo, perché quelli che aveva lo avevano piantato in asso per posare le rotaie della ferrovia di Baghdad.

Koldewey salutò i soldati con i loro capelli bianchi appena tinti con l'henné seduti nell'ampio vano della porta, l'unico accesso alla casa di scavo, e avanzò sullo stretto sentiero, che delimitava le colline di rovine sul lato destro dal terrazzamento del sottostante palmeto sul lato sinistro e correva lungo il muro del giardino, dapprima parallelo e poi salendo verso il palazzo di Nabucodonosor. Koldewey seguì il sentiero quasi fino al punto in cui iniziava la salita delle colline e poco prima svoltò nel palmeto, che nei secoli era cresciuto nel vecchio letto dell'Eufrate e adesso era il più grande della

Mesopotamia, e si ritrovò nel vento torrido che si arrampicava sui tronchi delle palme e faceva maturare i datteri.

Obeid doveva essere da qualche parte sull'Eufrate, Reuther da qualche parte nell'Eufrate. Bedri si dava all'orticoltura, Reuther all'orticoltura e alla scienza dell'alimentazione, Wetzel alla filologia, Buddensieg all'allevamento delle oche – nessuno sembrava più fare ciò che ufficialmente aveva studiato per imparare a fare. O tutti avevano ripreso a fare ciò che fino a qualche decennio prima era ancora una consuetudine: dedicarsi a occupazioni differenti, senza riflettere sulla loro diversità, senza ancora avere l'impressione che fossero non solo diverse, ma soprattutto eccezionali, talmente eccezionali che l'individuo dovesse dedicarsi a loro per l'intera giornata; senza ancora pensare di non poterle più chiamare occupazioni, se lavoro era il concetto appropriato per qualcosa che veniva svolto di continuo e, per poterlo svolgere, bisognava anche praticarlo di continuo, esercitarlo, come per predeterminazione divina. Ci erano voluti quattro secoli dunque, perché l'attività prestabilita da Dio, come Lutero intendeva il lavoro nel suo pensiero e come voleva che fosse concepito, giungesse alla sua massima espressione nel secolo più irreligioso che fosse mai esistito.

Koldewey non riusciva ancora a vedere il *jird* dove doveva essere Obeid. Un *jird* non si vedeva mai, tutt'al più si vedeva il gigantesco gelso sotto il quale in genere era costruito. La macchina per sollevare l'acqua o ruota idraulica, che lì chiamavano *jird* e lungo il corso superiore del fiume *nā'ūra*, nel resto del paese *šādūf* e in Europa pozzo a carrucola, nell'aspetto non si era allontanata molto dalle varianti già in uso da parecchie migliaia di anni. L'elemento che le contraddistingueva era il suono, più lungo era il loro utilizzo e più ostinato il loro suono. Un *jird* si contraddistingueva da un altro *jird* per la melodia che, girando, produceva il rullo su cui passava la fune, alla quale era attaccato un otre o un altro contenitore per l'acqua, tirato su da un asino o un cavallo o un toro, che avanzava di qualche passo e lo tirava su finché il contenitore non urtava contro due fermi in legno laterali, che impedivano al contenitore di uscire dal rullo e cadere nel canale da irrigare, ma non di svuotarsi e poi, quando l'animale era tornato indietro dello stesso numero di passi, cadere di nuovo nel fiume dal quale aveva attinto l'acqua, mentre il guardiano, che tirava l'animale per farlo spostare avanti e indietro, cantava qualcosa e riempiva i vuoti degli intervalli che caratterizzavano la melodia di ogni rullo, mentre anche lui tirava qualcosa, tornava al proprio posto e ricominciava da capo, integrando la composizione musicale dell'acqua raccolta con l'aggiunta di una seconda voce che si avvicendava al tema principale.

Le melodie del *jird*, da cinquemila anni. I sumeri avevano avuto l'idea di irrigare i campi su larga scala, di creare canali di ampia portata, che permisero di avere raccolti più grandi, che permisero di costruire città più grandi, di fondare città-stato, di assicurarsi la ricchezza economica, la supremazia politica. Nel primo millennio per i persiani non sarebbe stato possibile occupare Babilonia assediando la città dall'esterno e aspettando di prenderla per fame. Babilonia aveva scorte sufficienti per resistere un anno, che permettevano alle truppe babilonesi di uscire di tanto in tanto dalla città per stuzzicare l'esercito persiano e poi ripiegare. Ciro non avrebbe mai potuto conquistare Babilonia se non gli fosse venuto in mente di deviare a valle il corso dell'Eufrate e così abbassare il livello dell'acqua del fiume e quello dei canali, che si ramificavano numerosi e arrivavano in città, e lungo quegli stessi canali penetrare nella città e dentro la città mescolarsi alla popolazione, proprio mentre la città celebrava una festa popolare e non si rese minimamente conto di essere invasa. Per gli storici era assodato che l'influenza politica si basava sulla ricchezza economica e la ricchezza economica sui raccolti abbondanti e i raccolti abbondanti sul sofisticato sistema di irrigazione. Qualunque storico provvisto di conoscenze filologiche o di accesso alle traduzioni sapeva dare una spiegazione del perché nel secondo millennio le città-stato sumere scomparvero completamente, anche Eridu, la più antica città del mondo, a cui risaliva la fondazione di tutte le altre città. E qualunque storico sapeva dare una spiegazione del perché la fino ad allora irrilevante Babilonia, che sorgeva più a nord, aveva conquistato l'intera Terra tra i due fiumi, e del perché un paio di secoli dopo l'irrilevante Assiria, che sorgeva ancora più a nord, aveva annesso l'impero babilonese. Qualunque storico, infatti, aveva potuto leggere che l'influenza politica era diminuita ogniqualvolta erano diminuiti i raccolti. Saltava agli occhi che i raccolti nelle città della Babilonia si erano progressivamente ridotti nei secoli, nonostante i campi venissero coltivati e riforniti di acqua come di consueto, all'incirca con la stessa abbondanza dell'Assiria potenzialmente nemica, che era situata così a nord da non dover dipendere da un'irrigazione costante. Più che il motivo per cui i raccolti nelle città della Babilonia erano calati rispetto a quelli nelle città dell'Assiria, ciò che dava filo da torcere agli storici era il motivo per cui nel VII secolo improvvisamente i raccolti nella Babilonia crebbero di nuovo, la regione si liberò dal dominio assiro e marciò alla conquista dell'Oriente fino al Mediterraneo, realizzando una rete di canali tra il Tigri e l'Eufrate che valse alla Terra tra i due fiumi il secondo nome di Mezzaluna fertile. Una rete che i mongoli, dopo essere sciamati in Mesopotamia nel XIII secolo, avevano interamente distrutto e distrutta era rimasta. E che non valeva la pena ripristinare, perlomeno non a Babilonia, nella piccola Kweiresh, come aveva scoperto Koldewey domandando a un contadino perché irrigava solo un minuscolo campo ai margini del villaggio invece di espanderlo un po'. Perché preferiva coltivare il grano anziché l'orzo, aveva risposto lui.

Grano che tollerava solo minuscole quantità di sale, chicchi di grano che smettevano di germogliare se la quantità di sale nel terreno aumentava, se il terreno veniva irrigato da canali artificiali e con gli anni si formava una pellicola di sale sulla superficie, perché una parte dell'acqua o riaffiorava subito dalla terra o evaporava dalle piante. Più lungo era il tragitto che l'acqua percorreva nei canali e maggiore era la quantità di liquido che si perdeva per evaporazione. L'evaporazione era anche la ragione per cui la quantità di sale nel Tigri e nell'Eufrate cresceva a valle; era la ragione per cui i regni mesopotamici erano assoggettati a una differenza di potere, che aveva fatto sì che nei secoli gli stati situati a sud cedessero il predominio agli stati situati a nord. Fino a quando nella Babilonia i raccolti ripresero ad aumentare, con molta probabilità perché Nabucodonosor e il padre Nabopolassar avevano capito che, se volevano conquistare la Terra, dovevano non solo aggiungere acqua alla loro terra, ma anche toglierla. Era il drenaggio, di sicuro proposto da uno dei loro consulenti scientifici, che di sicuro avevano minacciato di decapitare se l'idea del drenaggio non fosse stata buona. Ma fu una buona idea creare accanto ai canali di irrigazione dei canali di scolo, che abbassarono il livello della falda portandolo a un metro e ottanta centimetri sotto il livello del suolo, un'idea buona perché in questo modo l'acqua non poteva più riaffiorare e depositare una pellicola di sale in superficie, un'idea molto buona perché le piante, attraverso un'irrigazione sotterranea dalla suggestione quasi clandestina, assorbivano l'acqua direttamente dalle radici.

Una volta Koldewey aveva riflettuto su quanti canali di scolo avrebbero dovuto realizzare a Kweiresh per abbassare il livello della falda e poter cercare edifici più antichi negli strati più antichi. Durante gli anni di scavo, il livello della falda era stato molto alto perché il governo aveva fatto costruire una diga di sbarramento sul corso superiore dell'Eufrate.

Quante centinaia di canali di scolo ci sarebbero volute per abbassare il livello della falda, che a Babilonia era aumentato dalla pressione del bacino? E a quanto sarebbe ammontata la penale che avrebbero dovuto pagare se il governo si fosse accorto che avevano fatto defluire di nascosto l'acqua del bacino nei canali di scolo qualche chilometro più a valle? Per fortuna simili riflessioni, che per un attimo avevano seriamente assillato Koldewey, si erano rivelate superflue, dato che proprio quell'anno la diga si era rotta e la falda si era abbassata da sola e finalmente aveva messo in luce le fondamenta della torre di Babele.

Muoversi, non fermarsi. Raggiungere Obeid. Eccolo laggiù, Obeid, al *jird*. Obeid però non stava cantando. Obeid stava dando da mangiare al toro che faceva muovere il *jird*. Il compito di far muovere il toro lo aveva affidato a un altro, mentre lui aveva ricevuto da Koldewey il compito di sorvegliare le rovine nei giorni feriali e all'occorrenza allontanare dalle rovine le persone non autorizzate, avvalendosi di espressioni che non provenivano dal vasto repertorio della buona creanza orientale. Poteva darsi che Obeid cercasse di ridurre in parte non già la frequenza con cui doveva sottostare alle argomentazioni della moglie in materia di torto e ragione, ma almeno la misura in cui ciò lo irritava, incrementando il proprio ascendente argomentativo su altre persone, sebbene ricorresse a espressioni che non erano neppure lontanamente sofisticate quanto quelle della moglie. Le donne come la moglie di Obeid erano anche il motivo per il quale Koldewey si era opposto fin da subito alla presenza di personale femminile sullo scavo e per il quale, ogni volta che un lavorante arabo aveva combinato qualcosa di grave, non aveva mai voluto ascoltare la versione della moglie, della madre o della prozia, infatti, se solo avessero iniziato a esporre le loro argomentazioni, avrebbero rigirato Koldewey a forza di parlare e, giunte alla fine, Koldewey si sarebbe ritrovato senza più un soldo, un cavallo né un tetto sopra la testa. Quindi in certe situazioni era necessario, come d'altronde era usanza in quasi tutto il mondo, evitare direttamente di dare alle donne la possibilità di comparire in pubblico, perché presto o tardi chiunque avrebbe imparato che la sporadica incapacità verbale non necessariamente segnalava l'inferiorità maschile, ma di certo indicava il grado di paura a cui erano soggetti gli uomini, la paura che la semplice vista di una donna fosse capace di distorcere all'istante quello che dicevano, quello che avevano detto, quello che non avevano detto, quello che avrebbero avuto da dire, contestare il loro privilegio di farla da padroni e la naturalezza innata con cui lo consideravano scontato, minandoli entrambi alla base. Di più, tradendoli. Perché le donne, così gli uomini si erano persuasi per secoli, non erano forse state d'accordo per secoli? Koldewey intratteneva volentieri rapporti di amicizia con le donne, ma in ambito lavorativo erano insopportabili. Tranne Bell, ovviamente. Un giorno o l'altro avrebbe dovuto chiederle come faceva a reggere i colleghi. Forse era per questo che preferiva recarsi in visita dai capitribù dell'Oriente, forse era per questo che era così in sintonia con loro. La chiamavano già "el Chatun", oppure "Umm al-Mu'minīn", madre dei credenti, e presto, visti i presupposti, l'avrebbero chiamata Aisha, come la sposa prediletta del Profeta. Probabilmente Bell sarebbe passata alla storia. Avrebbero scritto libri su di lei. Romanzi. O magari girato un film. Naturalmente in tal caso non avrebbe avuto i baffetti, nel complesso il suo aspetto sarebbe stato più femminile, e magari la sua storia sarebbe stata raccontata da un uomo, che per poterla raccontare avrebbe dovuto riflettere sull'innaturale amore di Bell per l'Oriente fino a trovargli una giustificazione naturale – l'amore per un uomo. Uomo che verosimilmente sarebbe stato sposato con un'altra, pertanto Bell avrebbe potuto avere con lui solo una relazione infelice, che alla fine l'avrebbe spinta nel deserto, al quale da allora il suo cuore sarebbe appartenuto interamente, dal momento che non poteva appartenere interamente a un uomo, e dopo tutte le sue avventure anche il miscredente più incallito le avrebbe detto che gli appariva come una regina, la padrona segreta del deserto, ma lei, con la modestia propria delle donne, avrebbe replicato: No, solo una donna che sente la mancanza di un uomo. Ecco perché, pensò Koldewey, era partita per l'Arabia centrale con lo champagne in valigia.

Non fermarsi, continuare a scendere lungo il sentiero fino a raggiungere Obeid.

Obeid!

Obeid corse incontro a Koldewey, come se anticipasse con il pensiero le azioni di un malato, che quasi certamente camminava con difficoltà. Koldewey gli allungò l'orologio, comunicandogli di averlo riparato. Poi, appena Obeid cercò di prenderlo, Koldewey lo ritrasse.

Però non aprirlo un'altra volta perché tua moglie veda cosa c'è dentro, Obeid. Guarda, questo lungo capello nero l'ho trovato all'interno.

Non lo avrebbe fatto più, per nessun motivo, disse Obeid, e scosse con foga la testa a destra e a sinistra profondendosi in ringraziamenti, mentre, le mani incrociate sul petto, si allontanava camminando all'indietro, e poi iniziò ad annuire con decisione, non era chiaro se per rafforzare la sua promessa o perché era già entrato nella modalità inversa e si predisponeva ad andare incontro a una serata con la moglie e le sue prossime idee.

Si diceva che i sumeri e i babilonesi andassero incontro al futuro rivolgendogli le spalle. Perlomeno così lasciavano intendere i caratteri che designavano il passato e il futuro. Il carattere che designava il futuro poteva significare anche "dietro" e "parte posteriore", quello che designava il passato "viso" e "davanti". Come in ebraico: davanti il passato, dietro il futuro. Di conseguenza i mesopotamici non dicevano che il futuro era davanti a loro e il passato dietro di loro, come generalmente facevano gli europei. I mesopotamici erano andati incontro al futuro con il passato davanti agli occhi, come se il cammino che portava al futuro riconducesse sempre al passato e non potesse mai sussistere senza una correlazione simultanea, un ricordo di qualcosa che sarebbe stato utile per il futuro. Sicuramente anche gli europei si comportavano nello stesso modo, ma per qualche ragione la lingua non conteneva alcun riferimento in questo senso, infiorettando l'atteggiamento europeo aveva deciso di rimarcare altre abitudini, per esempio il pensiero progressivo, lo sguardo rivolto in avanti, sul gradino più alto della civiltà dopo essersi lasciati alle spalle gli stadi primitivi dell'evoluzione. Restare ufficialmente indietro era permesso soltanto studiando i popoli che non erano ancora sullo stesso gradino degli europei. Tutti gli etnologi oltremare per rubare un'occhiata proibita a se stessi. Tutti gli storici, i filologi, gli archeologi per scavare il terreno della civiltà e metterlo in mostra e metterci sopra se stessi.

Almeno Obeid non ringraziava come molti altri, che stavano davanti a Koldewey neanche fosse su un piedistallo, come se si aspettasse che, prima di rivolgergli la parola, riversassero al suo cospetto una montagna di convenevoli zuccherosi che poi dovevano scalare per poter comunicare a pari livello con lui. Se Koldewey fosse salito alle rovine attraversando il palmeto disseminato di pecore e bambini, di certo avrebbe incrociato alcuni dei lavoranti in passeggiata domenicale, con indosso gli abiti nuovi e tutte le armi in loro possesso, fucili, doppiette e rivoltelle, la cui importazione era severamente vietata, ma tra le quali figuravano comunque gli ultimissimi modelli. Come sempre Koldewey avrebbe ammirato lo sfoggio di equipaggiamento, e come sempre loro avrebbero replicato: L'ho avuto grazie alla tua benevolenza! Dopodiché Koldewey avrebbe domandato come stavano, e loro avrebbero risposto che loro stavano bene solo se Koldewey stava bene. Infine Koldewey avrebbe domandato cosa stavano facendo, e loro avrebbero risposto che pregavano per l'impero tedesco. Perché servivano l'impero tedesco, che in arabo significava la stessa cosa.

Li vide venire verso di lui già da lontano.
Hada min saidak!
Allah jselimak!
Kefak sen, kefi ham sen!
Ana do utschi daulet Alemanni!

E infatti, ancora armi di ultimissimo modello. Koldewey risalì fino al sentiero dove prima aveva svoltato nel palmeto, lo seguì per un tratto verso nord fiancheggiando il muro e raggiunse lungo un viottolo la prima collina degli scavi, il lato ovest del palazzo di Nabucodonosor, che in realtà era una rocca, una fortezza, un'acropoli che si ergeva sulla città accanto all'antico letto dell'Eufrate e che Nabucodonosor aveva fatto sopraelevare e ampliare più volte, offrendo agli artigiani l'occasione di cimentarsi in numerosi rilievi di leoni e tori e draghi e di perfezionarne le forme e i colori, poiché insieme all'acropoli dovettero essere sopraelevate anche la via delle Processioni e la porta di Ishtar e tutte le porte e le vie intorno al palazzo, e la conseguenza fu che con il tempo gli abitanti della città dovevano piegarsi per passare dall'ingresso principale di alcuni edifici e al loro interno scendere come in una cantina. Tuttavia, se le strade dell'intera città si erano progressivamente rialzate dipendeva essenzialmente dal fatto che, pur esistendo un sistema fognario, non esisteva la raccolta dei rifiuti, e la gente era abituata a gettare dalla finestra la spazzatura, che si accumulava e veniva calpestata fino a rialzare a poco a poco il piano stradale delle vie secondarie e dei vicoli laterali.

Koldewey seguì le mura interne, i cui resti, sui quali si

trovava in quel momento e che tagliavano in diagonale la parte vecchia e nuova dell'acropoli, arrivavano direttamente alla porta di Ishtar, con una leggera salita che sotto di sé ospitava ancora un tratto ben riconoscibile dei canali di scolo. Da non confondere con le mura esterne, ancora più monumentali ma simili nell'impianto: entrambe una cinta difensiva formata da due cortine una dentro l'altra, di larghezza compresa tra i diciassette e i ventisette metri, lo spazio necessario al passaggio su ognuna di un carro a quattro cavalli, come scrisse Erodoto. Le mura interne circondavano la città vecchia e la parte più antica del palazzo e ormai, dopo il poderoso ampliamento di Nabucodonosor, in pratica attraversavano anche il corpo edilizio e da quello disegnavano una curva prima verso est, poi verso sud e infine ritornavano verso l'Eufrate a ovest, per proseguire sulla riva occidentale del fiume intorno alla città nuova di Babilonia, ancora completamente non indagata. Quattro grandi porte conducevano su un argine del fiume, quattro grandi porte sull'altro. Koldewey avrebbe superato la porta più grande, la porta di Ishtar, e avrebbe percorso l'intera via delle Processioni, che passava dalla porta, in direzione sud; a un certo punto, in mezzo alla città vecchia, la strada avrebbe piegato a destra arrivando all'Eufrate, in cui avevano trovato sette pilastri in mattoni rivestiti di pietra concia del ponte che tremila anni prima garantiva un attraversamento stabile, al contrario di tutti i ponti odierni sull'Eufrate probabilmente fino a Karkemish, dove avevano dovuto costruire un ponte per la ferrovia di Baghdad e, affinché potesse davvero passarci un treno, era fatto di ferro e non, come era usanza comune, con un discutibile agglomerato di barche e tronchetti di legno. Prima di interrompersi sulla riva dell'Eufrate di fronte a un ottavo pilastro, la via delle Processioni passava tra i due edifici più importanti della città. Sul lato destro la torre di Babele, il tempio alto, che in realtà si chiamava "Etemenanki", che significava "casa delle fondamenta di cielo e terra"; e sul lato sinistro il tempio basso, che in realtà si chiamava "Esagila", che significava "casa che ha sollevato la testa". Stando ai nomi, perciò, sarebbe venuto spontaneo supporre che il tempio alto fosse in basso e collocare il tempio basso in alto. Entrambi i templi erano dedicati a Marduk. Il tempio basso era la sua residenza, lì viveva, riceveva altre divinità e praticava rituali. Cosa facesse nel tempio alto, il settore scientifico della sua giurisdizione, Delitzsch non lo aveva ancora scoperto, forse mandava sul tetto i consiglieri del re a leggere nelle stelle i pronostici di cui aveva bisogno per prendere decisioni sul futuro? Delitzsch aveva descritto con dovizia di particolari la festa del Nuovo Anno e quali statue lasciavano un determinato tempio o una determinata città per fare visita a Marduk o a Babilonia in generale, essere ospitate nelle rispettive celle all'interno dell'Esagila e infine sfilare in processione insieme a lui per la città. Esistevano quarantatré templi soltanto a Babilonia, per il momento ne avevano messi in luce sei. Una volta Koldewey aveva visto in Sicilia la statua d'argento di santa Lucia, di dimensioni superiori al vero e carica di offerte votive, anelli, pietre preziose, oro e argento, comparire dal portale del duomo di Siracusa su una portantina sorretta da quaranta uomini, alta sopra il brulicare della folla, per essere trasportata nel Giardino delle Latomie in un chiassoso corteo accompagnato da musica solenne e dal canto dei fedeli in preghiera. Così immaginava anche la processione a Babilonia, quando Marduk veniva portato fuori dalla sua Esagila sulla via delle Processioni, poi per tutta la città e, con una complessa serie di rituali, dalla via delle Processioni attraversava una porta santa e arrivava nel recinto sacro della torre, che era circondato da un grande cortile, a sua volta circondato da innumerevoli torri, edifici che appartenevano al complesso del tempio e altri in cui avevano trovato alloggio i pellegrini venuti da lontano, che a quel punto esultavano e ridevano e piangevano o gridavano.

Nel quadro della processione – e Koldewey dovette strizzare entrambi gli occhi per riuscire a riconoscerlo davanti alle mura della città – apparve, come nel mirino di una fotocamera, una versione piccolissima di Buddensieg. Buddensieg sembrava intento a incitare il cavallo, mentre sollevava una nuvola di polvere a nemmeno cento metri dalla torre, sulla strada che arrivando da Baghdad tagliava il recinto sacro formato dalla torre e dall'Esagila e conduceva ad al-Ḥillah. Dunque aveva parlato con Wetzel per tutto quel tempo, prima di andare ad al-Ḥillah per comprare una seconda bottiglia di olio di ricino, sempre che la comprasse e invece non telegrafasse di nuovo al dottor Härle. Koldewey seguì con lo sguardo Buddensieg che cavalcava sulla strada, o meglio sul sentiero, per al-Ḥillah, finché non sparì dalla visuale. Koldewey avrebbe potuto percorrere la via delle Processioni fino all'Esagila e da lì raggiungere la torre, in corrispondenza del portale di ingresso e delle vestigia della scalinata rimasta invisibile a Erodoto, che saliva alla torre dal lato sud e in origine conduceva sulla sommità, insieme alle due rampe laterali di cui anche Erodoto aveva visto un tratto e i cui resti, adesso dissotterrati, innalzavano ancora al cielo diciotto gradini che si interrompevano all'improvviso. In quel modo, inoltre, Koldewey avrebbe dato l'impressione di trovarsi lì per caso e non di essere così disperato da precipitarsi alla torre per la via più breve solo per incontrare Bell.

L'Esagila era anche l'edificio messo in luce da anni che Koldewey passava a vedere più volte anche nel tempo libero. Non spinto da un interesse architettonico. Spinto dalle lettere che arrivavano da Berlino. Scritte dagli eruditi filologi, che ogni due mesi decifravano una tavoletta di argilla che aveva per argomento l'Esagila, però continuava a collocare l'Esagila non nel punto in cui Koldewey l'aveva trovata a Babilonia, ma in un punto a nord-est del palazzo. Forse i filologi avevano davanti gli esercizi di scrittura di un alunno o un progetto obsoleto o un testo letterario. Di qualunque cosa si trattasse, non poteva contenere alcuna indicazione realistica che l'Esagila fosse da un'altra parte rispetto a dove di fatto era. E in nessun caso poteva essere all'angolo nord-est del palazzo, proprio accanto ai Giardini pensili; benché i filologi suggerissero a Koldewey di controllare di nuovo per sicurezza, in un luogo che era stato completamente scavato, un luogo in cui oltre alle mura del palazzo c'era posto solo per l'acqua, acqua di falda, sebbene neppure un singolo posto per un singolo pozzo. Perciò di tanto in tanto Koldewey si recava all'Esagila e verificava se era davvero l'Esagila e se, semplicemente, da bambini i filologi erano stati sottovalutati dai genitori, che a Pasqua nascondevano le uova in posti così facili che la caccia alle uova rischiava di finire troppo presto, se i bambini sottovalutati non avessero ignorato di proposito i nascondigli facili per abbandonarsi un po' di più all'eccitazione propria della caccia alle uova, nella speranza di avere ancora un nascondiglio veramente difficile da dover trovare. Questa ostinata illusione, che di tanto in tanto si manifestava nelle lettere dei filologi poco stimolati, appariva a Koldewey come una conseguenza quasi logica delle circostanze in cui l'Esagila era stata messa in luce.

Koldewey, seguendo un approccio orientato sulle evidenze del sito, ma soprattutto basato su un'intuizione personale incomprensibile agli altri, aveva deciso di iniziare gli scavi dall'angolo nord-est del palazzo. Lì si erano imbattuti subito nella porta di Ishtar, che confinava direttamente con il palazzo, e sotto la porta di Ishtar nella via delle Processioni, che con ogni probabilità bastava continuare a seguire per imbattersi in altri edifici importanti, l'importanza dei quali molte volte era riconoscibile dall'altezza della rispettiva collina di terra che si ergeva sul ciglio della strada, il tumulo di un edificio antico in un paesaggio per il resto completamente pianeggiante. L'Esagila era uno di quei tumuli, in cui per prima cosa avevano scavato da nord a sud una trincea per la decauville – larga otto metri, alta dieci e lunga centoquarantacinque –, che permetteva di lavorare con maggiore comodità la zona soprastante. La trincea non conteneva strutture architettoniche particolari, niente che indicasse che lì vicino o addirittura sotto si trovava un importante edificio babilonese del primo millennio avanti Cristo. Perciò Koldewey ordinò di scavare più in profondità nella collina in due aree all'inizio e alla fine della decauville, un metro, due metri, tre metri, quattro metri, cinque metri. I manovali si lamentavano che gli mancava l'aria, mentre trasportavano un metro dopo l'altro la terra nelle ceste fino ai carrelli della decauville, le cui rotaie erano posate massimo a dieci metri di profondità. Alcuni si chiedevano in silenzio, altri invece avevano il coraggio di farlo apertamente, se il dottore fosse uscito di senno, per continuare a credere che sotto quella collina, che era soltanto una collina, oltretutto con un cimitero musulmano sopra, potesse trovarsi da migliaia di anni qualcosa di diverso dalla dura e pesante terra, che sosteneva i morti e nel contempo li teneva saldamente sottoterra. Dopo quindici metri si imbatterono nella falda acquifera nell'area nord, ma tranne una piccola quantità di perle e le solite monete di epoca sasanide e partica e seleucide, niente indicava che lì si trovasse l'Esagila, il santuario nazionale di Babilonia, il cuore della città, il centro del cosmo. Quindi Koldewey – e nessuno si meravigliò più – fece scavare fino alla falda anche nella seconda area, all'estremità opposta della decauville. In alto c'era la locomotiva, con una serie di carrelli che trasportavano la terra, in basso, su una superficie di cinquecento metri quadrati, i manovali suddivisi in squadre. In testa il capomastro, che dissodava il terreno con il piccone a doppia punta, dietro tre uomini con la zappa, che riempivano di terra le ceste, e in coda sedici uomini, che trasportavano le ceste alla decauville. Il capomastro riceveva una paga giornaliera di cinque piastre, gli sterratori di quattro, i trasportatori di tre. Più squadre formavano una specie di fronte, che procedeva compatto, ripiegava di qualche metro e avanzava di nuovo, e così asportava la terra in maniera lamellare. Andrae era al fianco di Koldewey con il blocco da disegno, pronto a riprodurre ogni fase costruttiva, qualunque cosa fosse stata costruita dall'uomo, per esempio alcuni resti di un muro negli strati superiori. I manovali rimossero anche quelli e li portarono alla decauville; come da prassi in uno scavo stratigrafico, lasciavano al loro posto le strutture architettoniche solo se appartenevano allo strato inferiore, allo strato più antico conservato. Nel frattempo, in mancanza di altro da disegnare, Andrae aveva iniziato a disegnare i trasportatori e il sole a picco sulle loro teste, che splendeva implacabile sopra e dentro l'intero sito di ricerca. Ancora un metro, gridava Koldewey nella polvere della camera oscura, in cui ormai i manovali lavoravano brancolando, sedici metri sotto il livello della collina, dal quale si erano spostati anche Koldewey e Andrae per scendere all'altezza delle rotaie. Non era possibile prendere in considerazione tutti i reperti di piccole dimensioni in uno scavo del genere, che aveva come scopo quello di rivelare in maniera sistematica l'ignoto e documentare ogni dettaglio dell'ignoto e sperimentare tale metodo per la primissima volta su un edificio babilonese, su una città babilonese e metterlo in pratica con successo. Per procurarsi i reperti e le tavolette di argilla necessari, scavano trincee esplorative nei punti della città che i trafugatori di mattoni avevano già deturpato dal punto di vista architettonico nel tentativo di scavare le loro trincee esplorative.

Quando avevano iniziato a scavare Babilonia, non sapevano a cosa dovessero prestare attenzione, che tipo di architettura avrebbero incontrato, quale materiale edile, come riconoscerlo e soprattutto metterlo in luce senza danneggiarlo. Non appena pensavano di aver trovato una tecnica appropriata, giungevano in uno strato in cui gli edifici presentavano una malta più dura o una più morbida o una con caratteristiche all'epoca non ancora del tutto conosciute, che perciò dopo l'applicazione era fuoriuscita dalle commessure colando sui mattoni e, in caso di asfalto, aveva annerito la facciata facendo irrimediabilmente presa. Ogni area in cui appoggiavano la pala emanava lo spirito della grande città, quasi aspettasse che le cucissero addosso la tecnica di scavo su misura per lei, che era elegante ed eterogenea, ma anche capricciosa. Una pretesa fatta apposta per entrare in conflitto con altre pretese, come la richiesta incessante di iscrizioni o l'attesa, sempre da Berlino, che Koldewey si decidesse una buona volta a illustrare le proprie tecniche di scavo, o meglio a motivarle adducendo argomentazioni logiche, e al suo successivo viaggio a Berlino le trasformasse nell'oggetto di discussione di una conferenza. Koldewey non avrebbe mai tenuto una conferenza assurda con un titolo assurdo, che probabilmente sarebbe culminata nella domanda su come si faceva a distinguere il fango dal fango. Perché era quello il problema, almeno per quanto riguardava gli scavi di templi che per esperienza avevano murature in mattoni crudi, non considerando quelle della torre di Babele. E sabbia. E paglia tritata. Fango e sabbia e paglia tritata trasformati in mattoni, e fango e sabbia e paglia tritata di risulta dai mattoni rotti, usati per riempire le vecchie murature degli edifici e costruirvi sopra un nuovo edificio. O un'altra variante del materiale di riempimento formato da fango e sabbia e paglia tritata, chiamata terra. L'aspetto problematico non era il riempimento con la terra o i mattoni rotti. L'aspetto problematico era il fatto che tali sostanze, se sottoposte a pressione naturale, assumevano la consistenza dei mattoni di fango nelle murature in mattoni di fango, mentre i mattoni di fango nelle murature in mattoni di fango con il tempo tendevano ad aggregarsi in un riempimento. Così entrambi gli elementi dell'edificio, murature e riempimento, con il proprio peso esercitavano a vicenda una pressione reciproca e in questo modo assumevano l'uno parte delle caratteristiche dell'altro, finché a un certo punto erano talmente simili da non poter più essere distinti. La difficoltà consisteva nell'invertire il processo, non cercando di individuare i mattoni, perché era più logico individuare ciò che anticamente li aveva tenuti insieme sotto il profilo aptico ma separati sotto quello visivo: le commessure. Tastarle all'interno della massa di fango solidificato servendosi di un punteruolo, riuscire a scalzare a poco a poco la malta augurandosi che ormai fosse friabile e mettere in luce qualcosa togliendo il dieci percento della sua forma per poter identificare meglio il restante novanta percento.

Presto a Berlino si era sparsa la voce che Koldewey, una

volta scoperta una tecnica degna di nota, non la insegnava subito agli assistenti, bensì li convocava nel settore di riferimento perché ci arrivassero da soli, con il rischio di danneggiare involontariamente qualcosa che non avrebbero danneggiato se avessero saputo in anticipo come riconoscerlo e come trattarlo. Koldewey era dell'opinione che per gli scavatori in erba quel metodo di insegnamento fosse più produttivo e duraturo del metodo che si limitava a spiegare e mostrare. I suoi assistenti dovevano interiorizzare la procedura, e ciò avveniva più in fretta e con maggiore efficacia se la elaboravano per conto loro. In caso contrario, posti di fronte allo stesso compito avrebbero continuato a fare domande, come uno chef che non aveva creato di persona un piatto e sbirciava la ricetta al pari di un qualunque cuoco amatoriale, anziché sapere per istinto in che modo prepararlo. Entrate nel settore e scavate lungo il muro, era una delle frasi preferite di Koldewey nell'ambito del suo metodo di insegnamento. Di solito a quel punto gli assistenti lo guardavano e domandavano: Quale muro?

Ma nel luogo in cui avrebbero trovato l'Esagila, a diciassette metri di profondità non c'era ancora la benché minima traccia di un muro, niente che si potesse scalzare con un punteruolo, mansione per la quale nel frattempo si erano rivelati particolarmente portati un paio di manovali con una pluriennale esperienza negli scavi illegali. Koldewey aveva dato istruzioni di scavare ancora un metro, diciotto metri, e ancora uno, diciannove metri, e ancora uno. A venti metri sotto lo strato superiore della collina, in cui perlomeno avevano trovato vasi di uso comune con iscrizioni in arabo antico, monete cufiche e coppe magiche aramee, anche Koldewey era sceso lungo il percorso terrazzato che dalla fine della decauville conduceva nella camera oscura, che si sarebbe potuta benissimo chiamare camera sepolcrale. Incrociandolo, i manovali evitavano il suo sguardo, mentre trasportavano le ceste con le mani e le braccia chiazzate di grigio come in una miniera, tossendo, sudando. Dall'espressione delle loro facce, che sotto gli strati di sporcizia permettevano a stento di riconoscere il grado di obnubilamento mentale, Koldewey aveva capito che era giunta l'ora o di incontrare la falda o di sentire il noto rumore di un piccone che colpisce all'improvviso un suolo duro come pietra. Scavando più in alto, a diciotto metri di profondità, avevano già incontrato delle resistenze in una fascia larga tre metri, forse un muro interno o semplicemente fango più indurito, ma quello non era il momento di occuparsene. Koldewey fece scavare intorno alle resistenze, ancora un metro. Non era più possibile procedere come un fronte compatto. Chiunque avesse in mano qualcosa per scavare scavò nel punto esatto in cui era, un processo automatizzato che solo Koldewey avrebbe potuto interrompere, se finalmente fosse tornato in sé, il che con ogni probabilità sarebbe avvenuto presto, visto che adesso anche il dottore si muoveva in mezzo alla polvere tossendo. Tutto bene? gridò Andrae nella voragine. Doveva scendere anche lui? E in effetti qualcosa da disegnare ci sarebbe stato, se Andrae, a ventuno metri sotto il livello della collina, dopo che erano stati estratti ventiduemila metri cubi di terra, avesse potuto vedere ciò che poterono soltanto udire quando il piccone colpì non la solita resistenza verticale, ma una orizzontale, uno strato di mattoni più grandi, quadrati, il pavimento del tempio con l'iscrizione: "Nabucodonosor, re di Babilonia, patrono dell'Esagila, figlio di Nabopolassar, re di Babilonia, io sono". Era il mattone con il sigillo di Nabucodonosor, che naturalmente decifrarono molte ore dopo, quando ebbero rimosso polvere e sporcizia.

Una volta rimosse polvere e sporcizia, avevano osservato meglio la pavimentazione. Le suddette resistenze consistevano in parecchi metri di muratura ancora da disseppellire, che appartenevano all'Esagila e che Andrae iniziò subito a disegnare insieme al mattone con il sigillo. Per poter ricostruire l'intera pianta dell'intero edificio, dovevano scavare una serie di trincee negli strati laterali, se non volevano spalare altri ventuno metri di terra. Inoltre restava da chiarire se quella pavimentazione fosse la più antica o se sotto ne esistesse una ancora più antica. Ragione sufficiente per rompere un pezzo del pavimento ben conservato di Nabucodonosor e guardarci sotto e appurare che l'Esagila, come la maggior parte degli edifici di Nabucodonosor, almeno per quanto riguardava la pavimentazione, era una matrioska. Sotto c'erano altre cinque pavimentazioni, tutte intonacate a calce e accuratamente separate da uno strato di sabbia e fango; anche la seconda pavimentazione era di Nabucodonosor, la terza recava il sigillo del sovrano assiro Assurbanipal e di suo padre Asarhaddon, forse il figlio aveva riutilizzato il mattone del padre presente sulla quarta pavimentazione, e la quinta era fortemente danneggiata, probabilmente dal padre di Asarhaddon, Sennacherib, durante il suo leggendario attacco d'ira, quando fece radere al suolo la città e gettare la torre nell'Eufrate; sui mattoni della sesta non era indicato il nome del proprietario, formavano lo strato più esterno o più interno della matrioska, costruito quando ancora nessuno pensava che diventasse una matrioska. Ripulendo il pavimento più alto, era stato inevitabile rinvenire anche i reperti più piccoli, prenderli in considerazione, raccoglierli e incaricare qualcuno di spazzolarli e catalogarli nell'inventario. Ma non Buddensieg, infatti Buddensieg non era ancora presente sugli scavi, era iscritto alla Technische Hochschule di Dresda, in Sassonia, però preferiva trascorrere il suo tempo con Wetzel in un'associazione di canto di nome Erato che, come tutti i cori universitari, era stata fondata unicamente perché i membri non avevano mandato giù di non essere stati ammessi da ragazzi nel Thomanerchor di Lipsia e ormai erano troppo vecchi per sperare di entrarvi. Sorprendentemente, cantare nel coro non aveva aiutato Buddensieg a vincere il dialetto sassone, che innervosiva parecchio soprattutto Reuther. Proprio sul pavimento più alto, inventariato dal predecessore di Buddensieg, avevano ritrovato un orecchino d'oro, un pomello rivestito in lamina d'argento, un ornamento in pietra a forma di rosa, perle di onice, conchiglie intarsiate e un'anatra in pietra con la testa reclinata del peso di un chilo e mezzo. Quelle anatre venivano usate come unità di misura, la più grande ritrovata fino ad allora in Antico Oriente pesava circa settantatré chili. In Assiria erano in voga i pesi a forma di leone. Nella Babilonia e nella sua capitale, la città dei draghi e dei leoni e dei tori, erano in voga i pesi a forma di anatra. Lì i leoni avevano un altro compito: incedevano con le fauci spalancate e lo sguardo feroce incontro a chi si avvicinava alla porta di Ishtar dal tratto della via delle Processioni che si trovava fuori della città. Centoventi leoni a grandezza naturale in rilievo sugli alti muri di fiancheggiamento lunghi centottanta metri di quel tratto esterno della via delle Processioni, la cui funzione intimidatoria era espressa già dal nome, "Aiburshabu": "cesserà di esistere l'occulto nemico".

Koldewey aveva attraversato l'impianto del palazzo, che a est confinava con la porta di Ishtar in cui passava la cinta muraria interna. Saltò sul tratto di strada sottostante con i leoni, dei quali proprio in quel punto una volta aveva rinvenuto alcuni frammenti e li aveva presi, durante il viaggio in Mesopotamia insieme al primo filologo di tutti i filologi che gli erano succeduti, alla ricerca di un oggetto di scavo adeguato alla Deutsche Orient-Gesellschaft. Come prima nel cortile della casa della spedizione, anche adesso si voltò e guardò in su verso l'acropoli, quasi volesse sincerarsi di essere davvero appena saltato dal suo muro di fondazione al muro di fondazione della via delle Processioni, e in generale di essere arrivato fin lì. Le fondamenta della via delle Processioni erano costituite da mattoni cotti rivestiti con uno strato di asfalto, asfalto naturale, sul quale erano posati blocchi di pietra grandi un metro quadrato – in pratica la prima strada asfaltata al mondo. Qualche settimana prima Andrae aveva scritto che la sua famiglia gli aveva scritto da Dresda che l'inaugurazione della prima strada in asfalto spianato aveva fornito un'ulteriore prova di quanto Dresda continuasse a essere più progredita rispetto a Berlino e anche rispetto a Lipsia, l'eterna rivale. Le cui strade, sempre che non fossero lastricate o sterrate, erano a dir tanto in asfalto battuto, un manto stradale che con due gocce di pioggia diventava liscio come uno specchio, un pericolo per persone, animali e veicoli.

Koldewey camminò tra i due muri della porta di Ishtar che si innalzavano ancora fino a dodici metri, una struttura plurifortificata formata da un'antiporta e da una porta principale, sulla quale dopo lo scavo erano visibili centocinquantadue tori e draghi. Se erano fortunati, a Berlino avrebbero potuto restituire alla forma originaria almeno la fase costruttiva più recente e più sofisticata dell'antiporta, l'unica versione di cui non fosse rimasto al suo posto nemmeno un singolo mattone, quella che all'inizio degli scavi era sparsa in grande quantità ai piedi di Koldewey e adesso era custodita in cinquecento casse, ma sicuramente nei Musei Reali sarebbe stata ricomposta, sfavillante di colori e alta minimo tredici metri. Sempre che loro avessero trovato il modo di far partire le casse. Ecco di nuovo la nota tematica di fondo, che a un certo momento era risuonata anche quella mattina e che, mentre Koldewey guardava fuori dalla finestra, si era diffusa in lui crescendo di intensità, fino a quando aveva raggiunto un punto del suo corpo che aveva ceduto alla pressione, come tutti i punti deboli corporali, che venivano lasciati in eredità affinché un giorno la vita potesse avere qualcosa su cui appoggiarsi per tirarsi su. Poco prima che Koldewey si alzasse e uscisse dalla stanza, da quella nota fondamentale si erano levati sovratoni meno armonici, come se avessero voluto affrancarsi, e ora, nel tentativo di presentarsi in maniera autonoma, davano una dimostrazione quasi esemplare di tutta la loro dipendenza. Non poteva derivare dal senso prussiano del dovere che proprio Koldewey, che per anni aveva attribuito maggiore importanza ai risultati scientifici che ai reperti da esibire, si sentisse responsabile di portare le casse a Berlino. In fondo non aveva ricevuto un'educazione prussiana; lui, nato in una città dello Harz, un'antica residenza ducale con castelli e giardini barocchi, dove ogni autunno raccogliere le castagne sui tortuosi sentieri fiancheggiati da castagni, in una terra di meli e viali di susini, era un'attività quasi fiabesca. Forse aveva un certo peso il fatto che Koldewey fosse nato nella casa in cui, durante la Rivoluzione francese, Luigi XVIII aveva vissuto in esilio per un periodo. A Koldewey balenò il rapido e conseguente pensiero che lui a Babilonia non era chiamato a riesumare una fantasia biblica ancora legittima fino a poco tempo prima, ma a realizzare l'idea di un esilio personale, però non credeva alla fatalità delle nascite in case in cui gli inquilini precedenti trasmettevano attraverso l'etere la loro condizione di esiliati agli inquilini successivi come un'esperienza irrisolta che li accompagnava nel cammino della vita. Tuttavia credeva che ci fosse una ragione se conservavamo alcune immagini del passato, che non potevamo o non volevamo dimenticare, portandocele dietro come castagne.

Koldewey voleva cercare un posto all'ombra della porta di Ishtar per sedersi e finalmente stenografare l'ultima lettera ad Andrae, come faceva con tutte le lettere che scriveva. Superata la porta, la strada proseguiva dritta per circa un chilometro, poi piegava a destra in prossimità della torre e dell'Esagila. Adesso, mentre era fermo all'ombra degli animali in rilievo e si accorse che, oltre ai leoni e ai tori, anche il drago volante con le zampe posteriori di un'aquila rimandava al simbolo di un evangelista, in ogni caso lo conteneva già *in nuce*, gli sembrò che non avesse senso continuare, che tanto non sarebbe mai arrivato, a prescindere da quanto veloce e quanto lontano andasse, come se il luogo verso cui era diretto, ovunque fosse, non si trovasse affatto nel futuro. Forse era per questo che per lui era importante che almeno una parte delle casse giungesse a Berlino: aveva bisogno di altre castagne da portarsi dietro. Niente di oggettivo, piuttosto di oggettuale, che gli ricordasse quell'attimo di creatività dimentica di sé. Ciò che era stato materializzato in forma di talismano, al cui interno era racchiuso tutto quello che non era più racchiuso nel presente, che forse si era rifugiato lì, fuggito da un presente fuggevole, nel quale non c'era tempo per prenderne coscienza ma c'era spazio per serbarlo.

Quarantatré gradi all'ombra, lì sicuramente ancora di più. Koldewey infilò la mano nella borsa di cuoio per prendere l'agenda tascabile del 1907 e trascrivere la lettera di Andrae. La aprì e la scorse per trovare una pagina vuota, ma non trovò pagine vuote, perché non c'erano pagine vuote, perché era l'agenda sbagliata delle tante del 1907 che si era fatto mandare. Era uno dei predecessori già compilati, quello che un paio di anni prima aveva portato in giro per Berlino per trascrivere le lettere ad Andrae più arrabbiate che avesse mai scritto ad Andrae. Koldewey infilò di nuovo la mano nella borsa. Toccò il taccuino che usava per gli schizzi e l'agenda tascabile del 1913, ma non trovò l'edizione più recente del 1907. Tornare indietro fino alla casa della spedizione, ma soprattutto tornare indietro proprio quando aveva l'impressione di non fare passi avanti, non sembrava una buona idea. Perciò, in via eccezionale, avrebbe usato l'agenda del 1913 e fatto entrare a forza la lettera ad Andrae nella pagina con la data di quel giorno.

Quando la aprì gli caddero in mano vecchie liste di lavoranti su fogli A4 piegati e inseriti nell'agenda, nome e cognome, numerati da 1 a 202:

1. Dauach el Abas
2. Abas el Hasmud
3. Choder el Abas
4. Ismael el Duchi
5. Abd el Helah
6. Aidan el Anan
7. Gasm el Harid
...

Koldewey aveva pregato Buddensieg di pagare i lavoranti nel giorno di paga, per non ritrovarsi nelle condizioni di leggere la lista, impararla a memoria troppo in fretta come i nomi degli scienziati sulla torre Eiffel e non riuscire più a dimenticarla ed essere costretto a portarsela dentro in eterno come un mantra; sebbene Buddensieg, rispetto a Koldewey, avesse il problema di reagire in modo alquanto contrariato ogni volta che doveva cercare il numero corrispondente a Hamed al-Rashid o a chiunque avesse davanti. Dopotutto i lavoranti non si mettevano in fila in base al loro numero. Koldewey aveva rifiutato la proposta, avanzata una volta da Buddensieg, di comunicare a ciascuno il proprio numero, ma non con la motivazione che probabilmente lo avrebbero dimenticato o, se fosse stato scritto su un foglio che comunque non sarebbero stati capaci di leggere, perso. Buddensieg, infatti, aveva già avuto l'idea di far cucire i numeri sui vestiti, così avrebbe potuto leggerli da solo. Quando gli venivano certe idee, Buddensieg appariva a Koldewey come un diretto emissario della Deutsche Orient-Gesellschaft, che aveva avuto la stessa idea di marchiare i lavoranti come fossero animali. È un membro della Deutsche Orient-Gesellschaft? domandava Koldewey a Buddensieg in quelle occasioni. E quando Buddensieg rispondeva di no, per Koldewey la questione era chiarita, niente numeri, tranne che sulla lista di Koldewey –

8. Soleiman el Chatir
9. Hussein el Chrer
10. Ali ed Dahir
11. Gerard el Abdullah
12. Ali el Mansur
13. Ahmed Gar Allah
14. Gabr ibn Kadim
15. Ali el Hussein
16. Ali el Amran
17. Abdallah ibn Hussein
18. Sakkar A.
19. Hassan ibn Abdullah
20. Abbas el Shati
21. Hussein el Mathîb
22. Hussein el Eisse
23. Abdun el Jali
24. Mohammed el Ali
25. Kadim el Guad
26. Hussein ibn Abd Ali
27. Matuk ibn Ali
28. Kadim el Chodér
29. Hamse el Tarfe
30. Umran el Al
31. Hamse el Manech
32. Ibrahim el Nasr
33. Kadim el Jerwani Nars
34. Mohammed el Challaf
35. Said Muhammed Said Musse
36. Hussein el Shahir
37. Eisse el Hussein
38. Degan Gar Allah
39. Mohammed el Hamse
40. Missél ibn Umra
41. Abas al Amran

42. Aluan el Shlach
43. Hatib el Challaf
44. Kadim el Hussein
45. Merdi el Muhedi
46. Deshish el Homed
47. Ishab el Homed
48. Ilhomadi el Homed
49. Geddi el Nejm
50. Ibrahim el Rashid
51. Shoke es Soleiman
52. Hadshi Mohammed ibn Ali
53. Rashid el Homadi
54. Abd el Habib
55. Kadim el Radi
56. Kadim ibn Mohammed
57. Salech el Ali
58. Hamse es Saki
59. Bisse el Welli
60. Abud ibn Ismael
61. Abud ibn Haj Hussein
62. Hassan ibn Hussein
63. Abbas el Fleie
64. Mohammed es Suleiman
65. Jabr ibn Kadim
66. Tamir ibn Ruak
67. Hamse el Hasmud
68. Juad el Hassan
69. Assel ibn Hussein
70. Soleiman ibn Hussein
71. Isheil el Nejm
72. Kadir el Habib
73. Kadim el Gnej
74. Aluan el Mheil
75. Ashur ibn Challaf

76. Fadil ibn Obeid
77. Aluan el Shati
78. Enad ibn Hamud
79. Ibrahim el Mohammed
80. Hussein el Achmud
81. Aluan ed Daud
82. Juad el Reidan
83. Eshnein el Hussein
84. Namuk el Daui
85. Mohammed el Amir
86. Ibrahim ibn Abbas
87. Said Challaf
88. Abud ibn Challaf
89. Abas el Challaf
90. Mohammed el Challaf
91. Ali el Hussein
92. Abbas el Habib
93. Soleiman el Mohammed
94. Muedi es Suleiman
95. Dachi el Agal
96. Adab ibn Habib
97. Fdall ibn Abbas
98. Waui el Kadi
99. Abid ibn Habib
100. Minjel el Dachi
101. Hamse el Habib
102. Guad es Soleiman
103. Daud es Soleiman
104. Machmud el Ali
105. Musse ibn Hammud
106. Abdul el Jali
107. Hassan ibn Said
108. Obeid Hamse
109. Umran ibn Shahir

110. Mohammed el Sakka
111. Hassan el Mohammed
112. Chreir ibn Abbas
113. Soleiman el Ali
114. Ibrahim ibn Abbas
115. Kadim el Ashur
116. Dachi ibn Ormeid
117. Kadim el Abas
118. Mallale el Alevi
119. Umran el Mersuk
120. Kadim el Abas
121. Hassan el Rashid
122. Obeis el Dumat
123. Hamse ibn Haji Mohammed
124. Kadim el Reidan
125. Hussein el Reidan
126. Hassan el Gedde
127. Hamse ibn Mohammed
128. Audi el Jues
129. Challaf Barresh
130. Jumael el Kadim
131. Gerad ibn Amran
132. Abas el Audi
133. Agul ibn Soleiman
134. Hussein es Soleiman
135. Hussein al Saud
136. Abd el Daud
137. Kadimel Mohammed
138. Derwish el Challaf
139. Seidan ibn Obeid
140. Musse el Umran
141. Mohammed el Reidan
142. Aluan ibn Reidan
143. Hussein el Guad

144. Mohammed ibn Daud
145. Mohammed ibn Abd Ali
146. Abdullah ibn Mohammed
147. Abbas ibn Said
148. Kadim el Daud
149. Said el Kerim ibn Shahid
150. Said Challaf ibn Homadi
151. Mohammed ibn Umran
152. Obeis Gar Allah
153. Beidan ibn Abbas
154. Umran el Hammer
155. Chreir ibn Abbas
156. M'hmeid ibn Abbas
157. Nasir ibn Hussein
158. Mohammed el Umran
159. Hussein el Fleie
160. Obheid el Jabr
161. Hindi el Mhedi
162. Achmed el Musse
163. Dahir ibn Habib
164. Aluan el Dahesh
165. Hussein ibn Habib
166. Hussein ibn Shebib
167. Hussein ibn Gata
168. Ismael ibn Hussein
169. Nasr ibn Ibrahim
170. Hamse el Romeid
171. Hadi ibn Mkedi
172. Rasab el Oswadi
173. Umran el Homadi
174. Abud ed Jusna
175. Asis el Shani
176. Hamed al Rashid
177. Abud ibn Sultân

178. Nasr ibn Hussein
179. Gasm ibn Abbas
180. Hassan ibn Shahir
181. Kadim ibn Muhammed
182. Abbas el Joban
183. Hussein ibn Assani
184. Jasim ibn Homadi
185. Jasim el Hodairi
186. Elias el Hodairi
187. Abdullah Ridshib
188. Said Hussein
189. Aluan es Salech
190. Habib el Memnun
191. Diab el Mushkur
192. Mohammed ibn Hussein
193. Obeid ibn Nasr
194. Nassan ibn Nasr
195. Said ibn Nasr
196. Challaf ibn Ali
197. Ali ibn Ibrahim
198. Hassan ibn Selman
199. Ali ibn Aziz
200. Mersi ibn Dahir
201. Kadum el Mersuk
202. Mensi el Mutlak

– e Buddensieg non aveva mai chiesto perché i nomi potessero essere solo sulla lista di Koldewey; nella maggior parte dei casi era abbastanza saggio da non mettere in discussione le istruzioni di Koldewey.

Koldewey rimise la lista ripiegata nell'agenda del 1913 e andò alla pagina con la data di quel giorno per trascrivere la lettera ad Andrae, all'ombra della porta e al richiamo di un'aquila reale alta sopra il canale in disuso, che a metà strada tra la porta e la torre passava sotto la via delle Processioni. Poi infilò nella borsa l'agenda del 1913 e, per avere un motivo per restare all'ombra ancora qualche minuto e non dover proseguire, aprì un'altra volta quella del 1907, che un paio di anni prima aveva portato in giro per Berlino, per quella città che non era una città ma qualcosa che da un giorno all'altro era cresciuto oltre i propri limiti tracimando in un romanzo di Theodor Fontane, nella quiete della provincia brandeburghese, senza annunciarsi a chi si avvicinava con case isolate, piccoli poderi, staccionate, frutteti, che lo avrebbero aiutato a prepararsi a un luogo popolato come nessun altro in Europa a quel tempo, un luogo che aveva posato intorno al proprio centro una larga cintura di casermoni, cortili chiusi tra quattro mura e ali laterali anziché appartamenti, e contemporaneamente un'enorme quantità di binari diretti verso l'esterno, che però facevano ritorno a sette stazioni di testa, come se quel luogo desiderasse più di tutto fuggire da se stesso, mentre proprio le persone che Fontane non aveva ancora descritto abbastanza cercavano di entrarvi e, una volta che erano all'interno, alla fine di una giornata di lavoro dormivano in tredici a stanza in uno stabile che dava sul retro.

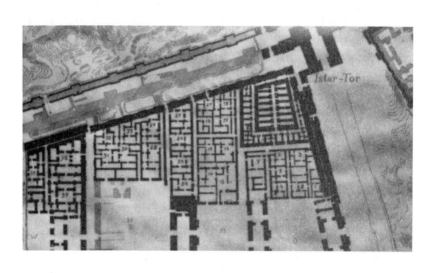

Koldewey, quella volta, aveva impiegato più di un mese per andare da Babilonia a Berlino, aveva fatto tappa ad Aleppo e Costantinopoli, Beirut, Alessandria e Marsiglia, si era tenuto alla larga per giorni interi da noiose conversazioni con noiosi passeggeri sui piroscafi di linea della Norddeutscher Lloyd, infine aveva preso il treno ad Amburgo, che già gli era apparsa frenetica, e in un giorno dell'anno 1909 era arrivato a Lehrter Bahnhof nel centro di Berlino. Naturalmente nel centro di Berlino, dato che tutti i treni a lunga percorrenza provenienti da Amburgo arrivavano a Lehrter Bahnhof, da cui, quando ancora non apparteneva alle Ferrovie dello Stato prussiano, partiva la tratta Berlino-Lehrte, che arrivava a Lehrte, nei pressi di Hannover, e aveva dato il nome alla ferrovia e alla stazione; nel frattempo l'adiacente Hamburger Bahnhof, la stazione in cui inizialmente arrivavano i treni provenienti da Amburgo, era stata convertita nel Museo Reale delle costruzioni e dei trasporti. I binari dei treni merci, che correvano a ovest di Lehrter Bahnhof, e i binari dei treni a lunga percorrenza, con i quali si riunivano poco dopo, insieme ai binari della ferrovia urbana, che attraversavano passandoci sotto all'estremità nord della stazione, e al Friedrich-Karl-Ufer a sud e all'Humboldthafen a est, formavano i margini di quell'isola nevralgica nel cui grande atrio era fermo Koldewey, in mano una specie di cartina che doveva indicargli la strada più breve per arrivare al suo appartamento, mentre tutte le altre persone cercavano di raggiungere l'area arrivi sul lato ovest o l'area partenze sul lato est o la ferrovia urbana sul lato di testa ed erano costrette a girare intorno a Koldewey, che si comportava ingiustificatamente come se fosse imprescindibile per la stabilità della copertura a volta in alto sopra i loro cappelli e sopra gli ombrelli, aperti con disciplina proattiva molto prima delle uscite, che se ne stesse fermo lì, senza alcuna intenzione di muoversi. Koldewey non aveva voluto che James Simon andasse a prenderlo alla stazione con la sua auto privata, come Güterbock gli aveva proposto nella sua penultima lettera, malgrado volesse parlare con Simon il più in fretta possibile, per esempio su come far giungere a Berlino il prossimo carico di reperti e mettere subito in chiaro le modalità prima che la Germania si trovasse invischiata in altre questioni diplomatiche. Allora però, aveva scritto Güterbock, ovunque dovesse andare, Koldewey non doveva assolutamente prendere il tram o, peggio ancora, un omnibus della linea motorizzata. Era troppo pericoloso spostarsi in città con veicoli di quel tipo, troppi incroci ai quali il traffico non era regolato perché non si sapeva ancora come regolarlo – solo intorno a Unter den Linden, Leipziger Straße e Friedrichstraße erano in servizio poliziotti dotati di buon senso che tentavano di mettere ordine nel marasma. Ma, così Güterbock, Koldewey non doveva meravigliarsi se nessuno chiamava più quelle strade con il loro vero nome, i berlinesi avevano ribattezzato Unter den Linden, Leipziger Straße e Friedrichstraße "strada del passeggio", "strada dei negozi" e "strada delle bevute". Finché poteva, Koldewey doveva prendere la ferrovia urbana, aveva scritto Güterbock. La ferrovia urbana, che dalle quattro di mattina all'una di notte attraversava la città a intervalli di due minuti su un viadotto di mattoni per collegare tra loro gli innumerevoli capolinea, ospitando sotto di sé negozi e osterie. Koldewey studiò la cartina e decise, seguendo il consiglio di Güterbock, di prendere la ferrovia urbana per raggiungere la Ringbahn, l'anello ferroviario che andava a Potsdamer Bahnhof, dove però per qualche motivo la linea per Wannsee, con cui sarebbe arrivato direttamente al suo appartamento, era interrotta. Se lo avesse saputo prima, avrebbe preso subito la ferrovia sopraelevata, che tra Nollendorfplatz e Wittenbergplazt, dopo le campate del viadotto, scendeva sottoterra diventando così una ferrovia sotterranea, che lo portò a una fermata del tram da cui passava una delle centoventisei linee tranviarie, che lo portò a una stazione dalla quale, con un omnibus a cavalli della Allgemeine Berliner Omnibus Aktiengesellschaft, che gestiva anche alcuni omnibus a motore, raggiunse la strada in cui abitava, e da lì poté percorrere il resto del tragitto non con una vettura di piazza, ma a piedi.

In questo modo Koldewey arrivò effettivamente a casa sano e salvo. La volta dopo però, per precauzione, prima del viaggio si sarebbe tappato le orecchie con qualcosa. Innanzitutto rilassava il timpano e in più annullava l'udito, affinava la vista e lo aiutava a elaborare i cinque anni di assenza, a registrare la velocità e la quantità di veicoli stradali e utenti della strada in giro per la città e trasmetterle per conoscenza al cervello. Tenendo la cartina di Berlino davanti agli occhi e tracciando mentalmente il tragitto appena percorso con i mezzi di trasporto più avanzati al mondo, il disegno assumeva la forma di un gigantesco punto interrogativo: partiva dall'alto e descriveva una curva a destra passando da Alexanderplatz e l'Isola dei Musei e ponti e ponti e ponti sorretti da colonne in ghisa – economiche, inossidabili e volendo anche belle, se Hugo Hartung, che le aveva progettate, fosse riuscito a decidersi tra il capitello ionico e quello corinzio anziché mescolarli entrambi –, poi un'ampia svolta verso Potsdamer Bahnhof, poi un'altra curva fino a Schöneberg, che stranamente si presentava ancora come una città a sé, e poco prima di Friedenau, che non sembrava più una località a sé, terminava sul familiare selciato, senza poter mettere un punto sotto il segno di domanda o dopo il percorso del viaggio. Quando giunse davanti allo stabile con il suo appartamento, Koldewey aveva attraversato una Berlino completamente nuova, senza aver capito di preciso cosa fosse cambiato, quali palazzi fossero ancora in piedi o nel frattempo fossero stati demoliti e rimpiazzati da altri oppure riconvertiti, a quali edifici di Schinkel fosse toccato questa volta essere sottoposti alla critica nazionale guglielmina o ricostruiti secondo la sedicente architettura dello storicismo, un coacervo spesso abominevole di antiche tradizioni riciclate dal romanico, dal gotico, dal Rinascimento o dal barocco in base al gusto del committente. A Babilonia riutilizzavano i materiali, a Berlino gli stili, e più i materiali erano moderni e di produzione industriale, più a quanto pareva dovevano essere rivestiti con una patina storica.

A casa Koldewey trovò due lettere di Andrae. Erano dietro la porta di ingresso, sul pavimento, e avevano fatto la loro comparsa quando Koldewey aveva aperto la porta e oltrepassato la soglia, come tutte le lettere che cadevano all'interno di un appartamento dalla fessura per la posta, cosicché ci si inciampava sopra oppure, dato che in quella posizione avevano l'aria di essere importanti, si raccoglievano e si leggevano, meglio se ancora prima di entrare. Andrae aveva finalmente trovato il tempio di Ishtar ad Assur? O addirittura la casa della festa, nella quale anche gli assiri si recavano durante la festa del Nuovo Anno che avevano copiato dai babilonesi? Poi però Koldewey vide che le lettere arrivavano da Baghdad e si ricordò che Andrae una volta tanto voleva farsi fare una visita accurata dal dottor Härle per via dei suoi problemi di stomaco. Ma invece di tirare il fiato nella primavera di Baghdad, Andrae scriveva lettere a Berlino.

Koldewey, ancora sulla soglia, aprì la prima lettera. Era lunga tre pagine e aveva per oggetto un argomento con cui Koldewey non voleva avere più niente a che fare: navi. Perlomeno non con quella nave.

La nave era un piroscafo, che anni prima era stato rifilato a Koldewey e Andrae come una buona idea per risalire il Tigri da Baghdad a Mossul e Assur, per sbrigare le faccende che era meglio sbrigare via fiume. Rifilato da persone a Berlino che aspettavano reperti, raccomandato da qualcuno che voleva vendere una nave, e strutturalmente autorizzato da qualcun altro che non riusciva a concepire che quella nave potesse non essere adatta a tutti i corsi d'acqua. All'epoca Koldewey aveva incontrato quest'ultimo, l'ingegnere Kretschmer del genio navale, sul lago di Rummelsburg nel distretto di Treptow, aveva visto la nave e fortunatamente era riuscito a convincerlo a sostituire la ruota a pale stile battello del Mississippi con una normale elica, che se non altro faceva sembrare la nave più adatta a un viaggio su un fiume come il Tigri, le cui acque non erano paragonabili a quelle dell'Eufrate, tanto meno a quelle della Sprea. Nel Tigri sfociavano molti più affluenti dalle montagne, poteva diventare imprevedibile; solo poco tempo prima aveva trascinato via il ponte di barche a Baghdad. Anche i venti da sud-est non erano da sottovalutare. Quella nave era troppo aperta per le sue dimensioni e troppo pesante considerando quanto era aperta. Ma a Berlino fu smontata e imbarcata, lasciò il porto di Amburgo e arrivò a Porto Said, dove dovette essere trasbordata, e quando ormai Koldewey, che discendeva da una famiglia con una vasta esperienza in materia di capitani, aveva fatto l'abitudine e forse anche un po' la bocca alla prospettiva di rimontarla a Baghdad e renderla idonea alla navigazione, a Porto Said cadde nel Canale di Suez, con un vento di forza grosso modo pari a quella dei venti da sud-est normalmente presenti sul Tigri. Naturalmente a Bassora, dove

Koldewey aveva preso in consegna i pezzi danneggiati della nave, non fu possibile capire nel dettaglio cosa fosse successo in un posto lontano dal Golfo Persico, lontano dal Golfo di Aran e dal Mar Rosso, all'altro capo del Canale di Suez sotto il dominio britannico. Perciò Koldewey l'aveva fatta trasportare via fiume a Baghdad e per varie settimane aveva cercato di ripararla finché, nell'istante stesso in cui aveva esaurito le imprecazioni, la nave aveva iniziato a navigare sul Tigri, e nell'istante stesso in cui era stata in grado di navigare non poteva più navigare senza un'autorizzazione speciale, che doveva essere richiesta al governo turco e che il governo turco impiegava minimo cinque anni a rilasciare.

Per cinque anni la nave era rimasta a Baghdad e adesso, benché nessuno si fosse più informato presso il governo e nel frattempo fosse andata progressivamente in rovina, a quanto pareva avevano ottenuto l'autorizzazione. Oppure Andrae si era curato lo stomaco a Baghdad e spinto dalla noia era andato a dare un'occhiata alla nave, aveva preso nota delle sue condizioni e poi scritto lettere a Berlino per domandare a Koldewey come si riparava una nave.

Quale dei due fosse il motivo, dalla prima lettera non si evinceva. Koldewey aprì la seconda lettera. L'intestazione era "Dieci domande riguardanti la nave". Dieci domande che, primo, potevano essere state formulate solo da qualcuno che non aveva la minima idea di cosa fosse una nave, ma, secondo, erano così specifiche da rendere altamente improbabile che quel qualcuno non avesse già smontato la caldaia o qualcos'altro.

Koldewey, che stando sulla soglia aveva letto la prima lettera e ora anche la seconda, durante la lettura lasciò cadere il bagaglio e, senza nemmeno togliersi le scarpe o chiudere la porta, prese carta e penna, come se un paio di secondi risparmiati potessero impedire ad Andrae di saltare in aria con tutta la nave, nella convinzione di aver ereditato dal nonno, che aveva lavorato come ingegnere ferroviario, un qualche talento che lo qualificasse a riparare una nave.

21.4.1909
Caro collega Andrae,
senza il <u>diretto</u> consenso dell'<u>ambasciata</u> non deve <u>in nessun caso</u> muovere la nave! La nave è ferma da cinque anni. Per rimetterla in funzione è necessario un lungo e duro lavoro. Inoltre la <u>caldaia</u> è certamente in uno stato <u>alquanto</u> precario. C'è da aspettarsi che alla prima accensione esploda. Dovrebbe verificare quali tubazioni sono danneggiate e poi sostituirle, ma, scusi se glielo chiedo, lei è pratico di queste cose?! Sa come si ispeziona una caldaia a vapore, è capace di "spillarla", se ne intende di manometri?

Per anni Andrae aveva scritto lettere che parlavano di cavalle sparite o di pecore rubate sulle quali qualcuno vantava un diritto perché le pecore di cinque generazioni precedenti erano sue. Per anni i problemi più innocui, eppure ogni volta per Andrae sembrava essere una questione di vita o di morte. E adesso che era una questione di vita o di morte, adesso che Koldewey era a migliaia di chilometri di distanza e non poteva fare nulla, adesso che una lettera per arrivare a Baghdad poteva metterci anche due settimane, Andrae parlava di cose simili facendole apparire semplici come mettere una toppa alla ruota bucata di una bicicletta.

21.4.1909 II PARTE
1. Cerco di procurarmi lo schema della caldaia e delle tubazioni e il libretto di manutenzione.
2. Anche lo schema dei componenti e la descrizione.
3. Il combustibile all'interno della caldaia è molto pericoloso, lo strato che galleggia sull'acqua va in autocombu-

stione. Per eliminare il combustibile: riempire completamente la caldaia pompando l'acqua finché non esce dalla valvola superiore.

4. In realtà nel filtro dovrebbe esserci coke e non carbone di legna. Ma dove lo va a prendere, il coke? Allora faccia così: l'acqua deve toccare prima i pezzi di carbone più grossi, poi quelli più piccoli, poi i granuli e poi la paglia di legno, che serve appunto a impedire che i granuli vengano trascinati via. La difficoltà sta nel fatto che il carbone di legna galleggia. Il coke andrebbe a fondo, quindi riempirebbe meglio il filtro. Se nel circuito c'è acqua pulita (senza residui di argilla), le conviene usare quella e mettere in funzione il tubo di scarico, che prima però deve avvitare; nella parte superiore vibrerà molto, inconveniente al quale può ovviare fissandolo all'intelaiatura del tendalino.

5. L'olio di ricino è sempre dannoso per le macchine, è vischioso. L'olio per la trasmissione lo trova a Baghdad, ma l'olio per i cilindri, più denso, deve farselo arrivare dalla Germania. L'olio è l'anima della macchina, mai fare tentativi con il primo olio che capita.

6. Si regoli in modo da avere sempre due manometri sulla caldaia, uno davanti e uno dietro. Così, se uno non funziona, può farselo arrivare nuovo e nel frattempo cavarsela con uno solo (quello davanti). I manometri sono costosi. Quando li ordina deve specificare la tensione massima e il numero di atmosfere che segna la tacca rossa. I vecchi manometri può usarli solo come orologio da taschino o macinacaffè, sono stati a mollo nel Canale di Suez.

7. Le guarnizioni di gomma per gli indicatori del livello dell'acqua deve farsele arrivare dalla Germania, altri tipi di guarnizioni non servono a niente.

8. La vernice a olio la trova a Baghdad, mi raccomando: va diluita <u>solo</u> con <u>olio di lino</u>, non con altri prodotti.

9. Per il legno: olio di lino cotto, che c'è anche a Baghdad. L'olio deve essere <u>caldo</u> e steso in strati sottili finché non viene più assorbito dal legno, in genere dopo la terza mano. Quando sul legno si forma una pellicola uniforme, aderisce per sempre.
10. Per la caldaia e il camino va bene una comune vernice a olio, ma la stenda sempre in strati più sottili che può. Meglio parecchie mani successive che troppa tutta insieme; in questo modo asciuga meglio e tiene di più.

Koldewey si lasciò cadere in una poltrona accanto al tavolinetto, sul quale come al solito aveva gettato le chiavi e si era appena chinato per scrivere in fretta la risposta ad Andrae. Era una poltrona che qualcuno, forse la sorella di Koldewey, che di tanto in tanto in sua assenza passava a controllare l'appartamento, aveva accortamente collocato nell'ingresso, con vista su tutte le stanze, se non fosse stato che solo una aveva la porta aperta. Nell'angolo del soffitto della stanza che aveva la porta aperta, Koldewey distingueva due animali degli stucchi decorativi, un'oca che abbassava curiosa la testa verso una rana, entrambi parte di un fregio con viticci, che una volta correva lungo tutto il perimetro della stanza e nascondeva lo sbalzo della soletta nervata, ma al tempo stesso lo metteva in risalto con la sua voluminosità. Accanto all'oca era raffigurato uno scoiattolo, non visibile dalla poltrona, che mangiava qualcosa. Accanto allo scoiattolo c'era un quarto animale, Koldewey però non rammentava che genere di animale. Sarebbe andato a vedere dopo essere tornato dall'ufficio postale. Lì avrebbe anche telegrafato subito all'ingegnere Kretschmer del genio navale per recuperare i progetti della nave. Koldewey però non rammentava dove fosse l'ufficio postale più vicino. Arrivando non ne aveva visti, ma in pratica non aveva visto niente, tranne forse Nollendorfplatz, dove si trovava l'appartamento di Güterbock e dove aveva appuntamento con lui e James Simon il giorno successivo nel tardo pomeriggio. Tuttavia la piazza con il suo teatro ricostruito poteva solo ricordarla, perché un attimo dopo la sopraelevata era entrata nel tunnel sotterraneo, costringendolo a prendersi una pausa temporanea dal volto della città. Anche se solo per poco, era come addormentarsi e portare con sé nella notte l'ultima esperienza vissuta, per illuminarla ancora una volta nel buio e, come ci fosse tutto il tempo del mondo, riportare alla luce ogni singolo dettaglio.

Svegliandosi da quella notte breve, Koldewey si alzò, prese le chiavi di casa e tutti gli orari di tutti i mezzi di trasporto della città e, solo quando fu giunto in strada, vide che accanto allo stabile in cui abitava sorgeva un nuovo stabile, uno che aveva lo stesso aspetto pittoresco degli altri stabili della zona, dove le strade portavano il nome di pittori. Koldewey aveva cercato a lungo una strada che non portasse il nome di qualcuno di sgradevole, che non avrebbe tollerato di vedere nel suo indirizzo proprio come su un dipinto incorniciato sopra la sua scrivania. Poiché i lotti limitrofi se li erano già accaparrati e vi avevano costruito all'istante strade che portavano il nome di altre personalità della pittura, quel lembo di città sembrava rimanere pittoresco anziché diventare una discarica come certe zone occidentali, dove le scorie venivano gettate davanti alle porte della città, senza pensare che la città non avrebbe smesso così in fretta di espandersi. Perlomeno non le avevano gettate davanti a casa come a Babilonia. Dunque in quest'ottica progresso significava: abbandonare le cose indesiderate un po' più lontano, fuori dal proprio campo visivo, e passare oltre, finché senza accorgersene si tornava a calpestare i propri rifiuti.

Koldewey superò il nuovo stabile, direzione ponte della ferrovia, per arrivare sull'altro lato della linea per Wannsee, che confinava con il suo quartiere. Sull'altro lato avrebbe dovuto esserci un ufficio postale. Sul lato di Friedenau. A quanto pareva quella parte della città, che visivamente somigliava a una parte di Berlino, amministrativamente apparteneva alla città di Schöneberg, ma per quanto riguardava le infrastrutture del servizio postale al comune di Friedenau. Ragion per cui, sulle lettere da spedire in quella parte di Schöneberg, come destinazione non si indicava Schöneberg, bensì Friedenau. Koldewey si voltò a guardare ancora il nuovo stabile, con il giardino che adesso il suo vicino Schittenhelm doveva attraversare con il cavallo per raggiungere il proprio box nel seminterrato del loro stabile, se non voleva entrare direttamente dal portone. Era felice di non doversi guadagnare da vivere in qualche università insegnando storia dell'architettura o storia dell'urbanistica, Berlino e la sua edilizia *fin de siècle*, tentativi di una classificazione stilistica. Prendete quello stabile: per l'imperatore non sa di niente, né edificio monumentale né casamento, nessuna simmetria ma neppure eccessi barocchi, piuttosto una selvatichezza severamente contenuta del regno vegetale, per compensare o compostare mediante la decorazione la perfezione priva di stile dei mattoni da catena di montaggio, prendete Schinkel: qui è ricomparsa la sua oggettività relativa alla forma, il suo concetto di planimetria e giuste proporzioni, che è utile nel caso si voglia concepire la veste architettonica di un edificio in base alla sua funzione e lasciar trasparire all'esterno il suo interno, i suoi organi, qui è resa visibile anche la struttura, tuttavia non per mezzo del giuramento di fedeltà al canone greco fatto da Schinkel, ma della fantasia personale con la quale chi ha progettato l'edificio ha contrastato così a lungo le direttive impartite dagli stili architettonici catalogati o i desideri del committente, che alla fine è affiorata dietro al suo progetto.

Non era stato proprio Dürer, che aveva dato il nome al quartiere di Koldewey, il primo a firmare sistematicamente le sue opere? E il quartiere di Koldewey non era forse un quartiere in cui gli architetti erano di nuovo artisti che volevano lasciare la loro firma sulle loro opere? Se in quel momento Koldewey avesse dovuto definire il suo concetto di ambiente favorevole, una sorta di posto dove sentirsi a casa, avrebbe detto uno nel quale tutto formava un insieme particolarmente armonico in maniera naturale, strade, palazzi, pensieri, e quell'idea funzionava anche senza che vi si abitasse.

Koldewey avrebbe potuto anche telegrafare ad Andrae, comunicargli in questo modo i suoi timori a proposito della nave. Ma era probabile che Andrae avrebbe capito una cosa completamente diversa, a causa dei consueti malintesi internazionali quando si trattava di trasmettere frasi in tedesco, per giunta in forma di dispacci, senza spostare in avanti o indietro singole lettere, aggiungerne alcune inventate o saltarne altre. Una frase come "In nessun caso aprire la caldaia senza istruzioni!" avrebbe potuto essere letta da Andrae come "Per quanto mi riguarda può aprire la caldaia anche senza istruzioni!". Quindi Koldewey spedì solo la lettera e decise di attendere la risposta di Andrae o la successiva lista di domande, mentre lui si lasciava trascinare per la città da un impegno all'altro, perché avvenisse ciò che gli raccontavano tutti: che il tempo sarebbe passato più in fretta di quanto si rendesse conto, che avrebbe dimenticato cose importanti e non sarebbe riuscito a portare a termine le attività più semplici e avrebbe dovuto rimandare al giorno dopo faccende banali, tipo portare gli abiti in lavanderia, che si sarebbe domandato di continuo dove era andato a finire il tempo e avrebbe avuto una risposta non appena avesse aspettato qualcosa, importante o insignificante che fosse. A quel punto, infatti, improvvisamente gli sarebbe bastato e avanzato. Koldewey cercò allora di evitare ogni occasione di attesa affrontando impegni a catena (riunioni, conferenze, trafile burocratiche, cene, concerti) e procurandosi materiale per la spedizione (pellicole, testi tecnici, l'occorrente per scrivere e disegnare) e tra una cosa e l'altra facendo visita a più persone possibili e rispondendo alle loro domande, mentre loro si stupivano del colore della sua pelle – di un'incongrua tonalità scura per chi come lui aveva gli occhi azzurri – o di altre evidenti caratteristiche orientali che aveva acquisito durante la sua prolungata assenza, e in contemporanea esaminando i progetti degli architetti per il Concorso Grande Berlino appena indetto, che doveva contribuire, se non a plasmare la grande città che tracimava da se stessa trasformandola in un organismo di rappresentanza, così la formula magica della biologia contro le tipiche vittime dell'industrializzazione, almeno a conservarla, sorprendentemente per mezzo di torri a gradoni di suggestione mesopotamica o arterie stradali. Dopo tutto ciò, la sera Koldewey andava in uno degli innumerevoli cinematografi per guardare quelle immagini tremolanti che forse, così pensava all'inizio, lo avrebbero stancato talmente tanto che poi si sarebbe addormentato con più facilità, invece di restare sveglio tutta la notte a chiedersi quando sarebbe arrivata la prossima lettera di Andrae sull'argomento nave.

Una di quelle sere la proiezione aveva stancato davvero Koldewey, però mentre tornava a casa il sonno gli era passato di nuovo. Da un lato perché "Elettropoli", come faceva Berlino di secondo nome, era illuminata a giorno anche di notte. Da quando Siemens e AEG avevano la gestione della fornitura energetica, la città era diventata un laboratorio a cielo aperto di elettrotecnica. Dato che i loro direttori generali, oltre ai presidenti del consiglio di amministrazione di altre aziende come Krupp e Borsig, erano tutti membri della Deutsche Orient-Gesellschaft, finanziavano gli scavi con la quota associativa e di pari passo lavoravano per far sì che la loro metropoli non smettesse di crescere alla luce di Babilonia, uscendo dall'ombra di altre metropoli. Dall'altro lato a Koldewey era di nuovo passato il sonno perché non riusciva ad accettare che le figure sullo schermo si muovevano così velocemente perché il proiettore girava così velocemente, perché in questo modo il cinematografo poteva programmare più film a sera e incassare più soldi. Se le immagini in movimento non fossero state una novità, si sarebbe potuto quasi sostenere che era colpa loro se la vita sembrava sempre scorrere via, sfilavano in un flusso ininterrotto, senza che le persone rappresentate avessero il tempo o avvertissero il bisogno di guardare chi avevano davanti. Invece le persone che si vedevano sulle foto, l'osservatore addirittura lo fissavano, dal frammento di un tempo passato della loro vita nel quale erano cristallizzate. Come se l'odierna abitudine di dover tenere gli occhi puntati su ciò che sarebbe stato, e nello stesso momento aggrapparsi in maniera ossessiva a ciò che non era più, fosse da ricondurre al fatto che le immagini in movimento e le immagini statiche coesistevano. Due modi di esprimere il mondo e il dilemma del conflitto umano, in bilico tra l'avere un corpo e l'essere un corpo, resi con innovativa ingenuità, senza un fine e senza malafede. Essere all'interno e insieme guardarsi dall'esterno era un passatempo stancante; calzava l'idea che le persone fotografate si vedessero *su* una foto, mentre le persone filmate *in* un film. Quella sera Koldewey era rimasto sveglio con questi pensieri, finché si era aggiunta anche la domanda se, per i sei mesi obbligatori che doveva trascorrere a Berlino, non avesse bisogno di svolgere un'attività che desse alla sua permanenza la scansione regolare di una giornata sullo scavo, ed ebbe una di quelle rivelazioni che rianimano brevemente la ragione negli istanti governati da forze oscure poco prima di addormentarsi: che Andrae riparasse la nave a Baghdad proprio perché a migliaia di chilometri di distanza Koldewey lo guidasse nella riparazione e così facendo si dedicasse a un'occupazione continuativa, grazie alla quale riuscisse ad armonizzare il proprio ritmo con quello della città:

22.4.1909
Caro collega Andrae,
con la prossima lettera le spedisco lo schema della caldaia e il libretto di manutenzione, nel quale sono inclusi anche alcuni schemi sconfortanti. Qui le allego l'indice. "Descrizione della nave" non c'è. Non mi chieda come ho fatto a procurarmi lo schema delle tubazioni (v. allegato). Nel caso l'albero si surriscaldi, con i perni a pettine di grandi dimensioni può succedere, faccia lavorare la macchina <u>al minimo</u> (<u>non</u> la fermi!) e raffreddi con dei panni bagnati l'<u>albero</u> nel cuscinetto – ma <u>non</u> il cuscinetto. E il suo stomaco come va?

7.5.1909
Svitare le tubazioni non serve a molto. Per questo non vede ancora niente. Per controllare se le serpentine sono intasate, lasci scaldare leggermente la caldaia finché l'acqua non entra in circolo e verifichi se tutti i tubi hanno la stessa temperatura. Se un tubo è freddo, lo stacchi e ci soffi dentro. Per controllare l'intera caldaia basta pompare (con acqua) fino a 20 atmosfere, ma naturalmente con questi valori non si genera vapore. In allegato lo schema della caldaia e la prima parte del libretto di manutenzione.

21.5.1909
Per quanto riguarda l'iniettore, deve assicurarsi di posizionare correttamente le relative valvole, dopodiché funziona benissimo. Perché mai l'albero a camme dovrebbe essere fuori centro? Per caso l'ha tolto? Se sì, quando lo rimonta deve fare molta attenzione che gli ingranaggi combacino perfettamente, sono le marche che rendono

possibile la messa a punto. È meglio non aprire un nuovo conto per la nave. Può registrare le spese sotto "Decauville" o "Varie", specificando le singole voci. Cos'è questa storia della spossatezza? Dorme abbastanza? Deve dormire nove ore! E non si arrovelli il cervello di notte su cose sulle quali può arrovellarsi il cervello di giorno.

4.6.1909
No, no, no, deve rimettere tutti i pezzi esattamente dove li ha tolti. Nessun bullone deve essere avvitato più stretto o meno stretto di come era avvitato prima. Se le pompe non funzionano a dovere, o ha rimontato qualcosa nel posto sbagliato o quando le ha azionate non ha seguito la procedura in modo corretto. A Babilonia non ci sono le chiavi per gli armadietti della nave. Le conviene farsi mandare delle serrature nuove. Grazie della bella foto – la nave è letteralmente sfavillante. Ma in primo piano a destra non manca il cappuccio dell'ingrassatore Stauffer delle punterie?

18.6.1909
Se la valvola del combustibile non chiude, bisogna smontarla e pulirla con cura, poi però rimontarla avvitandola bene. Se ordina in Germania i cappucci per l'ingrassatore, deve indicare le misure esatte, diametro esterno, passo del filetto e altezza del filetto, quest'ultima ricavata da un'impronta a cera che mostri il grado di angolazione.

2.7.1909
Non corra rischi con il piroscafo, è disdicevole per uno scavatore morire in acqua. Non è lì che svolgiamo la nostra attività principale. Noi possiamo solo restare sepolti in un pozzo di scavo o essere schiacciati da una statua, al limite morire di arteriosclerosi dovuta al-

l'affaticamento per il troppo lavoro mentale, tutto il resto è inopportuno.

17.7.1909
No, non c'è un trucco particolare per avvitare gli indicatori del livello dell'acqua. Se gli indicatori scoppiano sempre, dipende dal fatto che le guarnizioni in gomma sono troppo sottili, e allora deve ordinarne di più robuste in Germania.

31.7. 1909
Ho l'impressione di ricevere in continuazione lettere da parte sua, anche se so che impiegano sempre lo stesso tempo ad arrivare. Come passa il tempo, dia retta a me: quasi non ci si crede. Ma lasciamo perdere... Per l'amor di Dio non usi il petrolio di Ga'ara per l'impianto termico. È un petrolio non sufficientemente raffinato e altamente esplosivo. Salterebbe in aria – *estagfirullah!*

12.8.1909
Si assicuri che il tornitore a Mossul non le faccia la filettatura Sellers anziché la Whitworth. E, quando torna a Baghdad, prenda la vite in bronzo, quella di ferro si rompe alla prima occasione. PS: Congratulazioni per la scoperta del tempio di Ishtar.

29.8.1909
Se la coibentazione di asbesto somiglia a "una patata cotta con la buccia", allora deve essere pulita, o meglio sostituita con lastre di asbesto nuove da ordinare in Germania. PS: La prego di non abbreviare il tempio di Ishtar in SS. Sì, lo so che l'abbreviazione rimanda alla dea nella sua funzione di Regina dei cieli (*šarrat šamāmi*), ma è anche l'abbreviazione di nave a vapore (*steamship*), e mi confon-

de quando scrive cose come che durante "lo scavo di SS" ha scoperto celle con piedistalli di statue.

Koldewey si era riproposto di comunicare di tanto in tanto nelle sue lettere che Andrae aveva bisogno di questo o di quel pezzo di ricambio che si trovava solo in Germania e quindi doveva essere ordinato lì, in modo che mentre lo aspettava evitasse almeno per un po' di mettere le mani nel punto problematico di turno. Purtroppo nel frattempo Andrae aveva scoperto ulteriori punti problematici. Ma alla fine Koldewey si era abituato all'idea che Andrae fosse ancora vivo, che anche se la sua risposta tardava non era saltato in aria durante una riparazione, per quanto, da ciò che scriveva, spesso sembrava che si accingesse con zelo ed entusiasmo a farlo.

Koldewey si era talmente abituato a quel ritmo, il cui andamento così regolare era responsabile della sua convinzione che quella normalità fosse impossibile da scalfire, che settimane dopo non aprì subito una lettera di Andrae e, quando più tardi uscì di casa, non l'aveva ancora letta ma solo portata con sé. Era invitato dall'imperatore, che naturalmente voleva essere informato da Koldewey in persona dei progressi nel suo scavo preferito. Era in ritardo, voleva leggere la lettera per strada, sul treno della linea sotterranea inaugurata di recente dove credeva di avere più calma, ma già durante il tragitto verso la stazione aveva dimenticato di averla presa.

Scese a Spittelmarkt per raggiungere lungo la sponda dello Spreekanal il Castello di Berlino, l'antica residenza dei principi elettori del Brandeburgo, dei re e degli imperatori di Prussia, e sgranchirsi le gambe dopo che era stato seduto in treno e visto che probabilmente presto sarebbe dovuto stare seduto di nuovo. Trascorrete molto tempo seduti? aveva letto su un manifesto pubblicitario in una delle stazioni da cui era passato, allora ci voleva il rivestimento in feltro

Gressner, che preveniva il consumo dei pantaloni. Imboccò l'uscita ovest della stazione di Spittelmarkt appena completata, ancorata come una palafitta invisibile a quindici metri di profondità nel pantano medievale della vecchia Berlino, mentre in alto i riflessi della Sprea cadevano sul binario da una lunga fila di finestre a nastro poco sopra l'acqua. L'amministrazione aveva temuto che i lavori alla stazione potessero danneggiare la nuova rete fognaria o provocare infiltrazioni. Tuttavia, invece di essere contenta di una forma di timore che aveva portato a procedere con cautela, al termine dei lavori si era comportata come se quel timore non fosse mai esistito e tra il temporaneo capolinea della ferrovia sotterranea e lo Spreekanal non aveva fatto innalzare una normale parete esterna, ma realizzare una temeraria struttura a vetri, quasi in segno di sfida. Per il timore di incappare in problemi sottoterra, la ferrovia sotterranea era anche diventata in larga parte una ferrovia che viaggiava in superficie, una sopraelevata come la ferrovia urbana, costruita sulla striscia di terreno edificabile che si era liberata quando erano state demolite le varie fortificazioni di Berlino proprio per lasciar transitare i treni, come i carri sulle mura di Babilonia, da una porta all'altra della città, Hallesches Tor, Kottbusser Tor, Schlesisches Tor...

La stazione nel sottosuolo doveva simboleggiare un coraggioso passo in avanti dell'architettura del sottosuolo. I veri coraggiosi, però, erano coloro che facevano un passo in avanti non sotto ma sopra lo Spittelmarkt, che non era più un mercato bensì un incrocio triangolare con piccole isole spartitraffico sulle quali mettersi in salvo da una dozzina di veicoli differenti, tutti che cercavano di attraversare come se solo loro avessero la precedenza. Con l'occasione, era possibile comprare un giornale al chiosco che si trovava su ogni isola insieme alla colonna delle affissioni, al lampione e all'orologio di ordinanza, in attesa che una delle vetture o autovetture si fermasse – oppure di un'illuminazione improvvisa su come arrivare dall'altra parte dell'incrocio. In fila davanti al chiosco in attesa di comprare il giornale, era impossibile esimersi dallo studiare le affissioni sulla colonna, che promettevano di lenire i sintomi di quell'epoca a suo modo degenerata con gli antidoti più svariati: per alcuni magari con un invito alla mostra sulla Secessione di Berlino, da aprile a settembre, aperta tutti i giorni dalle 9 alle 19. Per altri invece con la proposta di non far dipendere la felicità da se stessi ma da intermediari come il Neocithin, il cui semplice acquisto era un toccasana e già prima dell'assunzione faceva sentire il suo effetto ricostituente, disponibile in farmacia e drogheria, polvere, compresse e pastiglie di cola, 100 grammi 2,80 marchi, 250 grammi 6,50 e 500 grammi 12, la confezione più piccola costava tre volte il biglietto di ingresso per gli impressionisti. Per avere un seno più florido ci volevano due mesi, ma solo con le Pilules Orientales, naturalmente senza nuocere alla salute e senza arsenico. Le donne, notò Koldewey in quel momento, forse perché quell'anno l'estate era stata così piovosa, al posto del parasole che avevano regolarmente con sé indossavano cappelli le cui dimensioni erano aumentate, ornati con fiori, pizzi e piume di struzzo, i vestiti, al contrario, erano diventati più stretti e sobri, era rassicurante che per ogni cosa esistesse sempre una controtendenza. All'uscita di Spittelmarkt, Koldewey decise di non passare da Gertraudenbrücke per non finire sotto una ruota degli omnibus trainati da cavalli che arrivavano al galoppo, chiaramente in ritardo, e proseguivano in direzione di Landsberger Tor – un'altra porta nelle antiche mura della città che era stata demolita e trasformata in un passaggio di altro genere. Poco prima del ponte, Koldewey svoltò a sinistra in Oberwasserstraße, lungo la riva sinistra dello Spreekanal, per attraversare la tranquilla Jungfernbrücke e arrivare sull'Isola della Sprea, dove si trovavano anche i musei e il castello dell'imperatore. Se la gente vivesse ancora sulla vecchia Isola della Sprea, pensò Koldewey, se in generale vivesse ancora in centro, non sarebbe costretta ad andare avanti e indietro, nel quartiere delle sartorie, nel quartiere dei giornali, nel quartiere delle banche, nel quartiere delle esportazioni, nel quartiere delle istituzioni, nel quartiere dei musei. Poco prima dell'intermezzo berlinese di Koldewey, erano stati in città per lavoro anche i colleghi di Chicago con cui anni prima aveva eseguito gli scavi dell'antica Asso, a sud di Troia, e in seguito gli avevano scritto di essere rimasti molto stupiti di non trovare più niente dell'Atene sulla Sprea, a tal punto la città tedesca sembrava una mutazione spontanea della loro. Perciò adesso, paragonata a Berlino, Chicago appariva addirittura tranquilla nonostante il soprannome greco "Porkopolis", che ne contraddistingueva la capacità di coprire da sola l'intero fabbisogno di carne degli Stati Uniti. Ci riusciva perché nel distretto dei mattatoi costruito appositamente per quello scopo i dodici milioni di animali all'anno non venivano più macellati su un banco da macello ma in una catena di montaggio – meno si doveva mettere mano a qualcosa per farla funzionare e più si aveva l'impressione che fosse naturale. Se Roma era stata la seconda Babilonia, così i colleghi americani di Koldewey, allora Berlino, che per la maggior parte sembrava costruita la settimana prima, era sulla strada migliore per diventare la terza. Linguisticamente parlando le due città erano sempre state molto vicine, avevano consonanti radicali molto simili, come avrebbero detto i filologi tedeschi: BBL e BRL, più una desinenza in N. Le consonanti radicali erano le cosiddette radici di cui si avvalevano i filologi per scovare parentele tra le parole, benché solo tra quelle semitiche; chi poteva sapere, avrebbero sostenuto in questo caso, quale insolita rotazione consonantica aveva determinato il mutamento fonetico della B in R. Koldewey si domandò fino a quando le vetture trainate da cavalli che si adombravano regolarmente e le automobili si sarebbero potute dividere la strada, se il numero dei veicoli a motore fosse aumentato ancora. Una delle due doveva restare tagliata fuori, e lui aveva la sensazione che con le automobili si guadagnasse di più che con i cavalli, tanto più che Allah aveva messo nel sottosuolo delle terre nell'alleata Turchia carburante in abbondanza, ragion per cui Koldewey non capiva perché mai laggiù venissero posati i binari per la ferrovia di Baghdad invece di investire in un'autostrada.

Koldewey oltrepassò la Jungfernbrücke, che era inserita in due belle spalle a volta in arenaria rossa e faceva parte di un'intera serie di ponti mobili di legno realizzati nello stesso modo, che chissà per quanto ancora avrebbero attraversato Berlino. Dal ponte raggiunse una strada, che in effetti si chiamava ancora An der Schleuse, dalla chiusa che si trovava lì fin dal Medioevo e che da qualche anno era stata rimpiazzata nella sua funzione dalla chiusa costruita poco più giù sul Mühlendamm. Dietro il ponte appena oltrepassato da Koldewey, il Mühlengraben si diramava dallo Spreekanal, che a sua volta, in quel punto o subito dopo, diventava il Kupfergraben, sempre che quel tratto non si chiamasse ancora Schleusenkanal come nel secolo precedente, quando Koldewey aveva iniziato gli scavi di Babilonia. Da allora era tornato in città due volte e si sentiva come un nipote che aveva trascorso la prima parte dell'infanzia nel villaggio e conosceva la città solo dai racconti del nonno. Il Mühlengraben sfociava nello stabilimento balneare in diagonale rispetto alla chiusa. Koldewey superò la torretta a graticcio sul lato sinistro dell'entrata, che si appoggiava all'adiacente edificio di quattro o cinque piani come una vecchia madre al figlio adulto, e superò la chiusa, che con il suo corpo cavo e le paratoie ricordava a Koldewey il palcoscenico di un teatro con due sipari di ferro, uno anteriore, uno posteriore. In occasioni speciali, su quel palcoscenico andava in scena uno spettacolo, sempre il solito, e non iniziava fino a quando il sipario, che divideva lo spettatore sulla sua imbarcazione dal palcoscenico, non si era aperto. Quale dei due sipari si apriva, dipendeva dal lato dal quale compariva il pubblico. Strutturalmente si trattava innanzitutto di portare allo stesso livello pubblico e palcoscenico e poi accogliere il pubblico sul palcoscenico e poi, quando per così dire erano tutti sulla stessa barca, continuare ad alzare o abbassare il livello per pareggiarlo con quello sull'altro lato del palcoscenico.

Quasi il re di Prussia fresco di corona e futuro imperatore Guglielmo I non avesse avuto nient'altro a cui pensare, nel 1867 per prima cosa fece rinnovare la chiusa. Durante i lavori furono rinvenute sotto l'alloggiamento delle vecchie paratoie due targhe commemorative in rame, una del 1657 e una del 1694, con le quali i suoi predecessori decantavano il rinnovamento. Una volta il Grande Elettore, che tecnicamente si chiamava "Federico Guglielmo margravio del Brandeburgo, gran ciambellano del Sacro Romano Impero e principe elettore di Magdeburgo in Prussia, di Jülich-Kleve-Berg, di Stettino, della Pomerania, dei casciubi e dei venedi, duca di Crossen e Jägerndorf in Slesia e burgravio di Norimberga, principe di Halberstadt e Minden, conte della Marca e di Ravensberg, signore di Ravenstein" e pertanto non aveva nulla da invidiare a Nabucodonosor, aveva fatto ricostruire da zero la chiusa perché quella precedente del 1654, in pietra calcarea, a causa dell'incuria del costruttore aveva dovuto essere smantellata due anni e mezzo dopo e al suo posto era stata collocata quella in legno. Un'altra volta il principe elettore Federico III, che nel 1701 diventò il primo re di Prussia come Federico I e rinnovò tutti i suoi nomi condensandoli in uno solo, aveva sostituito le fondamenta in legno con blocchi di pietra. Chi si autocelebrò come il più grande dei rinnovatori fu Guglielmo II, anche se non dei meccanismi delle chiuse, bensì del barocco locale, ossia lo stile architettonico monumentale che predominava quando con Federico I ebbe origine il regno di Prussia. L'imperatore volle sancire uno stile nazionale rinnovando una tradizione locale. Lo stile ma non gli edifici, come i palazzi originali barocchi lungo lo Schleusenkanal, che anziché rinnovare fece demolire perché non coprissero la visuale del suo castello barocco. Evidentemente, malgrado la loro lunga tradizione, erano troppo attuali e ricordavano troppo il presente per poter rappresentare, come di norma nella storia, una cosa passata. Adesso dalla Schloßfreiheit, il piazzale ovest del castello, la visuale spaziava libera sul monumento nazionale a Guglielmo I, che dopo la demolizione dei palazzi Guglielmo II aveva fatto erigere al di qua dal canale in memoria del nonno, ma rientrava nel campo visivo anche l'Accademia di architettura di Schinkel di fronte al canale, che stilisticamente non doveva piacere granché all'imperatore. La statua mostrava Guglielmo I in sella al suo cavallo, e sui quattro piedistalli del basamento quattro leoni di guardia al bottino di guerra del 1871. Dalla porta di Brandeburgo al castello, Berlino era gremita delle allegorie di guerra e pace tanto amate da Guglielmo II, statue dentro il castello, sopra il castello, davanti al castello, statue nel giardino zoologico, statue sulla strada, statue sul ponte e statue nel pantheon dell'esercito prussiano-brandeburghese all'interno dell'Arsenale, che a sua volta sorgeva di fronte all'ingresso principale del castello sul lato opposto del canale; alle sue spalle, nascosta in un boschetto di castagni, c'era la Singakademie, con la sala da concerto nella quale Delitzsch aveva tenuto la sua conferenza sulla disputa Bibbia-Babele come in passato Alexander von Humboldt le sue letture dal *Cosmo*. Koldewey però preferiva i membri della Filarmonica a quelli della Singakademie. Dove la trovavi al giorno d'oggi un'altra orchestra diretta da una persona con una sensibilità per la lirica così spiccata e fruibile. Eppure Koldewey era sicuro che un uomo simile non scrivesse mai poesie, per esempio mentre era seduto in treno diretto a Lipsia, al Gewandhausorchester di cui era maestro di cappella. Con molta probabilità non gli veniva nemmeno in mente di comporre una lirica, tanto interagiva per istinto con lei o lei con lui. Koldewey non sapeva se i berlinesi avevano già dato un soprannome ad Arthur Nikisch, il lirico tra i direttori. Quasi certamente no. Di solito inventavano appellativi calzanti per ogni cosa: il monumento all'imperatore Guglielmo I lo chiamavano "Guglielmo nella fossa dei leoni", e la Siegesallee, il viale della vittoria dei sovrani prussiani, "viale dei pupazzi". Ciononostante non mancavano di radunarsi sulla variante berlinese della via delle Processioni quando Guglielmo II teneva una parata militare sotto i tigli, o "sotto i cedri", come dicevano più frequentemente. Dopodiché si affrettavano lungo i marciapiedi da più parti rivestiti di lastre in granito della Slesia, che naturalmente non chiamavano lastre ma "pance di maiale", per la poderosa mole del ventre adagiato su un letto di sabbia senza malta. Tutti, i turisti su tutti, conoscevano i punti della città dove si presentava puntualmente l'occasione di vedere di sfuggita l'imperatore appassionato dell'Oriente, magari mentre si recava a Potsdam sulla sua Daimler e sfrecciava lungo il Kurfürstendamm, che fino a venticinque anni prima era ancora una via che si percorreva sulla giardiniera attraversando una vasta area paludosa per fare una gita a Grunewald. Solo le pance di maiale sui marciapiedi, in particolare quando erano affiancate da una pavimentazione a mosaico, conservavano ancora una reminescenza della passerella sulla quale i pedoni esploravano l'estesa palude della valle glaciale di Berlino.

Era chiaro che l'imperatore aveva debitamente contribuito anche al progetto del duomo di Berlino, la chiesa domestica dei protestanti Hohenzollern, un misto di neorinascimento e neobarocco, il cui risultato Koldewey vedeva adesso per la prima volta da lontano. A quanto pareva, dell'edificio un tempo caratterizzato dalla sobrietà del classicismo era rimasto solo il fonte battesimale, ma Koldewey non aveva voglia di entrare a verificare. Non aveva neppure il tempo. Doveva andare al castello, questa volta però non avrebbe attraversato l'ampia piazza fino al portale principale, come l'ultima volta, quando era stato invitato alla cena di gala nella Sala bianca e, appena entrato nel cortile del castello, si era ritrovato davanti un san Giorgio colato in bronzo – il moderno Marduk, perennemente in lotta contro l'antico drago. Se Delitzsch non avesse tirato fuori dal cilindro quel collegamento, di certo il sostegno finanziario da parte dell'imperatore non sarebbe stato così sostanzioso. *Ex Oriente Lux* aveva intitolato uno dei suoi famigerati scritti, nel quale spiegava perché valeva la pena fare ricerche nell'Antico Oriente e perché, proprio per quello, valeva la pena sostenere la Deutsche Orient-Gesellschaft, e che aveva sortito l'effetto desiderato, nello stesso modo in cui le sue conferenze conquistavano sempre nuovi membri facoltosi dell'ambiente scientifico. E soprattutto, chissà se l'imperatore sarebbe stato così tanto interessato a "un posto al sole" in Oriente, reclamato dal cancelliere dell'impero von Bülow quando ancora era segretario di Stato agli Esteri in riferimento alla politica coloniale tedesca, se Delitzsch non avesse saputo collegare così bene figure luminose del passato con figure luminose del presente. E la Germania? aveva scritto. Doveva forse continuare a compiacersi del ruolo di terra dei poeti finché si sarebbe sentita dire: troppo tardi, il mondo era già stato dato ad altri? Per quanto riguardava gli interessi politici che la Germania perseguiva in Oriente, Koldewey condivideva l'opinione di Bismarck. In tutto l'Oriente, pieno di conflitti com'era al momento, aveva detto Bismarck alla fine del secolo, non vedeva alcun interesse per la Germania che valesse le ossa di un solo moschettiere della Pomerania. Alle orecchie di Koldewey quella frase era sempre suonata come un segno premonitore, e se lo era, allora gli sembrava che pian piano si stesse manifestando, ma non sarebbe stato strano, alla maniera tipica dei segni premonitori, che per farlo si prendesse un intero secolo di tempo.

No, questa volta non sarebbe passato dal portale principale, sarebbe passato dal portale di destra dei due che si trovavano sulla facciata sud, sullo Schloßplatz, che a sua volta incontrava An der Stechbahn, anche se da secoli la strada non era più una lizza e ormai indicava soltanto il luogo in cui era sorto il primo edificio residenziale e commerciale di tre piani. Edificio al quale aveva dato il nome, perciò bastava dire che si andava "alla lizza", in dieci diversi negozi allineati sotto il lungo porticato che li trasformava in uno unico. Finché anche quella fila di case era stata demolita e sostituita con un vero e proprio grande magazzino, che sulla scia del municipio con i suoi mattoni rossi fu chiamato il "Castello rosso" e svincolò in maniera latente il nome della strada. Adesso era di nuovo una lizza, sulla quale si affrontavano non cavalieri che cavalcavano l'uno verso l'altro lancia in resta, ma innumerevoli tram, simili per violenza e aspetto aggressivo, che dalla Schleusenbrücke puntavano verso la placida fontana di Nettuno e la oltrepassavano sferragliando, tra il castello dell'imperatore e quello rosso, per raggiungere la Kurfürstenbrücke e lasciare l'Isola della Sprea in direzione di Alexanderplatz, mentre piccoli e grandi zampilli d'acqua lambivano Nettuno che troneggiava su una conchiglia, un vero piacere per gli occhi, se Koldewey avesse potuto guardarlo e non fosse stato costretto a fare attenzione alla strada per riuscire ad attraversarla rimanendo vivo.

Al portale attendeva un uomo che doveva accompagnare Koldewey nel castello. In quel preciso istante rammentò, e Koldewey non aveva idea del perché proprio in quell'istante, che aveva preso la lettera di Andrae ma poi non l'aveva letta, però poteva leggerla adesso, mentre l'uomo lo accompagnava nel castello, così avrebbe avuto una ragione valida per aggirare quel paio di imbarazzanti minuti durante i quali non c'era niente da dire. Aveva aperto la lettera e iniziato a leggerla prima di varcare il portale e poi l'aveva letta un'altra volta e un'altra e un'altra ancora. Aveva sempre pensato che Andrae non potesse più stupirlo, ma aveva sempre pensato male: era proprio vero che più lontano era qualcuno e più si conosceva da vicino. Andrae scriveva di certe guarnizioni di guttaperca che si erano seccate, quindi le aveva provvisoriamente rimpiazzate con della gomma da cancellare. Per giunta, le pompe facevano una specie di cigolio, rumore che a quanto pareva non distoglieva Andrae dall'effettuare test di collaudo con la nave. Gomma da cancellare! Cigolii! Koldewey ebbe l'impressione che la sua mente si fosse bloccata di colpo e non riusciva a capire come le sue gambe potessero muoversi da sole. Doveva tornare subito indietro e rispondere a quella lettera delirante. Ma non poteva tornare indietro perché era invitato dall'imperatore, stava già salendo la scalinata della Sala Elisabetta, accompagnato dall'uomo che, distratto dalla circostanza, non doveva aver nemmeno salutato. Ecco che entravano nella Sala delle stelle al primo piano, riconoscibile dal cielo stellato che decorava i soffitti, velieri nelle vetrine, alle pareti paesaggi marini, onde, navi. Poi la Sala di ricevimento, che era stata la Sala delle udienze di Federico il Grande. Lo studio, che era stato lo studio di Federico il Grande, era aperto. Nel corso del pomeriggio l'imperatore vi entrerà di continuo per prendere qualcosa. Insolita atmosfera familiare. L'imperatrice è seduta in una poltrona e ricama. L'ultima volta, nel castello di Wilhelmshöhe, la residenza estiva dell'imperatore, Koldewey aveva intrattenuto almeno venti ospiti con gli scavi di Babilonia. Più tardi alcune dame di corte, tra cui la contessa von der Groeben e la contessa di Liebenau e altre di cui non ricordava il nome, si erano recate in visita all'albergo di Koldewey perché

Koldewey raccontasse loro da capo le stesse cose. Evidentemente al termine di quelle cerimonie l'imperatore interrogava il suo seguito per verificare se era stato attento e aveva ascoltato tutto. "Dove ha detto che si trovavano con tutta probabilità i Giardini pensili di Semiramide? Giusto, nella struttura a volta del vecchio castello di Nabucodonosor, nell'angolo nord-est del corpo sud del suo palazzo." Koldewey aveva nella borsa di cuoio le foto e le piante aggiornate di Babilonia. Ma anche la lettera di Andrae. L'imperatore, che quando Koldewey aveva fatto il suo ingresso nella sala si era profuso in saluti, parlava e parlava. L'imperatrice ricamava e ogni tanto alzava la testa, quando l'imperatore le chiedeva da sopra la spalla se stava ascoltando ciò che diceva Koldewey. L'imperatore aveva sparpagliato tutti i documenti su un grande tavolo, anche quello appartenuto a Federico il Grande, e Koldewey ne indicava prima uno poi un altro e ogni volta che diceva che avrebbe voluto scavare ancora questo e quello, l'imperatore diceva: Naturale che lo scaverà! E a un certo punto l'imperatore domandò come andava ad Assur, e Koldewey rifletté su cosa avrebbe pensato l'imperatore alla notizia che il responsabile degli scavi ad Assur da mesi non si occupava degli scavi ad Assur ma tentava di riparare una nave.

Dopodiché il discorso deviò sulla politica, argomento che Koldewey non sopportava, sugli inglesi, sulla Turchia, sul sultano, purtroppo spodestato benché fosse un uomo così straordinario, che aveva elargito all'imperatore munifici doni come la facciata di Mshatta, che ora era esposta al Kaiser-Friedrich-Museum e che, come l'imperatore non sapeva, aveva fatto sì che Hamdi Bey, all'epoca direttore dei musei turchi, dalla rabbia si fosse rifiutato per varie settimane di approvare il prolungamento degli scavi di Babilonia e Assur.

Il sultano però era stato anche un despota, aveva replicato Koldewey, assorto nei propri pensieri. E da lì si era sviluppata una specie di conversazione che poteva essere contraddittoria quanto voleva, purché Koldewey potesse ripartire presto per Babilonia e continuare a scavare la città più famosa del mondo:

Giusto, ma soprattutto, così l'imperatore, il sultano era stato un buon amico.

Più un ipocondriaco con manie di persecuzione.

Però oltremodo accorto e informato! Un progressista! Non era stato lui a far costruire la linea telegrafica?

Ma solo per poter controllare a distanza i funzionari dei *vilâyet*.

Dei vilacosa?

Delle province.

Ah.

Poi Koldewey spiegò che il sultano si era servito anche della fotografia per uno scopo analogo.

Perlomeno l'aveva usata, ribatté l'imperatore, il che non era necessariamente scontato per un osmanli. E comunque sembrava essere molto aperto verso la tecnologia in generale.

Koldewey si era chiesto per quanto a lungo uno scavatore di Babilonia durante un dialogo con l'imperatore, a cui piaceva che tutti fossero della sua opinione, potesse permettersi impunemente di avere un'opinione diversa. Non aveva avuto voglia di appurarlo, ma era piuttosto sicuro che sarebbe andata avanti sullo stesso tono. A proposito dell'apertura verso la tecnologia, Koldewey avrebbe detto:

La macchina da scrivere che all'inizio dell'anno ho fatto arrivare a Babilonia è stata "controllata" tanto a fondo alla dogana di Baghdad, che alla fine non era più utilizzabile.

E l'imperatore avrebbe replicato: E io le dico che è proprio questo entusiasmo per i dispositivi che presto renderà quella terra più motorizzata della provincia del Brandeburgo. Non è stato sotto il sultano che a Costantinopoli hanno visto la prima automobile?

Era trainata da un cavallo, avrebbe replicato Koldewey,

perché le automobili non avevano il permesso di circolare in città.

E l'imperatore avrebbe detto: Vede? Le tradizioni possono assumere tratti grotteschi, ma talvolta giovano all'ambiente.

E non sarebbe stato vero? Le tradizioni offrivano sempre un appiglio per tornare in tema. Perché l'imperatore non rinunciò a correre di nuovo nello studio sfruttando al massimo quell'appiglio e ricomparire con i primi schizzi di Babilonia, foto, vecchie cartine e altri documenti, come se volesse esprimere con una retrospettiva nostalgica il proprio orgoglio per i risultati conseguiti fino a quel momento, resi possibili dal magnanimo sostegno di Sua Maestà. Aveva ripescato perfino uno scritto con cui Delitzsch promuoveva gli scavi di Assur. Koldewey aveva sentito parlare di quello scritto promozionale, ma non aveva mai saputo in che modo Delitzsch avesse fatto promozione.

L'imperatore brandiva la lettera senza un briciolo della compostezza con cui Augusta teneva il suo anello per ricamo. La sventolò a destra e a sinistra, infine la posò sul tavolo con gli altri fogli.

Detto tra loro, esordì chinandosi in avanti, come si spiegava che gli assistenti di Koldewey, di cui anno dopo anno lui firmava l'atto di nomina, venissero quasi tutti da Dresda? Possibile che non avessero candidati propri e dovessero dipendere costantemente dalla Sassonia?

Anche Koldewey si chinò in avanti per vedere meglio la lettera di Delitzsch, che era chiaramente una copia sulla quale era stato annotato qualcosa a mano. Sì, disse Koldewey, in effetti Walter Andrae, uno dei suoi primi e migliori assistenti, veniva dalla Sassonia e aveva studiato all'Università di Dresda. Forse, colpito dalle capacità di quel collaboratore sassone, aveva inaugurato una tradizione che ormai aveva assunto vita propria e non poteva più essere interrotta.

Koldewey strizzò gli occhi, mentre l'imperatore formulava riflessioni sulla storia della Sassonia e della Prussia, ma come al solito la grafia di Delitzsch era una vera impresa. La personalità di chi scriveva non riecheggiava solo in ciò che scriveva, come ben sapeva Goethe, era anche il suo slancio incontrollato e appassionato a connettere le singole lettere rendendole leggibili. La grafia di Delitzsch invece mirava a controllare la forma delle lettere, che erano scritte in maniera troppo ordinata, quasi pedante, e perciò, come qualcuno con un'indole difficile da afferrare, non erano facilmente decifrabili. Come dicevo, scriveva Delitzsch, i cimeli in sé possono... a discrezione rimanere alla Turchia, ma una volta estratti dalle rovine, potrebbero essere prima valutati e resi pubblici dall'assiriologia tedesca, cosicché alla Germania resti la gloria di aver aperto alla scienza le fonti della conoscenza, il cui eminente valore... è noto a tutti gli specialisti. *Sì!* aveva annotato l'imperatore accanto alle parole che a questo punto doveva aver sottolineato lui, e sotto: *Sì, porteremo la luce del genio tedesco anche laggiù.* La copia della lettera era indirizzata a *S. E. il Cancelliere dell'Impero.* E sotto: *Tiglatpileser e Assurbanipal chiedono assistenza.* Firmato: *G.* Per essere sicuro che il cancelliere capisse bene, dopo Tiglatpileser l'imperatore aveva scritto tra parentesi *ego* e dopo Assurbanipal *Hollmann*, il nome del presidente del consiglio di amministrazione della Deutsche Orient-Gesellschaft. In realtà buona parte del costo degli scavi, oltre che dall'imperatore e da James Simon, era sostenuta dallo Stato, di conseguenza alla Deutsche Orient-Gesellschaft non mancavano mai di eleggere a intervalli regolari funzionari del ministro dell'Istruzione e della ricerca in qualità di consiglieri. Ma come aveva fatto la lettera a finire un'altra volta lì? Che fosse la copia di una copia? Koldewey immaginò il cancelliere entrare nello studio di Guglielmo con quel foglio in mano e poi i due che, comodamente seduti davanti a tè e pasticcini, tra un progetto e l'altro per la conquista culturale e coloniale del mondo decidevano le sorti degli scavi di Assur, mentre Andrae disegnava ancora piante trigonometriche per Koldewey con una matita perfettamente appuntita e quando sbagliava cancellava l'errore con la gomma da cancellare, la stessa che adesso usava per rendere stagna la pompa del cherosene, con la convinzione di poter rimediare a qualcosa di sbagliato anche in quel frangente.

Anche l'imperatore era tornato con il pensiero in territorio babilonese, figurandosi già l'effetto che avrebbero fatto la porta di Ishtar e la via delle Processioni all'interno del museo. Ovviamente servivano molti più mattoni a rilievo. Le poche casse, che erano arrivate al Kupfergraben quando la Turchia era ancora più generosa e il suo amico, il vecchio sultano, ancora al potere, purtroppo non sarebbero bastate. Forse Koldewey aveva un'idea su come risolvere la situazione? A lui l'ambasciata aveva suggerito di astenersi il più possibile per ragioni tattiche e di non intromettersi senza previo accordo, cosa che, doveva ammetterlo, era molto difficile, vista la possibilità di trasmettere in un secondo notizie via filo ad amici e alleati, come si continuava a dire anche se ora perlopiù venivano trasmesse senza fili. Magari Koldewey poteva stringere amicizia con quello scorbutico del direttore dei musei turchi. A proposito, come si chiamava? In ogni modo: le celebri mura di Babilonia dovevano risorgere a Berlino, e affinché potessero risorgere a Berlino dovevano arrivarci. Non importava come. La cosa migliore era costruire un museo apposta per loro, le cui fondamenta sull'Isola della Sprea fossero poste come quelle delle mura di Babilonia "direttamente sul livello dell'acqua", come si leggeva in un'iscrizione di Nabucodonosor sulla porta di Ishtar. Naturalmente però sull'Isola della Sprea non avrebbero trovato il terreno alluvionale mesopotamico, ma il limo glaciale. E naturalmente doveva essere sfarzoso, se volevano esporre la porta di Ishtar e la via delle Processioni e forse anche un pezzo di facciata della sala del trono oltre all'altare di Pergamo e alla porta del mercato di Mileto, come programmato al momento. Ne avrebbe parlato di nuovo con il direttore von Bode. Di certo Koldewey aveva notato che stavano smantellando il vecchio Pergamonmuseum, nel quale entrava solo l'altare di Pergamo. Purtroppo il museo era diventato troppo presto troppo piccolo per il numero crescente di reperti antichi: aperto nel 1901, demolito nel 1909, davvero un peccato, anche per la bella cupola. E restava da vedere se ora, con questi progetti moderni di Alfred Messel, ce la facevano ad avere un nuovo museo con tutti i crismi. Von Bode si fidava delle idee di Messel e lui si fidava delle idee di von Bode, che ormai era responsabile di qualunque cosa riguardasse i musei, ovviamente però un museo del genere non poteva somigliare a uno di quei magazzini gotici che gli sembravano chiese di vetro, mentre negli ultimi tempi le chiese somigliavano sempre di più a carceri. Ma tornando a Babilonia: Koldewey lo sapeva che una delle prossime stazioni della ferrovia sotterranea dietro lo Spittelmarkt sarebbe stata realizzata sul modello della sala del trono di Nabucodonosor? Aveva presente, no?, colonne a palmetta con volute floreali simili ai capitelli ciprigni, tanto blu, bianco, giallo... L'architetto, si chiamava Grenander, voleva onorare in questo modo James Simon, la cui ditta aveva sede proprio lì vicino, in Klosterstraße, strada dalla quale la stazione avrebbe preso il nome. Era risaputo che Simon sovvenzionava gli scavi di Babilonia, certo, neanche lontanamente con la munificenza di Sua Maestà, ma comunque, del resto ogni sovvenzione aiutava. Naturalmente la veste stilistica della stazione sarebbe stata realizzata sul modello degli acquerelli originali di Koldewey.

Di Walter Andrae, corresse Koldewey, e pensò che dipingeva acquerelli quando ancora non riparava navi.

Ma certo, disse l'imperatore. E ora provasse a immaginare: Berlino custode della cultura babilonese, la culla della civiltà, e lui alla pari con Nabucodonosor, che a Babilonia aveva custodito la storia dei suoi avi, quella paleobabilonese, quella sumera – un sapere millenario, riscoperto da studiosi tedeschi e riportato a nuova vita!

Speriamo per il meglio, disse Koldewey.

Per il meglio, ma sì, per il meglio!

Finché non toccherà a Berlino essere scavata dalle rovine.

Esatto, disse l'imperatore dubbioso, poi osservò Augusta per controllare se stava ascoltando.

Ma lo sguardo di Augusta non cambiò direzione, restò fisso sull'anello per ricamo. In mano aveva l'ago, nel quale passava il filo, che infilava e rinfilava con ferrea perseveranza in un tessuto sottile.

Ah, le donne, l'imperatore si voltò di nuovo verso Koldewey. Sempre sedute sullo sfondo, modeste e solerti, a tenere in mano i fili almeno lì.

E all'occasione intuire derivate matematiche, aggiunse Koldewey, che con molta probabilità sarebbero state alla base delle equazioni differenziali fino al prossimo secolo.

Caspita! E chi?

Maria Gaetana Agnesi, per esempio.

Ma non appena ebbe pronunciato il nome, Koldewey si era già pentito di averlo fatto, non voleva trascinare all'infinito quella visita e ancora meno parlare del perché una donna per prima aveva messo in relazione tra loro geometria e algebra e calcolo differenziale e integrale e sviluppato derivate affinché il tutto potesse essere anche capito e con il suo trattato aveva scritto uno dei manuali più importanti della matematica. La conversazione non sarebbe finita più.

Ma fortunatamente l'imperatore volle sapere solo se era italiana.

Koldewey rispose di sì.

Ed era stata...? L'imperatore tossicchiò.

No, non era stata, disse Koldewey. Papa Benedetto XIV le aveva offerto una cattedra presso l'Università di Bologna.

Quanti ostacoli doveva aver superato quella volontà femminile, replicò pensieroso l'imperatore, come se meditasse sulle proprie esperienze personali.

Suo padre, avrebbe potuto replicare Koldewey quella volta, non le aveva permesso di entrare in convento. Niente a che vedere con lui, Guglielmo, che da piccolo avevano continuato a mettere in sella a un cavallo anche se non voleva cavalcare. Forse però così avrebbe dato ragione all'imperatore – in fondo non era stata la sua volontà, ma quella del padre ad aver superato parecchi ostacoli per insegnare al figlio a cavalcare e sicuramente anche altre cose – o piuttosto avrebbe risvegliato in lui lo spiacevole ricordo che già da bambino non poteva muovere il braccio sinistro e che, se avesse potuto, sarebbe stato ben felice di andare a cavallo. Koldewey aveva replicato qualcos'altro, ma non avrebbe più saputo dire cosa. Non avrebbe più saputo dire nemmeno come era uscito dal castello, né quando o dove aveva finalmente risposto alla lettera di Andrae. Nell'agenda del 1907 era annotata la data della lettera di risposta, e anche di quella erano riportati solo il mese e l'anno, ma non dove era stata scritta. Non c'era nemmeno una formula di apertura, perlomeno nella copia, ed era molto probabile che in effetti Koldewey fosse partito direttamente dalla prima frase, come se avesse avuto il brutto presentimento che potesse non esistere più Andrae in quanto persona fisica a cui rivolgersi, o meglio urlare:

SETT. 1909
Se per rendere stagna la pompa del cherosene usa la gomma, poi non si stupisca se non funziona. Per la miseria! Di sicuro dentro non c'era la guttaperca, garantito! Per la miseria!! Nel cherosene la guttaperca e la gomma si sciol-

gono!!! Signore benedetto!!!! Ci vuole cuoio o stoppa o Klingerit o simili. E sì, ha ragione, è "solo un caso" che a 15 atmosfere non salti in aria! Se la pompa non lavora più già a un livello di 14 cm, ovviamente c'è qualcosa che non va, ma <u>a distanza</u> nessuno può dirle cosa! No, le pompe non devono cigolare. Non cigolavano neanche prima. E di certo non cigolano quando è tutto a posto. E lei non deve <u>per nessun motivo</u> mettere in funzione la nave finché non è tutto a posto!

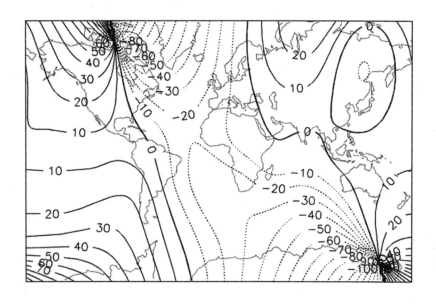

Stando all'agenda del 1907 erano seguite altre lettere, più pacate, prima che Koldewey si rimettesse in viaggio da Berlino ad Aleppo e arrivasse a Babilonia passando da Baghdad. Quando vi giunse, la nave non era ancora in funzione. Solo un anno dopo era riuscita a muoversi sul Tigri, ma il tratto che aveva compiuto in un'ora si sarebbe potuto percorrere alla stessa velocità andando a piedi lungo la sponda.

Koldewey chiuse l'agenda del 1907 e con lei una forma di ricordo. Guardò oltre l'ombra della porta di Ishtar le rovine della città, attraversata dalla via delle Processioni, la strada lastricata sulla quale avevano camminato il profeta Daniele, Nabucodonosor e Alessandro Magno. Un po' più avanti il selciato si ricongiungeva a una parte più antica. La parte superiore, più recente, era stata divelta in epoca greca o forse addirittura partica per ricavarne proiettili da lanciare con le baliste. Le pietre erano ancora sul ciglio della strada. Avrebbero potuto portarle a Berlino come reperti, così i filologi avrebbero avuto qualcosa da tirargli. Perché sopra non ci sarebbero state iscrizioni da decifrare, o almeno nessuna leggibile. Ammesso che loro fossero riusciti a sollevarle, con quelle mani delicate che per tutto il giorno non facevano altro che tenere una matita o una tazza di caffè.

In qualche punto in fondo alla via delle Processioni, Bell

stava certamente fotografando le fondamenta della torre e i resti della scalinata di accesso messi in luce. Era possibile che non avrebbero mai scoperto la torre, se alla fine del XIX secolo ai turchi non fosse venuta l'idea di sbarrare a monte il corso dell'Eufrate, e in questo modo avevano sì ricoperto di acqua gli strati inferiori della città, però avevano anche avuto bisogno di una diga, da costruire con i mattoni presi nella cava più vicina. Nello specifico la torre, che ora aveva riacquistato forma perché le sue fondamenta invisibili circondavano l'antica anima di fango crollata, visibilmente svuotate e verdi di canne. L'imperatore aveva ragione: Berlino portava avanti le tradizioni babilonesi. In ogni caso, a Berlino si usavano sempre più spesso i mattoni come materiale da costruzione, benché non fossero stati riscoperti a Babilonia ma durante le spedizioni nei villaggi limitrofi, che avevano condotto all'entusiasmante incontro con l'architettura medievale della Marca di Brandeburgo. Quello era senza dubbio il tentativo più casalingo intrapreso fino ad allora di contrapporre una tradizione locale al vasto mondo del commercio internazionale, commercio di beni, idee, problemi. Forse era per questo che ultimamente venivano costruite due tipologie di edifici in mattoni: fabbriche e chiese. L'una per conferire alla malaeconomia una parvenza di stabilità, l'altra per farlo in maniera credibile.

Qualcuno fotografava la torre, adesso Koldewey lo vedeva chiaramente. Oppure aveva in mano un oggetto parecchio riflettente. Poteva essere anche un tacheometro o un teodolite. Ma di domenica non effettuavano misurazioni della zona. Koldewey aveva appena rimesso nella borsa di cuoio l'agenda del 1907 ed era uscito dall'ombra della porta di Ishtar sulla strada, la via delle Processioni, ancora bella da guardare, con le lastre bianche di pietra calcarea al centro e la breccia rossa ai lati. Koldewey si era lasciato alle spalle il fianco destro dei Giardini pensili, che dovevano aver formato un'imponente volta di piante e pietre proprio accanto alla porta di Ishtar, e il corpo sud del palazzo, il vecchio castello dell'ultimo sovrano di Babilonia, che si trovava ancora all'interno delle vecchie mura della città e solo con Nabucodonosor era cresciuto espandendosi verso nord, Nabucodonosor che aveva aggiunto un secondo corpo sopra i Giardini pensili e un terzo e un quarto, se si contava anche il Palazzo d'estate nell'angolo più esterno della cinta più esterna. Da un ponte ancora in piedi, Koldewey aveva attraversato il fossato che delimitava a sud il vecchio castello, ricoperto con asfalto e mattoni. A sinistra spuntavano le case più antiche di Babilonia, palazzi, muri resistenti, pavimenti in mattoni cotti, muri in mattoni di fango essiccato, pozzi, pozzi perdenti, case con le finestre che come usava ancora oggi affacciavano sull'interno e le stanze costruite intorno a un cortile, tra le case i templi delle divinità locali, inseriti con pari diritti nell'impianto urbano come chiesette di paese, tutte le strade parallele e perpendicolari che si intersecavano in quel quartiere chiamato "Centro", come del resto nell'intera città, che era una specie di città di fondazione, una Manhattan dell'antichità, il cui nome sarebbe stato appropriato anche per la Babilonia del XX secolo: terra delle colline. Chi voleva trovare le testimonianze di Hammurabi, il predecessore quasi mitologico di Nabucodonosor, doveva scavare lì. Quante volte in quel luogo era stato applicato il celebre Codice di Hammurabi, con i suoi articoli che trattavano in maniera esemplare ogni possibile caso in ogni possibile ambito giuridico, dal diritto di successione al diritto matrimoniale al diritto di locazione al diritto penale. Per esempio, l'articolo 233: se un costruttore edile aveva costruito una casa per qualcuno e crollava una parete perché il lavoro non era stato eseguito a regola d'arte, il costruttore doveva costruire a sue spese una parete rinforzata. O l'articolo 232: se il crollo danneggiava una proprietà, il costruttore edile aveva l'obbligo di ripristinare ciò che era andato distrutto. Dato che il crollo era stato provocato da un lavoro sbagliato, il costruttore doveva rifare il lavoro a sue spese. Già più insolito, invece, l'articolo 231: se il crollo aveva avuto come conseguenza la morte di uno schiavo del committente, il costruttore edile doveva mettere a disposizione del committente uno schiavo di uguale valore. Negli articoli 230 e 231 era stata coniata la futura legge del taglione, l'occhio per occhio e dente per dente della Bibbia: se un costruttore edile aveva costruito per qualcuno una casa la cui struttura non era abbastanza solida e la casa crollava provocando la morte del committente, il costruttore doveva essere ucciso. Se però il crollo aveva come conseguenza la morte del figlio del committente, allora doveva essere ucciso il figlio del costruttore. Con i medici si regolavano in maniera analoga: intanto, se le loro cure non portavano alla guarigione non erano pagati. Se invece provocavano lesioni, magari mortali, a un paziente o gli accecavano un occhio nel corso di un'operazione, a loro veniva mozzata una mano. Perché all'epoca un essere umano non poteva ammalarsi tanto gravemente da non avere più speranze, era fondamentalmente buono e consapevole della propria perfezione, per esempio rispetto a un animale. L'idea dell'animale innocente e dell'uomo che veniva al mondo macchiato dal peccato era un'invenzione di comodo del cristianesimo e poteva benissimo essere applicata anche alle malattie. In molte delle sue forme, il cristianesimo era arrivato addirittura al punto di concedere all'uomo peccatore la possibilità di meritarsi la grazia divina o di assicurarsela di nuovo – lavorando di più, rendendo di più, ottenendo di più e interpretando il successo e il benessere terreni come conferme da parte di Dio. Così si era pensato per secoli e probabilmente si pensava ancora oggi, senza aver mai visto una chiesa dall'interno, motivati soltanto da un ereditario senso di insicurezza e di paura. Se Koldewey aveva capito bene le traduzioni di Delitzsch, a Babilonia, e in tutta la Mesopotamia, generalmente gli uomini si ammalavano quando avevano con il mondo esterno un rapporto che provocava una malattia e guarivano quando questo rapporto guariva e veniva ristabilito l'ordine originario. Con il cristianesimo, il conflitto con il mondo esterno si era chiaramente ribaltato in un conflitto interno, un rapporto disturbato con se stessi, che doveva essere controllato e in ogni momento minacciava di sfuggire al controllo e assumere forme manifeste. Il vecchio Wetzel, figlio di un pastore protestante, poteva pregare quanto voleva, avrebbe detto Reuther, ma se non aboliva il consumo di zuccheri, si teneva il diabete. D'altro canto, finché pregava, non mangiava troppi zuccheri. Quindi se si ammalava, non era solo colpa di Koldewey, che aveva semplicemente eliminato tutte le Bibbie tranne la sua. Adesso però, dopo duemila anni di politeismo babilonese e duemila anni di cristianesimo, per duemila anni regnava l'approccio scientifico. Ma anche in base a quello, se Wetzel era malato, si trovava di nuovo in una condizione babilonese, in cui innanzitutto bisognava diagnosticare l'entità della malattia, il demone del diabete. Era possibile anche identificare la sede di tale entità nel pancreas o nel fegato, tuttavia non asportarla, come per esempio la sede del demone dell'appendice. Neppure in rappresentanza alla maniera babilonese, benché a ben guardare anche l'appendice fosse una sorta di rappresentante; in definitiva non si sapeva cosa l'avesse indotta a infiammarsi. Perciò con il diabete si prescriveva al massimo il rituale di purificazione per eccellenza, una dieta che prevedeva la rinuncia agli alimenti ricchi di carboidrati e in questo modo a volte scacciava il nefasto demone del diabete, altre lo teneva almeno sotto controllo. Di recente era ricomparso anche il vecchio incantesimo di trasferimento del contagio, in forma di malattie infettive scatenate da virus e batteri, come se attingessero il loro potere direttamente dalle concatenazioni della magia simpatica, lungo le quali tutte le cose e le proprietà comunicavano da millenni contaminandosi a vicenda. Però i medici non proclamavano con orgoglio come Guglielmo II che con la scoperta e la teoria delle malattie contagiose facevano rivivere l'antico sapere babilonese.

Koldewey era venuto al mondo non più con la consapevolezza del peccato, ma in ogni caso con la sensazione di dover conseguire molto. Di essere un'anima in pena. Sembrava essere questo il destino con il quale Koldewey era nato. Ora, per esempio, dalla velocità con cui camminava si sarebbe detto che fosse una questione di vita o di morte. Però si era ammalato perché in via sperimentale aveva esposto se stesso o il suo corpo al mondo esterno. Ossia aveva intenzionalmente messo se stesso e il proprio corpo in una situazione che provocava una malattia. Ma quegli esperimenti non erano già un tentativo di invertire la tendenza di un mondo esterno non congeniale, strappargli momenti che portassero conoscenze, nuove possibilità di muoversi nel proprio ambiente sentendosi meno un'anima in pena? Se suo zio Carl fosse stato ancora vivo, lo avrebbe chiesto a lui, nello spirito del consiglio di Platone alle anime in pena di ricordare la loro origine per trovare finalmente la pace, libere dal vincolo della determinazione. Avrebbe chiesto allo zio chi o cosa lo aveva spinto a partire per il Polo Nord, aggirare banchi di ghiaccio, fendere banchi di ghiaccio, raccogliere dati astronomici, magnetici, meteorologici, idrografici, etnologici, botanici, geologici, e in generale a voler esplorare una terra così lontana dalla propria, disegnarla, mapparla, misurarla, senza perdere la calma perché gli studiosi che viaggiavano con lui (botanici, zoologi, geologi, medici...) non erano adatti alla navigazione e a bordo, anziché occuparsi del lavoro scientifico, vomitavano per ore affacciati al parapetto di murata. Era stata l'ambizione che lo aveva spinto a cercare risposte a domande che evidentemente erano senza risposta? Come il movimento del ghiaccio. Perché la maggioranza dei banchi di ghiaccio ruotava in senso contrario al moto del sole? Perché dopo anni di osservazioni non era ancora possibile stabilire in anticipo la loro direzione? Perché si muovevano in maniera così complessa in un contesto così semplice da determinare? In fondo bastavano un paio di coordinate, un paio di punti trigonometrici, in pratica la distanza esatta da A a B, per rilevare il punto C con un teodolite o un tacheometro e misurare il relativo angolo corrispondente, poi nella sua rappresentazione grafica a trecentosessanta gradi del mondo tracciare un cerchio intorno al punto A e al punto B, ed ecco che nel punto di intersezione risultavano la posizione di C e un settore della Terra a forma di triangolo. Un triangolo dai lati adesso noti, sui quali era possibile misurare altri triangoli, dispiegando una rete di triangoli su tutta la Terra, perfino in mare aperto, dove il triangolo nautico, che era teso sopra il cielo come una vela allungata verso il Polo Nord, anche nel punto più remoto forniva indicazioni sulle miglia marine percorse, ricavate dai primi d'arco trascorsi in cui erano suddivise le latitudini e le longitudini nel sistema sessagesimale babilonese. Tuttavia, per poter essere rilevati, i punti trigonometrici dovevano essere visibili. Nel peggiore dei casi, come a metà del secolo precedente, quando era stata misurata l'estensione del demanio forestale prussiano, era necessario tracciare assi visivi tra A e B e C. Sembrava essere una legge non scritta della metodologia scientifica che per riuscire a riconoscere qualcosa prima bisognasse distruggere qualcos'altro.

Magari era proprio un teodolite, quello che Koldewey vedeva brillare vicino alla torre. Non si sarebbe sorpreso se Bell avesse effettuato le sue misurazioni personali con i suoi strumenti personali. Chi aveva bisogno dei teologi quando esistevano i teodoliti? La triangolazione, come la Trinità, non era forse un sistema di riferimento basato su una triade che stabiliva l'orientamento? Se Reuther avesse visto come Koldewey procedeva spedito, di sicuro avrebbe creduto che per mezza giornata avesse recitato una commedia per insegnare loro nella maniera più indiretta possibile una qualche morale di una qualche storia. A destra della via delle Processioni apparvero le mura esterne del grande recinto che racchiudeva la torre. Le ombre allungate dei resti non molto alti disegnavano profili screziati sulla strada, che ricongiungendosi a una parte cronologicamente più antica si addentrava più in profondità.

A quella domanda, cosa lo avesse spinto a partire, probabilmente zio Carl avrebbe preso il libro di viaggio lungo novecento pagine sulla spedizione al Polo Nord e iniziato a leggere; spesso, a domande che esulavano dal campo in cui eravamo specializzati, rispondevamo nella lingua che eravamo abituati a parlare, e forse erano proprio queste trasgressioni che facevano di qualcuno uno specialista. Leggendo però avrebbe tralasciato tutte le annotazioni dei compagni di viaggio, che descrivevano nei minimi dettagli come andavano a caccia di orsi polari. Come una volta avevano sparato a una femmina di orso polare curiosa e ignara, che si era avvicinata con un cucciolo di orso polare alle due navi sotto la guida dello zio, per poi catturare il cucciolo e gettargli in pasto la carne della madre. Lo zio, dal canto suo, aveva sempre assicurato che cacciavano soltanto per procurarsi il cibo. Ma Koldewey aveva letto e riletto quei brani quando erano ancora solo un insieme di fogli non pubblicati, di come una notte il cucciolo legato all'àncora si era liberato ed era fuggito con la catena al collo, loro gli avevano sparato e lui era fuggito lo stesso, di come lo avevano scovato e iniziato a osservarlo, a studiare il suo comportamento, di come lui continuava a ritornare nel punto sulla neve in cui avevano sparato alla madre, guardava verso la nave, correva via e ritornava, imparando una lezione del tutto priva di senso dall'esperienza di essersi avvicinato a qualcuno fidandosi della madre, forse credendo di trovarsi ingiustamente nella posizione del sopravvissuto, lui che era l'unico elemento inesperto della sua costellazione familiare, e forse sentendosi addirittura in colpa di aver perso la madre. Se quello segnava l'inizio di una nuova era della scienza, nello stesso tempo segnava la fine dell'idea dell'animale innocente e dell'uomo cristiano venuto al mondo con la consapevolezza del peccato. E se adesso l'uomo beneficiava di nuovo della perfezione babilonica e il suo valore era superiore a quello di un animale, però il suo rapporto con il mondo circostante non era più regolato da divinità adirate o bendisposte ma da strumenti tecnici, tanto più che simili intermediari sacrileghi potevano sbagliare, tuttavia in linea di principio erano riparabili e sostituibili, allora forse era questo il motivo per cui Bell effettuava le proprie misurazioni.

Perché quello faceva. Un po' più lontano si vedeva chiaramente una seconda persona accanto a una stadia, la cui scala graduata molto probabilmente ora compariva sul filo mediano del reticolo del cannocchiale. Scala che proiettava su una lente la distanza. Il dato misurato, che veniva registrato dai sensi. Il dato registrato, che non avrebbe avuto un colore, un suono, un odore se non fosse stato registrato dai sensi, che non poteva disporre di una bellezza autonoma. La cui bellezza dipendeva dalla componente umana, era solo una proiezione dello spirito umano. Lo spirito umano, che era indipendente da tutto ciò che era corporeo e dunque non era nemmeno responsabile delle malattie del corpo, unicamente dei suoi pensieri, ma non della sua componente biologica, della sua componente materiale, tantomeno del suo ambiente. Quella volta, quando dopo novecento pagine Koldewey era giunto alla fine del resoconto della spedizione al Polo Nord, qualcosa sembrò giungere alla fine anche dentro di lui, nell'istante in cui si rese conto che da molto tempo ormai non rifletteva più su come sarebbe stato da adulto, e invece all'improvviso si rivide bambino, che per molto tempo aveva creduto di dover seguire i pensieri degli adulti, a prescindere da quanto assurdi apparissero, ma adesso, riguardo a ciò che gli adulti avevano scritto, pensava qualcosa di completamente diverso e sicuramente contrario alle loro intenzioni. Si era accorto di avere due possibilità: primo, avrebbe potuto gettarsi a capofitto nelle avventure descritte in quei documenti. O, secondo, prendere atto senza pericolo che in un certo periodo del XIX secolo l'uomo aveva dimenticato che le cose i cui colori, suoni, odori si originavano solo nella sua testa e solo lì acquistavano il loro valore non erano in assoluto prive di valore né subordinate alla sua volontà.

Fra tutte le scoperte che avevano fatto durante la spedizione al Polo Nord iniziata con due navi nel 1869, fra le pelli e i teschi di volpe e gli altri reperti raccolti, c'era anche un piccolo scrigno di legno intarsiato. Lo avevano trovato a pezzi in una pila di sassi che avevano buttato giù per vedere se fosse una tomba o soltanto una pila di sassi. Dopo aver recuperato i pezzi, frammisti a un teschio umano ben conservato e varie ossa di braccia e gambe, avevano ricostruito con cura lo scrigno, come se così facendo volessero espiare la distruzione del monumento funebre, e nel 1870 lo avevano riportato con loro insieme alle altre testimonianze. Probabilmente avevano già riempito l'urna vuota di un proprio significato, quando durante il viaggio di ritorno erano passati davanti all'Islanda e tra le Isole Faroe e le Isole Shetland cercando di fare rotta verso casa e si erano imbattuti in cacciatori di foche e di balene, che avevano salutato con colpi di cannone la *Germania*, così si chiamava la nave dello zio, quando avevano effettuato ancora qualche scandaglio e misurato le temperature, e poi la bussola e la profondità dell'acqua avevano indicato che si trovavano di fronte alla costa del Mare del Nord e, battendo la bandiera della Confederazione tedesca del Nord che ebbe vita breve, avevano imboccato la foce della Weser, dove però non c'erano segnalazioni marittime perché la loro nazione era entrata di nuovo in conflitto con quella vicina, mentre oltrepassavano il campanile di Wangerooge, la più orientale delle Isole Frisone Orientali abitate, e puntavano senza pilota verso la costa, scivolando sul mare, insolitamente poco mosso per essere il Mare del Nord, come su una superficie di riferimento puramente geometrica, che non corrispondeva affatto alla superficie della Terra, era solo la sua figura idealizzata. La stessa figura ideale definita da Friedrich Wilhelm Bessel, per riuscire con il suo aiuto a comprendere la forma geometrica della Terra nella sua totalità, immaginando la figura della Terra come la calma superficie del mare che, dopo aver fatto ritorno con successo, la *Germania* tagliava come un paio di forbici un foglio di carta e per poco non si incagliava.

I resti degli edifici orientali della "padella", così gli abitanti di Kweiresh e dei villaggi limitrofi chiamavano la vasta area di scavo con il perimetro della torre al centro e la scala laterale a rappresentare il manico, erano talmente bassi che dalla via delle Processioni Koldewey poteva senza alcuna difficoltà abbracciare con lo sguardo l'intera area fino al fiume e alla città nuova dall'altra parte. La via delle Processioni e qualunque movimento lungo di essa sembravano trascinarsi all'infinito in quella padella, che doveva essere di ghisa, infatti il calore che la arroventava dalla mattina alla sera ne rendeva il fondo resistente e friggeva all'istante ogni stelo che riusciva ad aprirsi un varco nel terreno. Nella padella, da cui passava la strada per al-Ḥillah e Baghdad, si era arrivati per secoli, se non per millenni, attraverso una foresta di mille torri bianche, che quasi certamente svettavano intorno alla torre e al vasto spiazzo antistante, alti portali, portoni in bronzo, porte con diverse funzioni. La città prendeva il nome dalla porta più grande, che tradotto significava "porta di Dio". C'erano porte sacre e porte secolari, dalle quali il re faceva il suo ingresso vittorioso, come dalla porta di Ishtar. Ma anche la porta aurea dell'imperatore romano serviva a quello, o la porta di Brandeburgo, dalla quale da oltre cento anni i sovrani entravano in trionfo a Berlino sotto lo sguardo della dea della vittoria. La porta sacra, che dava il nome a Babilonia o Bāb-ilim (accadico) o KA-DINGIR-RA (sumero), si trovava esattamente all'altezza della torre, e Koldewey si trovava esattamente all'altezza della porta. Era la porta più grande, dalla quale durante la processione del Nuovo Anno passava il corteo delle divinità guidato da Marduk per raggiungere il recinto sacro che circondava la torre. E dai resti della quale ora passò Koldewey, cadendo nella padella carbonizzata con i resti della torre al centro e deviando così dalla sua processione. Ma era troppo tardi. Bell lo aveva visto. Ecco che alzava il braccio e lo agitava in segno di saluto. Come aveva potuto lui, Johannes Gustav Eduard Robert Koldewey, anche solo pensare di avere abbastanza tempo per scendere lungo tutta la via delle Processioni e arrivare alla torre girando intorno all'Esagila. Come aveva potuto anche solo pensare di avvicinarsi a lei dall'Esagila, il centro del cosmo, l'ombelico del mondo, senza che lo notasse. Anche Koldewey alzò il braccio, ma non quello che teneva l'asta di misurazione, come se non avesse bisogno di ausili tecnici per farsi capire o per comunicare i propri desideri, che tra l'altro si manifestavano di getto a lui per primo, si imponevano, non erano capaci di mantenere la distanza e proprio per questo si propagavano con efficacia nello spazio.

A ben guardare, raggiungere la torre senza deviazioni era l'idea migliore. Mancavano circa cento metri prima che Koldewey attraversasse la strada, sulla quale da un momento all'altro poteva spuntare Buddensieg a cavallo di ritorno da al-Ḥillah e a quel punto avrebbe disturbato la loro conversazione, magari raccontando qualche aneddoto sui gatti con la coda uguale a un nodo, che tenevano nel cortile della casa di scavo insieme a tutti gli altri animali e che in effetti avevano la coda molto corta e attorcigliata a ricciolo. A Buddensieg mancava la bussola sociale. Oltre alla bussola normale. Ma il più delle volte non era sufficiente nemmeno quella per non smarrirsi o sbagliare direzione, perché i poli geografici e i poli magnetici non coincidevano. Di anno in anno il polo magnetico si spostava altrove, e con lui l'ago della bussola che, contrariamente all'opinione comune, era fissato sul polo sud magnetico come equivalente magnetico e non sul polo nord magnetico, situato in prossimità del polo sud geografico. Negli ultimi tempi il polo magnetico, su cui si orientava la bussola, doveva aver raggiunto il punto più basso a sud da qualche parte sopra il Canada e ora si spostava di nuovo verso nord, in prossimità del polo geografico. Da lì a un centinaio di anni gli si sarebbe avvicinato come non accadeva da quattrocento anni e infine, così le previsioni, lo avrebbe superato passandogli sopra e si sarebbe trascinato dietro una rete di linee del campo magnetico simili a quelle di longitudine che attraversavano la Terra, di per sé non molto lineari, e l'avrebbe curvata completamente. Già oggi ogni anno venivano disegnate nuove carte isogone, sulle quali erano segnalate le variazioni della declinazione magnetica e i cambiamenti nella periodicità delle maree, fornendo indicazioni su quanto fosse affidabile il funzionamento di una bussola anche in altre zone del mondo, in quale misura approssimasse o se fosse meglio lasciarla direttamente a casa e sostituirla con la stella polare o altre stelle fisse. Koldewey non si sarebbe meravigliato che i babilonesi conoscessero la differenza tra polo geografico e polo magnetico. Forse era per quello che avevano due templi: una torre come centro geografico e un santuario, che geograficamente non era costruito al centro della città ma ne rappresentava il centro magnetico, che come ogni luogo spirituale esercitava una certa forza di attrazione sulle persone spirituali. Perciò di sicuro non su Buddensieg, che sarebbe arrivato dritto alla torre con una bottiglia piena di olio di ricino in borsa, sempre che ad al-Ḥillah non avesse sperperato i soldi per telegrafare. Quando attraversò la strada, Koldewey guardò in direzione di al-Ḥillah, quasi si aspettasse di veder comparire Buddensieg nella luce più bassa e insieme più intensa del tardo pomeriggio, un'anima tornata dall'aldilà con il proposito di perseguitare Koldewey. Ma in vista c'erano solo un paio di asini, con l'aria di doversi trascinare dietro una pompa dell'acqua arrotolata sul rullo di un *jird* lontano parecchie centinaia di metri.

Meno di cento metri alla torre. Koldewey tirò fuori dalla borsa l'agenda del 1913, che usava per prendere appunti e che solo tenere in mano lo aiutava a organizzare i pensieri così da poterli formulare in maniera strutturata in diverse lingue, come in genere faceva quando parlava con Bell di cose la cui complessità si esprimeva più agevolmente se veniva trasferita da una lingua all'altra, liberandola dalle pastoie territoriali. A volte Koldewey aveva l'impressione di essere legato a Buddensieg in maniera altrettanto complessa dalle stesse pastoie, che lo obbligavano a trascinarselo dietro senza volerlo, finché Buddensieg non fosse inciampato su un ostacolo mollandolo per un attimo, dopodiché Koldewey lo avrebbe attratto di nuovo in qualche strana maniera. Buddensieg lo avrebbe accompagnato esattamente in questo modo fino al termine degli scavi, se prima non scoppiava la guerra. Ma si vedeva già fuggire con lui dagli inglesi, non potevano essere che gli inglesi, e sulla strada per Costantinopoli e Berlino, non erano ancora arrivati nemmeno a Baghdad, perdere i due terzi di quanto aveva portato in fretta e furia con sé, però non Buddensieg. Si addiceva al destino di tutte le anime in pena rimuovere le ragioni del loro essere anime in pena e lasciarle gestire da un rappresentante innocente, che gli ricordava sempre che potevano tollerarlo se all'occorrenza sapevano come sbarazzarsene e, in attesa che arrivasse quel momento, sopportavano la vita con stoicismo e intrattenendo rapporti oculati con quella consapevolezza.

Ormai era praticamente arrivato, e di Buddensieg neanche l'ombra. Non gli restava che attraversare il canale in disuso e percorrere un paio di metri, ma Bell gli stava già andando incontro. Doveva aver finito di fotografare l'area, di rilevare l'incompiuto che sarebbe rimasto incompiuto per sempre, incompiuto come il primo giorno. Solo la modalità in cui era stato rilevato era esatta, all'interno del suo processo di triangolazione. Diversamente dal primo giorno, quando avevano raggiunto Babilonia ed erano smontati da cavallo e non avevano visto niente tranne qualche collina, piccole montagne che nella sabbia trasportata dal vento di fine marzo si alzavano dall'estesa pianura del Giardino dell'Eden, come sarebbe stato corretto tradurre il termine di origine sumera *edin*. Tra le colline, piccole valli con piccoli campi. Ai margini villaggi. L'Eufrate. Innumerevoli lingue avevano pronunciato il suo nome in innumerevoli varianti. Le ombre delle palme da datteri sulle rive, violette e a lungo chine su una città che esisteva soltanto nell'immaginazione di Koldewey. Presto avrebbe iniziato a disegnare schizzi che poi avrebbe dipinto ad acquerello: la sua visione di un mito nell'attimo in cui incontrava la realtà, prima che la realtà si espandesse a poco a poco e il mito assumesse una forma che ne giustificasse il disvelamento. Dipingere ad acquerello non era un'operazione esatta. Era la registrazione incompiuta di qualcosa che non era stato riportato alla luce, con il proposito di farlo apparire compiuto cercando di includere tutti i sensi nella rappresentazione, di farla passare dalla cruna dell'ago dello sguardo. Per settimane avevano investigato la zona, da mesi Koldewey aveva esaminato con Andrae l'impianto dei templi di Baalbek per conto dell'imperatore che considerava l'eventualità di lasciarli scavare. Delitzsch aveva raccolto per Koldewey tutti i dati topografici che era riuscito a ricavare dalle tavolette di argilla, contenuti in contratti, documenti privati e in una descrizione della città. Oltre alle opere degli autori antichi, nella sua borsa di cuoio Koldewey aveva anche una mappa, per quanto molto astratta. La descrizione di Babilonia, che risaliva al tempo nemmeno di Nabucodonosor II ma di Nabucodonosor I, era ancora attuale, come sarebbe risultato in seguito. Infatti erano esistiti vari re chiamati Nabucodonosor, come avevano scoperto i filologi; la Bibbia e la storiografia europea ne conosceva soltanto uno, il secondo. Si trattava di un elenco di ventiquattro grandi strade, otto porte, quarantatré luoghi di culto, dieci quartieri, cinquantuno epiteti e appellativi della città e cinquantacinque piedistalli per Marduk, un elenco di canali e fiumi, ponti, porte sacre, porte difensive, porte secolari – e una descrizione del doppio santuario di Marduk, il tempio alto e il tempio basso. Di quello alto, la torre, di cui era rimasto un unico piano, la tavoletta dedicata alla descrizione della città non enumerava otto piani come Erodoto, ma sette più le fondamenta nel cuore degli inferi, grandi quanto i sette piani superiori messi insieme, per questo Erodoto aveva potuto vederne solo sette, perché l'ottavo corrispondeva all'immagine speculare della torre, che si trovava sottoterra e adesso era resa doppiamente invisibile dalla falda acquifera. Nabucodonosor II l'aveva costruita così alta per difendersi dalla prospettiva di un mondo degli inferi che diventava sempre più grande, da un male indecifrabile, da un nemico in agguato nell'oscurità? Per l'intero viaggio fino a Babilonia, Koldewey non aveva dato neppure un'occhiata agli appunti topografici di Delitzsch. A Beirut lui e Andrae avevano incontrato Püttmann, che era arrivato da Trieste, e il primo filologo degli scavi, che era arrivato da chissà dove e che da Aleppo in poi il pony più piccolo del mondo avrebbe disarcionato a ogni minima asperità. Il pony, come tutto l'occorrente per il viaggio, lo avevano acquistato a buon prezzo con l'aiuto della moglie tedesca, ma nel frattempo irrimediabilmente orientalizzata, di un commerciante amico di Püttmann, nei vicoli bui del bazar di Aleppo, di cui avevano seguito il percorso tortuoso adeguandosi ai movimenti della moglie dell'amico di Püttmann e alla conformazione del mercato, colti di sorpresa dall'improvviso apparire della luce del sole, che come altre influenze esterne faticava a penetrare in quella città autarchicamente chiusa in se stessa, e tutt'al più indicava che non era ancora notte sull'antico volto mammalucco del centro storico, che aveva fama di essere il più bello d'Oriente, e illuminava le finestre sulle facciate decorate a finta pietra e la città stessa come un luogo sacro, tanto da far credere, quando era notte davvero, che la luce si fosse ritirata di nascosto nelle ghirlande luminose con cui erano ornate le altane di legno intarsiato dei minareti e che lì sarebbe rimasta per sempre, anche se sorprendentemente non avesse più fatto giorno. Ma non erano ancora ad Aleppo, ci stavano andando da Alessandretta, un tragitto che poteva già essere percorso su quattro ruote e durante il quale il filologo si tappava le orecchie ogni volta che Püttmann non teneva il fucile tranquillamente tra le gambe come il resto del gruppo, ma sparava dal veicolo in movimento alle quaglie, le oche selvatiche e i sirratti che gli capitavano a tiro. Era la loro cena, che Püttmann non si era astenuto dal procacciare nemmeno dopo Aleppo, da dove erano ripartiti a cavallo con una grande carovana, equipaggiati di tende, letti, carbone, cibo in scatola, cucina mobile, domestici, cuoco e soldati. Da Sfireh, Maskanah, al-Raqqa fino ad at-Tibni sull'Eufrate, lungo l'Eufrate in mezzo a deserti dimenticati da Dio, e ancora Deir el-Zor, al-Salhiyah, Abu Kamal, al-Qa'im,'Ānah, Haditha, Khan al-Baghdadi, Hīt, Ramdi e Falluja, dove avevano attraversato l'Eufrate su un ponte di barche marce per raggiungere Abu Ghraib e Baghdad. Ventiquattro giorni fino all'altro lato della Terra tra i due fiumi, fino al tratto del Tigri a Baghdad, poi al punto di massima vicinanza dei due fiumi mesopotamici che per secoli aveva aiutato i babilonesi a controllare tutte le vie commerciali, e altri novanta chilometri in direzione dell'Eufrate, verso Babilonia, dove arrivarono due giorni dopo. E solo a Babilonia, quando avvicinandosi da nord-est videro un alto bastione, che poteva essere soltanto la cinta muraria esterna, Koldewey tirò fuori la descrizione della città compilata da Delitzsch e lesse, fermo sul suo cavallo grigio, le traduzioni di Delitzsch della porta di Ishtar, con i battenti e gli stipiti rivestiti di bronzo descritti da Erodoto, lesse di templi situati "a lato delle mura di Babilonia" o sul canale della città nuova o sul canale nuovo. Lesse di un canale nuovo superiore e di un canale di Ishtar e di un canale del giudice divino, che scorreva nella città nuova, o del canale del fossato o del canale Libilḫegalla, che era chiamato anche canale che porta l'abbondanza o canale del castello perché "scorreva lungo il palazzo", ma la descrizione della città non diceva dove si trovava il palazzo. Koldewey lesse del tempio del dio delle intemperie Adad nel quartiere Kumari, ma la descrizione teneva per sé dove si trovava il quartiere Kumari. Lesse della strada di Marduk "che intersecava la strada di Ishtar", ma non dove si trovava la strada di Ishtar. Quante erano le strade larghe, c'era la strada larga di fronte al tempio tal dei tali e la strada larga "sulla quale incedeva il dio dell'oltretomba", in più una miriade di strade strette, probabilmente vicoli. C'era la strada per Kish e due strade del re, una su ogni riva del fiume. Una era parallela al canale Banitum, ma la descrizione della città non rivelava dove si trovava il canale Banitum. Se erano quelle le conoscenze di cui disponevano, allora Koldewey sapeva dov'era la città. Era nelle sue mani. Letteralmente. Ripiegò i fogli con le indicazioni e smontò da cavallo, si arrotolò la briglia intorno al polso e guardò la città che si estendeva davanti a lui e che non era una città, ma una pagina scritta e riscritta, diventata completamente illeggibile. O un dipinto ormai grigio per i tanti colori applicati nel tempo. Qualunque cosa fosse, pensò Koldewey quel giorno, quando erano arrivati e smontati da cavallo, tutti tranne il filologo, qualunque cosa fosse doveva ripartire dall'inizio, altrimenti avrebbe visto solo ciò che avevano visto coloro che lo avevano preceduto. Nel XII secolo erano ricominciati i resoconti dei viaggiatori che avevano voluto visitare quel luogo, in parte ammirato e in parte maledetto nella Bibbia e nel mondo antico, e lo avevano trovato, seguendo le consuete indicazioni degli abitanti del posto, che chiamavano ancora le due grandi colline della città "Babil" e "Castello". Erano cavalieri, rabbini, mercanti, medici, avventurieri compositori, scrittori che volevano andare a fondo del mito di Babilonia, ma presto avevano desistito per colpa di tutti gli animali feroci e velenosi che si erano scavati la tana in quella zona e che comparivano nei resoconti dei viaggiatori in forma di draghi e serpenti, alimentando ulteriormente il mito. All'epoca i trafugatori di mattoni e i costruttori di pozzi erano gli unici a effettuare scavi. Fino a quando la curiosità di sapere cosa potesse essere sepolto sotterra vinse sulla paura di ciò che si credeva vivesse sotterra, e arrivarono diplomatici e ambasciatori per dare un'occhiata e cartografi che raccoglievano materiale per un certo signor Grotefend, che era storico all'Università di Göttingen e non filologo, ma aveva scommesso che sarebbe stato capace di decifrare la scrittura cuneiforme. Dopo la decifrazione a opera di Grotefend arrivarono anche gli archeologi, che di fatto erano impiegati della East India Company, i governi mandarono assiriologi e studiosi di orientalistica antica, collezionisti d'arte mandarono truppe di ricognizione che si guardarono intorno e si arresero di fronte all'inaccessibilità della zona, accademici di ogni genere, e ora: gli architetti. Koldewey aveva ripiegato e rimesso nella borsa le conoscenze relative alla città e preso il suo taccuino, sul quale iniziò a disegnare schizzi dell'area, rappresentandola come se la luce arrivasse da sud-est. Quegli schizzi plastici facevano inorridire i geodeti che pensavano in maniera schematica, per i quali le curve di livello e l'assonometria cavaliera erano la massima realizzazione nella vita: ombreggiature! Sfondi! Prospettive sorpassate, che lavoravano con i punti di fuga e riproducevano ciò che l'occhio vedeva davvero, invece di focalizzare le viste frontali e concentrarsi sull'essenziale, che poteva essere espresso solo per mezzo della geometria. Gli schizzi di Koldewey andavano incontro alla direzione dello sguardo dell'osservatore europeo. Rivolto in avanti, ma non da sinistra, da destra, contro la linea di pensiero dominante, che spesso si affidava a impostazioni predefinite e di conseguenza raramente scorgeva qualcosa di nuovo. Per suscitare l'interesse dell'osservatore servivano solo due ingredienti: uno abbastanza conosciuto da risultargli comprensibile e uno abbastanza sconosciuto da attirare la sua attenzione. Inoltre non occorreva che avesse studiato matematica o facesse tanti calcoli, individuava a colpo d'occhio i rapporti e le proporzioni. Anche se poi magari non li capiva, il che era irrilevante. Funzionava un po' come quando si leggeva una poesia, che comunicava all'istante quello che voleva esprimere, ancora prima che uno avesse la possibilità di capirla da cima a fondo, cosa che comunque non succedeva quasi mai. Fu in questo modo che Koldewey iniziò a disegnare e si avvicinò alla città, mentre il cavallo trottava al suo fianco, fino al punto in cui già durante la spedizione esplorativa aveva scoperto frammenti di draghi leoni e tori, accompagnato da un filologo, il membro più influente della Deutsche Orient-Gesellschaft, versato per le lingue cuneiformi morte ma digiuno di arabo moderno. Erano piccole schegge lucide con rilievi smaltati blu e gialli che Koldewey aveva riportato a Berlino quella volta, e la cui vista aveva convinto i promotori degli scavi a organizzare gli scavi di Babilonia. Al tempo, però, niente indicava quali animali rappresentassero i rilievi policromi né che dietro di loro si celassero gli emblemi degli evangelisti occidentali, le loro forme primordiali: il leone di Marco, il toro di Luca, una parte dell'aquila di Giovanni nel drago di Babilonia, staccati dal resto dei mattoni, rimasti lì per secoli e, se guardati da un secolo lontano, come in attesa di un segno di un quarto evangelista, l'uomo, che arrivasse, li dissotterrasse e li ricomponesse.

Crediti fotografici

p. 31: Babilonia [Shepherd children by Euphrates], © Gertrude Bell Archive, Newcastle University. Y_398. Album Y, 1913-1914 – Syria, Jordan, Saudi Arabia, Iraq.

p. 42: Vista sulla casa della spedizione a Babilonia e sull'Eufrate, © bpk/Vorderasiatisches Museum, Staatliche Museen zu Berlin/Deutsche Orient-Gesellschaft/Gottfried Buddensieg.

p. 112: Vista sulla casa della spedizione a Babilonia e sull'Eufrate, © bpk/Vorderasiatisches Museum, Staatliche Museen zu Berlin/Robert Koldewey.

p. 151: Schizzo di tracciato dal lascito di Robert Koldewey, © bpk/Zentralarchiv, Staatliche Museen zu Berlin.

p. 173: Disegno di una noria dal lascito di Robert Koldewey, © bpk/Zentralarchiv, Staatliche Museen zu Berlin.

p. 194: bpk/Vorderasiatisches Museum, SMB/Oscar August Reuther. Berlino, Staatsbibliothek zu Berlin. © 2021. Foto Scala, Firenze/bpk, Bildagentur für Kunst, Kultur und Geschichte, Berlin.

p. 232: Earth Magnetic Field Declination from 1590 to 1990, https://geomag.usgs.gov/products/movies/index.php?type=declination&format=gif, U. S. Geological Survey (USGS), PD.